Kahraman Tazeoğlu'ndan

Bukre

Bazı aşklar aşka ihanettir

DESTEK
yayınları

DESTEK YAYINLARI: 374
EDEBİYAT: 103

BUKRE / KAHRAMAN TAZEOĞLU

Genel Yayın Yönetmeni: Ertürk Akşun
Editör: Devrim Yalkut
Kapak Tasarım: www.ilknurmustu.com
Sayfa Düzeni: Cansu Poroy

Destek Yayınları: Eylül 2013 (50.000 Adet)
51.-90.-122.Baskı: Ekim 2013
123-202.Baskı: Kasım 2013
203-212.Baskı: Aralık 2013
213.-217.Baskı: Ocak 2014
Yayıncı Sertifika No: 13226

ISBN 978-605-4771-73-8

İnönü Cad. 33/4 Gümüşsuyu Beyoğlu / İstanbul
Tel:(0212) 252 22 42
Fax:(0212) 252 22 43
www.destekyayinlari.com
info@destekyayinlari.com
facebook.com/ DestekYayinevi
twitter.com/destekyayinlari
bambaska.sayfa@gmail.com

İnkılap Kitabevi Baskı Tesisleri
Matbaa Sertifika No: 10614
Çobançeşme Mah. Altay Sk. No: 8
Yenibosna – Bahçelievler / İstanbul
Tel: (0212) 496 11 11

Bukre

Kahraman Tazeoğlu'ndan

DESTEK
yayınları

Babam'a...

İÇİNDEKİLER

ÖNSÖZ

Yazdıklarımda, çaresizliğinize çareler arıyorsunuz; oysa ben çaresizliğimi yazıyorum, siz onları çare sanıyorsunuz.

Aşk bir miras değildir ve kimseden kimseye kalmaz.

Hayat verilmemiş bir sözü tutmaktır. Kimi yazar kimi yaşar.

Yani demem o ki; öyle bir söz yazarsın ki bütün bir hayatı anlatır, öyle bir hayat yaşarsın ki bütün sözler anlamsız kalır.

BUKRE

(Bir zamanlar benim olan ellerin,
şimdi neden ellerin?)

1

Gizli aldatmalar, sevdiğin insanı 'üzerine basmadan' çiğnemektir.

Kaç kez çiğnendiğini hiç bilmiyordu Bukre. Aşkın küçük kızıydı o... İstanbul'un dar sokaklarında, az önce öğrendiği acı gerçeğin yıkımıyla yalpa vuruyordu. Yanındakiyle birlikte iki kişilik bir yalnızlıktı artık onlarınki... Ayakları yürüyordu sadece. Kendisi geride kalmıştı çoktan. Akşamdı. Biraz önceki konuşmalar kafasının içinde tekrarlanıp duruyordu. Sitem dolu nefesiyle, soluğunu tüketircesine haykırmıştı terk edenine... "En acısı da ne biliyor musun?" demişti. "Aslında sana hiç sahip olamadığımı, seni kaybettiğimde anlamış olmam!"

Hırsı soluğuna eş çıkıyordu göğsünden. Devam etti öfkeyle. "Meğer her şeyimmiş gibi davranan hiçbir şeyimmişsin sen! Aslında hiçbir şeyimi kaybettim ben!"

Bir çocuğun tüm dünyaya küsmesine, tek bir oyuncağının kırılması yeter. O küskün çocuklardandı şimdi Bukre; kırılan oyuncağını gözleriyle tamir etmeye çalışan... Bakışlarını bir noktaya sabitlemiş olsa da yanından geçen umarsız insanların farkındaydı. Akşamdı. Belki birazdan bir yağmur başlardı. Hayat devam ediyordu. Hayat her şeyi "devam ederek" bitiriyordu. Bukre, bunu acı bir tecrübeyle, bir kez daha öğreniyordu; ama hiç ezberleyemiyordu...

Kendi durağını şaşırmış bir otobüs gibiydi kalbi. Akşamdı. Ve akşam, ağlamak için iyi bir sebepti. Kızıyordu Bukre her şeye, herkese. En çok da kendine... Hayat ne garipti. İnanmadan güldüğümüz bir şaka gibiydi. Bukre, karşılıksız sevmişti ve bunun karşılığı, karşılık alamamak olmuştu. Ama olsundu. O sevilmemeye de razıydı severken... O hep öyle severdi zaten... Tek hazmedemediği, sonraya ertelendiği halde gocunmadan beklerken aldatılmaktı! Alçaklık hiç bu kadar yükselmemişti. Gizlice aldatılmıştı. Aldatmanın aleni olanı mı olurdu sanki? Çiğnenmişti o, üzerine basılmadan...

Sessizliğe gömülmüştü uzun zaman. Elinden gelmeyen dilinden de gelmiyordu. Ve şimdi beklediği onu terk ediyordu. Belki de çoktan gitmişti... Belki de hiç gelmemişti... Ama şimdi o "Gelmeyen" hem suçlu hem yolcuydu. Bir başkasını seçmişti. Özür dilemişti.

"Ben seçilmeyenim! Bunun için benden özür mü diliyorsun?" diye haykırmıştı Bukre. Cevap alamamıştı. Sesi kısılmıştı. Kaybedenlerin önce sesi kısılırdı. Bir ayrılık daha büyütüyordu onu. Yaşça küçük olsa da sevdiğinden, aşkı çoktan geçmişti onu. O, küçücük bir devdi. Seçilmeyendi. Bir öykünün sonu zannederken kendini, daha girişinde kandırılandı.

Dünya artık onun için uyandığında başlayan kötü bir rüyaydı. Şimdi ne yapmalıydı? Seçilmemek onu sadece üzmeli miydi yoksa kahrından öldürmeli miydi? İnsan böyle zamanlarda ne hissetmeliydi? Üzgün olmaktan öteydi duyguları ama ölüme de bir o kadar uzaktı. Eksik, yitik ve sahipsiz gibiydi. Öylece kalakalmıştı bir hiç gibi. Akşamdı. Hüzünlüydü. Hüznü seviliyor sandığından değil, sevilmediğine yandığındandı...

Oysaki hiçbir günahı yoktu. Aşkın bir bekleme odası

vardı. Orada oturup sırasını bekliyordu Bukre. Sevdiği erkeğin ona gelmesini... O erkek, arada bir odanın kapısından bakıyor ve gülümsüyordu. "Biraz daha bekle" demekti bu. "Biraz aşklarım var, bitirip geliyorum" demekti. Ona inanıyordu Bukre. Daha doğrusu inanmayı tercih ediyordu. Hep öylesini tercih ederdi. Çünkü aşkta kör olanlar, sevgilinin yalancı olduğunu bilmesine rağmen, ona "Kanmayı" değil, "İnanmayı" seçerdi.

Kara talihine yanıyordu. Kendini acıyarak izliyordu. Ve ne çok ağlıyordu içinden "Bu aşka değer" diye... "Olsun... Bazı aşklar gözyaşıyla büyür" diyordu. Suskunlaşıyordu. Anlamaya çalışmıyordu içini. Kalbini aklıyla anlayamazdı ki...

Giden hep kazanıyordu... Ama kalan olmak Bukre'ye hiç yakışmıyordu. Üstüne asıl yakışmayansa, seçilmeyen olmaktı. Bir ihtimali oynamak ne kadar gurur kırıcıydı. Sevdiği adam, iki kişinin arasında kalmıştı. İki kişinin arasında kalmak, aslında kimsesizliği seçmekti. Ve şimdi sadece özür diliyordu. "Üzülme" diyordu. "Üzülme..."

Nefret dolu gözlerle baktı sevdiği adamın gözlerine. O gözler artık sevdiği adamın gözleri değildi. Bir zamanlar ona söylediği bir cümle geldi aklına. "...Sana geldiğim zaman, gitmek için bir neden bulamıyorum..."

Üzgün ve nefret yüklüydü Bukre. Gözlerindeki öfkeyi saklamadan, "Üzgünüm..." dedi ona. "Ama beni bu hale getirdiğin için değil; seni hak ettiğin hale sokamadığım için!"

Fildişinden inşa ettiği aşk şimdi çürümenin tarihini yazan bir ahşaptı. Bukre ağlıyordu. Hiç konuşmadan yürüyorlardı. Akşamdı. Hiçbir şeyin yolunda gitmediği bir yoldaydı. "Bir öykünün sonuymuşum meğer; daha girişinde kandırmışlar beni" diye söylendi kendi kendine ve sustu. Artık sonun sonuna gelmişti. Yürüdükçe susuyorlardı, sustukça daha ağır yürüyorlardı. Sevdiği adam dayanamayıp, "Neden susuyorsun?" diye sordu. Bakışlarını kaldırımdan ayırmadan konuştu Bukre. "Neden mi susuyorum?" dedi ve durdu. Kafasını kaldırdı, sevdiği adamın gözlerine son kez baktı. Geri geri bir iki adım attı ve yaşanan sonun son sorusunu sordu. "Ya anlamazsan?"

Bukre, artık cümleler değil, sessizlikler kuruyordu...

***

Sanki yolları o değil de yollar onu yürüyordu. Nereye gittiğini bilmiyordu. Bilse ne değişecekti ki? Bunu da atlatacaktı elbet. Ama daha zaman vardı. Zamanı beklemek neyseydi de... Bukre'nin vakti kadar sabrı yoktu. Böyle günler insanın bir dosta en çok ihtiyacı olduğu günlerdi. Ayakları mı, yoksa yol mu? Acaba hangisi bunu biliyordu? Bu sorunun cevabını bulamadan, kendini Selim'in kapısında buldu. Ah Selim! Bukre'nin yorgun savaşlarının yara sarıcısı... Selim... Bir insanın dost diyebileceği tek isim...

Zile bastı. Biraz bekledi. Saatin farkında değildi. Tekrar bastı. Önce bir ışığın yandığını sandı. Sonra kapı açıldı. Ama hayır! Işık yanmamıştı. Sadece Selim gülümsemişti o kadar. Selim ışık gibi gülümserdi. Bukre'nin yüzüne baktı. Gülümsemeye devam etti. "Yine mi?" diye sordu.

Bukre'nin kederli yüzü o kederden sıyrılıp gülümsemekle, o kederi taşıyor olmak arasında kaldı. Selim'in nurlu gülümsemesine sığıştırarak hüznünü, "Yine" diyebildi sadece. İçlerinden birbirlerine sıkıca sarılmak geçti. Sarıldılar. İçleri içlerine geçti. Sonra içeri geçtiler.

Evde kimse yoktu. "Sizinkiler nerede?" diye sordu Bukre, salona geçerken üzgün sesiyle...

"Teyzemdeler" dedi Selim, Bukre'nin montunu alırken.

Salondaki üç kişilik koltuğa oturdu Bukre. Çocukluğundan beri girip çıktığı bu ev ona yabancı gibiydi sanki. Oysaki hiç değişmemişti eşyalar. Selim'le saklambaç oynarken altına saklandıkları büyük ve ağır ahşap yemek masası, sırt kısımları uzun altı sandalyesi, masadan aşağı sarkan dantel masa örtüsü ve içinde annesinin plastik çiçekleri olan vazo... Hepsi aynı hüzünle duruyordu yerli yerinde. İnşaat ustası bir babanın kazanabildiği parayla aldığı basit eşyalar ve o eşyaları eşya yapan evin bir yerine saklanmış, görünmeyen huzur... Çok parası olmayan insanların az gösterişli yuvası...

Çantasından kâğıt mendilini çıkardı. Burnunu sildi. Vitrindeki süs bardaklarının arasından aynadaki yüzünü gördü. Ağlamaktan şişen gözleri, kırmızılaşmış burnu ve dağılmış uzun saçlarına rağmen hâlâ çok güzeldi. Koltuğun üstünde duran bir kitabı fark etti. Selim'in okuduğu kitaplardan biriydi. Selim, aynı anda üç kitap okuyabiliyordu. Bunu nasıl başardığını hiç anlayamıyordu. Selim, kitap okumak için yaratılmıştı sanki. Kitaba uzandı. Üzerinde, *Zamanın Manzarası* yazıyordu. Bir roman olmalıydı bu. Kitabın içindeki ayraç dikkatini çekti. Bir fotoğraf... Merve'nin fotoğrafı... Selim kitap ayracı olarak hep Merve'nin fotoğrafını kullanırdı. Merve, Selim'in hiçbir zaman duygularını açamadığı platonik aşkıydı. Selim için kendi hayatı iki bölümden oluşuyordu. Merve'den öncesi ve Merve'den sonrası... Merve, onu ikiye ayırıyordu sanki. Tıpkı bir ayraç gibi... Merve ona hayatın neresinde kaldığını hatırlatıyordu.

Bukre, bunları düşünürken, elinde iki bardak çay ve kurabiye tabağıyla içeri Selim girdi. Tanıdığı en hamarat erkekti o. Evde hiçbir şey olmasa bile mutlaka bir şeyler bulur buluşturur ikram ederdi misafirlerine. Onları ikramsız göndermezdi. İç içe geçebilen, kahverengi zigon sehpalardan en küçük olanını çıkardı ve tepsiyi büyük bir özenle üzerine koydu. "Tam senin istediğin gibi bir çay; açık ve üç şekerli" dedi. Bukre, şefkatle gözlerine baktı dostunun. Selim, yanına oturdu. Gözlerini Bukre'den ayırmadan, "Mücevher takmamıştı ama gözleri vardı" dedi. Bukre şaşırmıştı. "Elindeki kitapta yazıyordu" dedi Selim. Birden elinde sıkı sıkıya tuttuğu kitabı fark etti Bukre. "Gözlerine bakınca aklıma geldi. Ağlayınca daha da mı güzel oluyorlar ne?" dedi Selim.

Gülümsedi Bukre. "Şımartmaya çalışma beni" dedi. Biraz rahatlamış gibiydi. Kısa süreli bir sessizlik yaşadı ve öldü aralarında. Çayına uzandı sonra Bukre. Bir yudum aldı. "İşte çay budur" dedi.

Selim muzipçe, "Sen çayın kendisini değil, cesedini içiyorsun" dedi. "Yaşayan çay şekersiz ve demli olur."

Yüzüne alaycı bir ifade takınarak, "Yine konuşma bilmiş bilmiş..." dedi Bukre. Yine sustular sonra.

Sessizliği ilk Selim bozdu. "Dillendirilmeyen hüzün zehirler. Anlat bakalım nasıl oldu?"

Çayından bir yudum almaya yeltendi Bukre. Sonra Selim'in biraz önceki yorumu aklına geldi ve vazgeçti. Tekrar zigon sehpanın üstüne koydu bardağı. "Bu sonu ben hiç sevmedim Selim. Oysa ben onu sonum olsun diye seçmemiştim."

Selim elinde çayıyla gülümsüyordu. "Kasım'ı yaşayamıyorsan, Eylül'de kalmışsın demektir Yavru Kuşum" dedi. Selim ona hep Yavru Kuşum derdi. Çayından bir yudum daha alarak devam etti. "Yani demem o ki artık bir şeyleri geride bırakmayı öğrenmelisin. Elbette sen onu sonun olarak düşünmüyordun ama işte bak bazı yollar yürünmeden yol olmuyor. Yürüdün ve nasıl bir yolda yürüdüğünü anladın. Yürümesen anlamayacaktın. Belli ki sonuna varamadın. Ama olsun, yarı yoldan dönseydin yolun sonu aklında kalacaktı. Aldatıldın değil mi?"

İrkildi Bukre. Apansız yakalanmıştı sanki bildiği soruya. "Evet" dedi fısıldayarak. Yüzü asıldı.

"Asma yüzünü" dedi Selim. Elini tuttu sonra. "Gülümse hadi" dedi. "Seni aldatana teşekkür etmeli ve gülümsemelisin."

Bukre "Neden?" diye sorar gibi baktı yüzüne Selim'in. Selim, duraksamadan devam etti.

"Çünkü o gülümseyiş ve teşekkür, ona ömür boyu verilmiş bir cezadır" dedi.

Bukre, güç buldu bu sözlerden. "Ama..." diye başladı cümlesine sonra. "Ama kızgınım. Öfkeliyim! Öfke duyduğum birine nasıl teşekkür edebilirdim Kuzu?" Bukre Selim'e hep Kuzu derdi. Biraz duraksadı sonra. Aklına başka şeyler geldi sanki. Kafasının karışıklığı mimiklerinden anlaşılıyordu ama tam olarak okunmuyordu. "Tüm bu öfkeme rağmen yine de bir eksiğimi tamamlamış gibiydim onunla" dedi ve Selim'in yüzüne baktı dalgınca. "Sanırım öfkem, eksik olan yanımın aslında bir boşlukla dolu olduğunu fark etmek?" diye tamamladı cümlesini.

Selim, sakince cevap verdi. "Bazı insanlar hayatlarına giren kişiye hayatlarına girdikten sonra ihtiyaçları olduğunu anlar; eksikliği bilmemektir bu. Ve o insanlar bir gün hayatlarından çıkıp gittiğinde kendi hayatlarını da o gidenlerle birlikte yitirdiklerini düşünürler; eksiği öğrenmektir bu. Senin durumun da işte böyle biraz... Bana soracak olursan, sizden iyi bir ikili olmazdı zaten. Uyum yakalamak, aşkın kendisinden daha zordur biliyor musun?" Bukre, dikkatlice Selim'i dinliyor ve sözlerini bitirmesini bekliyordu. "İkisi de kendisi olduğu için uyuşamayan sevgililer gördüm ben. Ve ikisi de başkası olduğu için ayrılanlar. Ama ikisi de birbiri olan hiç görmedim. Karşındakine benzemek değildir uyum. Kendini kaybetmeden karşındaki olmaktır."

İşte böyle filozof bir yanı vardı Selim'in. Gülümseyerek konuşurdu en çetrefilli meseleleri izah ederken bile... Sanki biraz içinin kemirgenlerinden kurtulmuştu Bukre. Ona bu rahatlığı verdiği için minnet duydu dostuna. Teşekkür etmek geçti içinden. Teşekkür etmek ve sarılmak... Ama bu iç huzuru biraz daha yaşamalıydı. Biraz daha hissetmeliydi. Başını koltuğun sırtlığına yasladı. Derin bir iç çekti. Gözleri tavandaydı. Sonra, dışarıdan nasıl göründüğü geldi aklına. "Söyle Selim..." dedi. "Aldatılan, terk edilen birinin önce acısı mı yoksa yalnızlığı mı fark edilir?"

Selim'i düşündüren bir soru oldu bu. Nihayetinde o da bir yalnızdı ve acı çekiyordu. Vereceği cevap kendisini de yanıtlamak olacaktı belki. Bir süre düşündü. Yanıtlar aradı. Bir cevabı olsaydı ne yalnız kalacaktı ne de acı çekecekti. Gözleri uzaklara daldı. "Bende ne görüyorsan cevap o!" dedi buruk bir ses tonuyla. Başını önüne eğdi sonra.

Bukre, onu yaralamak için sormamıştı bu soruyu aslında. Ama bazı masum soruların cevapları haddinden fazla yıkıcı olabiliyordu... Aslında bu yıkıcılık soruda değil, cevapsızlıktaydı. Bukre, kalbini kırdığını düşündü Selim'in. Mahcup bir ses tonuyla, "Kalbini kırdım sanırım, özür dilerim" dedi.

Selim, zoraki bir gülümsemeyle cevap verdi. "Üzülme... Atmayan kalp kırılmaz."

Gözleri doldu Bukre'nin. Ona Merve'yi hatırlattığını anlamıştı. Gözlerine bakmadan Selim'in, "Yakışmıyor bu sözler diline" dedi.

Selim yavaşça kalktı yerinden, pencereye doğru yürüdü. Başını pervaza dayayıp gözlerini uzaklara yatırdı. Elleri cebindeydi. "Hayatta birbirimize yakıştıramadığımız o kadar çok şey var ki..." dedi ve yutkundu. Gözleri hâlâ uzaklardaydı. "Ben de bu ölümü cesedime yakıştıramamıştım" dedi.

Duymadı Bukre. "Efendim?" diye sordu.

"Yok bir şey... Sen aldırma bana."

Onun hikâyesi başladığı gibi gitmemişti. Onun hikâyesi başladığı yerde bitmişti. Bu yüzden bu kadar küçük kalmıştı aşkta Selim... Bu yüzden aşk adına ne söylese boyundan büyük duruyordu lafları. Aşk onu hiç büyütmemiş ama olgunlaştırmıştı. Merve'nin sıradan hayatında hiçbir zaman gelmemişti Selim'in sırası. Aşk adaletsiz bir acıydı. Adaletsiz ve sırasız...

Birkaç dakika hareketsiz ve sessiz durdular. Birden aradığı cevabı bulmuş gibi irkildi Selim. Bukre'ye döndü ve "Acı" dedi. Bukre yüzündeki soru işaretiyle baktı Selim'e. "Sorunun cevabı acı... Çünkü yalnızlık kalabalıkta ama acı her yerde belli eder kendini."

Bukre, derinlere daldı. Selim'in cevapları altında ezildiğini hissediyordu. Bu hayatta tek güvendiği dostu oydu. Yalnız kalmamak adına insanlara güvenmektense, kendi yalnızlığına sırtını yaslayarak yoluna devam eden insanlardandı o...

Kendine böylesi bir yol seçmiş olmasına rağmen, hayatına dost olarak bir tek Selim'i almıştı. Belki de almamıştı. O, hep vardı. Bazı insanlar sonradan gelmez; onlar hep vardır.

Zamanın nasıl geçtiğini anlamamıştı. Eve haber vermediğini hatırladı. Aniden kalktı yerinden. Telaşla kapıya yöneldi.

"Ne oldu?" diye sordu Selim kaygıyla.

"Eve gitmeliyim. Geç kaldım. Buraya geleceğimi bilmiyordum" dedi.

Selim, onu kapıya kadar uğurlamak için yanına geldi.

"Seni bırakayım?"

Kafasını iki yana salladı Bukre. "İki sokak aşağıda oturuyorum, korkma çalmazlar beni." Gülümsedi ve göz kırptı Selim'e. "Seninleyken zaman, kolumdaki saatten farklı işliyor. Vaktin nasıl geçtiğini anlamadım. O yüzden acele etmeliyim. Evde beni merak eden yakışıklı bir baba, güzel bir anne ve afacan bir kardeş var."

"Tamam, acele et o zaman" dedi Selim. "Eve gider gitmez çaldır beni. Merak ederim seni. Gerçi köşeyi dönene kadar balkondan sana bakacağım ama..."

Kapıdan çıkarken geriye döndü ve "İyi ki varsın" dedi Selim'e... Gözleri dolmuştu bunu söylerken.

Böyle duygusal anları yaşamaktan hep kaçmıştır Selim. Araya başka laflar sıkıştırarak kaçmıştır... Yine öyle yaptı. "Hadi eve gidip yasını tut. Bugün nur topu gibi bir ayrılığın oldu. Başın sağ olsun!" Bir de kahkaha patlattı ardından.

Bukre merdivenleri üçer beşer inerken söylendi. "Sarmıyorsun, bari gülme yarama canımın suyu..."

Bukre'nin son sözleri şaka da olsa içine oturmuştu

Selim'in. "Sarmıyorsun, bari gülme yarama..." Kapıyı yavaşça kapadı. Balkona çıktı. Sokağın köşesinde kaybolana kadar Bukre'nin gidişini izledi. "Ah Bukre..." diye iç geçirdi. "Yara iyileştiğini bilmez. O hep kendini kanıyor zanneder. Yaralar iyileşmek istemez. Çünkü yaralar iyileşince ölür Bukre! Yaralar iyileşince ölür."

***

Selimlerin iki sokak aşağısındaydı evleri. Hızlı adımlarla yürüdü. Bir yandan da kötü bir günün "Fena olmayan" sonunu düşünüyordu. Selim olmasaydı bu kadar tutunamazdı hayata. Bunu çok iyi biliyordu. Başka insanlardan da akıl almazdı, onlara dert yanmazdı. Sadece Selim vardı. Başka dost yoktu. O da kendi gibi farklıydı çünkü... Fotokopileşmiş insan yığınlarından değildi. "Neden başkalarına danışmıyorsun?" diye sorduklarında, "Başka insanlardan akıl almam; çünkü ben başka insanlara benzemem" derdi. Zaten tam da bu sebepten yalnızdı... Ne aşk hayatı, ne de sosyal yaşamı kalabalıktı. Aradıklarını kimsede bulamamıştı. Buldukları da aradıkları değildi. Sade bir hayatın yalnızıydı o... Ama mutluydu. Fazla insan çarpıntı yapıyordu. Gereğinden fazla insan ruha zarardı. Bir iki dost ona yetiyordu.

En olmadık yerde oluruna bırakılmıştı hep. Yüzsüzlüğünden tükürülecek bir yüzü bile kalmayan insanlar tanımıştı. Onların neden bu kadar karaktersizleştiğini düşündü. Acaba o çoğunluk haklıydı da azınlıkta kalanlar mı suçluydu? Seçimlerimizi yaparken hep yanlışa mı düşürüyordu hayat bizi? Neden hep aradıklarımızı kaybedip, aramadıklarımızı buluyorduk?

Umutla beklerken, umutlar azalıp azalıp, yok olmaya başladığında, aramaktan vazgeçip bulduğumuza razı oluyorduk. Razı olduğumuza tam alışmaya başladığımızda ise aradığımız kişi karşımıza çıkıyordu. Allak bullak oluyordu her şey. Ve biz düzeni düzensizliğe tercih ediyorduk çoğu zaman. Bu yüzden beklediğimizi hak etmediği yere gönderiyor, razı olduğumuzla, hiç de razı olmadığımız bir hayat sürüyorduk. Ya ümitlerimiz erken bitiyordu, ya beklediklerimiz geç geliyordu...

Kendisini sersemleten bu düşünceler içerisinde eve girdi. Babası ve erkek kardeşi uyumuştu. Annesi ise oturma odasında kızını bekliyordu. İçeri girer girmez çıkıştı.

"Neredesin sen bakayım? Telefonun da kapalı ulaşamıyoruz!"

Bukre, her zamanki alışkanlığıyla acele adımlarla banyoya yöneldi. Annesinin kızgın bakışlarının önünden hızla geçerken, sevimli bir yüz ifadesi takınarak, "Anneciğim tartışmayalım. Zor bir gündü benim için. Moral olsun diye Selimlere uğradım. Orada oyalandım. Saatin farkında değildim" dedi.

Cümlesini bitirdiğinde çoktan banyoya girmiş, elini yüzünü yıkamaya başlamıştı. Annesi azar cümlelerini sonraya erteleyerek banyo kapısına kadar geldi.

"Aç mısın peki? Yemekleri kaldırmadım."

Banyodan çıkarken, "Hayır anneciğim aç değilim" dedi ve annesinin yanaklarına sıkı bir öpücük kondurarak odasına geçti.

"Ah benim deli kızım!" diye hayıflandı annesi.

Bukre'nin odası sığınağı gibiydi. Kendisiyle baş başa

lıyor. Sen şafak sökerken uyanıyorsan bunda benim suçum ne a Kuzu!"

Selim, hızlı adımlarla yürümeye devam ediyor ve bir yandan da Bukre'ye laf yetiştiriyordu. "Bakıyorum hızlı girdin güne? Nasıl olduğunu merak ettiğim için aramıştım sabah. Öteki hattını aradım ama kapalıydı.

Bukre, açıklama yaptı. "O hattı artık kullanmayacağım Selim. Bana buradan ulaş."

Selim, meseleyi anlamıştı. Üzerinde durmadı. "Sana hazırladığım laflarım çok ama vaktim yok. Gezi işi çıktı. Tur, gezi işi verdi yine. Ona gidiyorum. Ekstra alacağım. Bak, öğleden sonra işim bitiyor. Paraları çatır çatır yemeye ne dersin?"

"Yahu biraz da tasarruf yap be adam! Ama yine de kulağa hoş geliyor tabii."

Gülüştüler. Aralarında bu konuşma geçerken, Selim Bahçelievler metrobüs durağına gelmişti bile. "Tamam o zaman Yavru Kuş. Saat üç gibi Taksim'e gel. Ben şimdi metrobüse biniyorum görüşürüz sonra."

"Tamam Kuzu. İki gibi dershaneden çıkıyorum. Üçte orada olur, ararım seni."

Bukre, telefonu kapattı ve yatakta tembelce gerindi. Bir gün öncesinin etkilerinden hiçbir iz kalmamış gibiydi zihninde ve bedeninde. Doğruca duşa girdi. Çıktı. Kendini çok rahatlamış hissediyordu. Pamuk gibi olmuştu teni. Giyindi ve dershane dosyasını alarak çıktı. Çamlık Caddesi'nden UEFA Meydanı'na doğru yürüdü. Işıklardan Bakırköy minibüsüne bindi. Dershaneye geldi.

Kantinde oturan sınıf arkadaşlarına baktı. Daha önce

hiçbiriyle konuşmamıştı. Onlar da bir yabancıya bakar gibi baktılar Bukre'ye. Bakışlarında "Bizi muhatap almıyor ukala ne olacak!" ifadesi vardı. Yanlış anlaşıldığını bile bile devam etti ilgisiz tavırlarına. Elbet birisi bir gün onu anlayacaktı. Elbet bir gün hakkında yanlış düşündüklerinin farkına varacaklardı. Peki, bu durumun farkına varmasalar Bukre'nin umurunda mıydı? Hayır!

Dikkatle dinledi tüm dersleri. Aralarda test işledi. Liseden sonra ilk girdiğinde kazanamamıştı istediği yeri. Sonraki iki yıl da öyle... Bu sırada Selim, iki yıllık bir meslek yüksekokulu kazanıp turizm ve otelcilik okumuş, bitirmiş ve mezun olmuş ama iş bulamamıştı. İngilizcesi çok iyi olduğu için, rehberlik yapıyordu iş çıktıkça.

Bu yıl kendine son bir şans tanıdı Bukre. Eğer kazanamazsa, İngilizce kurslara yazılarak ilerletecekti yabancı dilini. Hatta imkân olursa dil için Londra'ya bile gitmeyi düşünüyordu. Yabancı dilini çok iyi kullanabilecek duruma geldiğindeyse o da tıpkı Selim gibi turist rehberliği yapacaktı en kötü ihtimalle... Ama bu şehirde değil... Antalya, Bodrum, Fethiye gibi turistlik yerlere gidecekti. Sahil özlemiydi onu bu fikre iten. Elbet hayallerine uyan bir yer bulacaktı kendine.

***

Dershane sonrası Taksim'e gitti. İstiklal Caddesi'nde bir kafede oturup Selim'i beklemeye başladı. Kahvesini yudumlarken insanları seyrediyordu. Yan masadan taşan sohbet çalınıyordu kulağına. İnsanlar yüzlerinde olmadıkları, olamayacakları bir maskeyle dolaşıyor, konuştukları her şeyde olmak istedikleri kişi olmuşçasına ifadelendiriyorlardı kendilerini. Oysa ne kadar eksik ve âcizdiler. Ama farkında değildi hiçbiri bu durumunun... İnsanoğlu böyleydi işte. Olmadığı gibi olduğunu düşünüp, kendini yüceltirken, aslında ne olmadığını çok iyi bilirdi. Ve insanlar asla ne olmadıklarını söyleyemezlerdi birbirlerine. İnsanlar arasında sessizce varılan hüzünlü bir anlaşmaydı bu. Herkes memnundu halinden. Tatlı yalanlarda kaybolmak, acı gerçeklerde kendini bulmaktan daha çekiciydi.

Sonra kendini düşündü Bukre. Geride bıraka bıraka büyümeye çalıştığı kendini... Hep kaybedeceklerini sevmişti. Daha kötüsü sevdiklerini kaybetmişti hep. Bu kayıplarla yürüyordu hayatın tozlu yollarında. Unutmuyordu, unutamıyordu bazılarını... Gözden kaybolmaları, unutulmalarına yetmiyordu. Çünkü insan, gözüyle değil kalbiyle seviyordu. Kalabalıklara sığınacak kadar yalnız kalıyordu bu ikilemde. Hayatı depo etmekten yaşayamayan insanlar korosunun içine giriyordu sessizce. Onlara uzaktan bakıyordu. Peşinden koşacakları bir düşü olmadığı için, düş kırıklıkları da olmuyordu onların. Mutluydular yazık ki... Yalnızlıklarını anlamayacak kadar mutlu...

Kendini insanlardan soyutlanmış gibi hissediyordu bazen. Ya da bir uçurum çiçeği gibi... Aşkın çıkmaz sokaklarını ezbere biliyorken, ayrılığın geniş caddelerinde kayboluyordu tüm ilişkilerinde. Limandan ayrılan gemilerin geride bıraktığı ve giderek küçülen insanlar vardır ya hani... İşte o insanların öyle küçülürken içinde nasıl büyüdüğünü düşündü. "Gidişine bir aşk verdim onların" dedi içinden.

Aklının şimdi neden bunlara bu kadar takıldığını bilmiyordu. Dün, yaşadığı olayın etkisi olabilirdi. Oysa atlattığını zannediyordu. Demek artçı sarsıntıları da vardı bu depremin ve şimdi Bukre, o sarsıntıları yaşıyordu. Birden omzuna bir el dokundu hafifçe. Sıçradı Bukre. Gelen Selim'di. "Özür dilerim dalmıştın, çıkmanı bekleyemezdim" dedi.

Dünyaya geri dönmüştü Bukre. "Ödümü kopardın Selim" dedi. "İnsan haber verir."

Güldü Selim. "Bukre, insan gelirken geldiğini nasıl haber verebilir Allah aşkına?"

Küser gibi yaptı Bukre. Selim'e neden geç kaldığını sordu.

"Adamlara yemekte de ben eşlik ettim. O yüzden geç kaldım. Doymak nedir bilmediler. Hele içlerinde bir zenci vardı ki görme. En çok o yedi. E tabii adamda zenci gırtlağı var!"

Gülümsedi Bukre. "Yani araya şu ince esprilerinden sıkıştırmasan olmaz değil mi?"

Heyecanla anlatmaya devam etti Selim. "Paramı da eksik verdiler zaten. Gerçi çok kesmemişler ama yine de hesap sordum muhasebeciden. Anlamsızca baktı yüzüme. Hiçbir şey söylemedi."

Bukre araya girdi. "Ne yani vermediler mi eksik parayı?"

"Ne kadar eksik diye sordu, boş boş baktı. Cevap vermedim."

"Ne yaptın peki?"

"Boş verdim."

"İlahi Kuzu."

Keyiflerine diyecek yoktu. Garsonu çağırıp siparişlerini verdiler. Selim toktu. Bukre, aperitif bir şeyler söyledi kendine. Bir yandan da konuşuyorlardı. Konuşulacaklar tükendikçe, etrafla veya cep telefonlarıyla ilgilenmeler başladı. Sonra biraz daha ağır konulara girdiler. Gündelik konular tükenince, daha derin şeyler konuşulmaya başlanır. Ve söz dolanır durur, en sonunda içsellikte son bulur. Bugünlerde ikisinin de derdi olan "Mutlu olmak"tan konuşmaya başladılar. Daha doğrusu mutlu olamamaktan... İkisinin de ortak yanı, yalnızlıklarıydı. İnsanların onları anlayamamalarıydı... Belki de onlar bu dünyayı anlayamıyorlardı. Hep sorguluyorlardı ama vardıkları yer çeşitli çıkarımlarla yaklaşık sonuçlar elde etmekten öteye geçemiyordu.

Kendilerindeki eksikleri masaya yatırdılar önce. Sonra, küçük mutluluklarla nasıl büyük sevinçler yaşayabileceklerini tartıştılar. Hayat onlara mutlulukların küçük olan dilimini sunuyordu hep! Ya da bazen... Selim, "Mutlu olmak her şeye sahip olmak değil, sahip olduğun kadarını her şey yapabilmektir" dedi. Bu bakış açısı çok hoşuna gitmişti Bukre'nin. "Geçmişini bir düşünelim şimdi" dedi sonra Selim.

Bukre atıldı hemen. "Bak Selim! Eğer silmeyeceksen geçmişimin tozlu raflarına üfleme. Sonra sen gidiyorsun, ben boğuluyorum o tozların içinde."

Selim hınzırca gülümsedi. İşte Bukre'yle uğraşacak bir şey daha bulmuştu. "Telaşlanma Yavru Kuş. Dertleşiyoruz işte."

Bukre başladı bu kez söze. "Sürekli birilerine ihtiyaç duymak niye Selim? Yani neden hep çift kişi olma arzusu taşıyoruz? Yüz kere yemin etsek de bir daha kapılmamaya, acısını biraz unuttuktan sonra yine yeni bir eş arama ihtiyacı hissediyoruz. Oysa ben yalnız kalmayı seven biriyim. Acaba aradığımız kişi sevilmek arzumuzdan mı kaynaklı oluyor yoksa kalbimizin pansumanı için mi?"

"Bak Bukre" diye söze başladı Selim. "Sosyal varlıklar olsak da zaman zaman yalnız kalmak isteyebiliriz. Ama bu yalnız yaşayabileceğimiz anlamına gelmez. Sevmek, sevilmek... Bunlar çok güzel duygular elbette. Herkes bizim gibi şanssız değil ki aşktan yana... Öyle uyumlu, öyle mutlu insanlar var ki... Bir ömrü el ele tüketenler biliyorum ben. Bakma sen bizim kadersizliğimize. Ben bir gün şansımızın döneceğine ve aradığımız aşkı bulacağımıza inanıyorum. O zaman biz değil de bize gelen kişi pansuman için mi yoksa aşk için mi geldiğini bize kanıtlayacak. Ve o kişi aynı zamanda doğru kişi olup olmadığını da ispatlamış olacak."

"Öyle sanıyorum ki Kuzu, eğer geçmişteki acılarımın karşılığı karşımdaki insanda sonlanmıyorsa, o kişi benim mutluluğumun başlangıcı da olamaz. Hayatıma girecek insanın beni sadece mutlu etmesi yetmez, geçmişimdeki acıları da bana unutturması gerekir. Yoksa bu bir başlangıç değil, geriye doğru görünmez bir kalemle silmektir içini karartan her şeyi... Ve bilirsin bir gün tekrar gün yüzüne çıkacağını onların." Sonra Selim'in yüzüne baktı Bukre. Yorumunu merak ediyordu.

"Bence biraz büyük beklentiler yüklüyorsun aşka" diyerek söze başladı Selim. Bu yanıta biraz şaşırdı Bukre. Beklemiyordu... Devam etti Selim. "Sen senin gibi seven birini istiyorsun Kuşum. Ama kimse aynı sevmez, sevemez. Sen senin gibi seven birini bulduğunda gerçekten mutlu olabileceğini mi sanıyorsun? Mesela ben, bir bana daha katlanamam. Hem aynı senin gibi biriyle hiç mi kavga etmeyeceksin? Senin gibi biriyle kavgaya tutuşman, kendinle kavga etmen olmuyor mu biraz da? Hani o birbiri için yaratılmış insanlar deyimi vardır ya... Hatta öyle birini bulduğunda mucizeler falan olacağı sanılır ya... Ben inanmam böyle şeylere. Birbiri için yaratılmış insanların birbirini bulmuş olmasının nasıl bir mucizevi yanı olabilir ki? Olması gereken olmuştur sadece. Bence asıl mucize birbiri için yaratılmamış insanların birbirine dönüşebilmesidir..."

Hak verdi Selim'e... Söylediklerinde yanlış olan bir şey yoktu. Karşımızdaki insanın doğrularını ve eksiklerini içselleştirebilmekteydi bütün marifet. Sadece inanmak yetmiyordu. Kırılmadan eğilebilmeyi başarabilmeliydi insan. "Haklısın Selim. Başkalarının doğrularında büyümek yerine kendi yanlışlarımızda yok olmayı tercih ediyoruz genelde. Ama her zaman böyle olması gerekmiyor bunun. Arada bir insanın başkalaşması gerekebiliyor. Evet! Benzerin benzeri çekmesi normal ama benzerin benzeri kırması bir o kadar trajik" dedi ve sustu Bukre. Önündeki peçeteyle oynamaya başladı. Belli ki birazdan bir itirafta bulunacaktı Selim'e ve kendisine. "Sanırım ben bir aşka sahip olmayı değil, bir aşkın bana sahip olmasını bekliyorum. Değişmem gerek biliyorum."

Selim konuşmanın başından beri söylemek istediği şeyi Bukre'den duymuştu işte. Kesinlikle haklıydı. O, bir aşka sahip olmayı değil, bir aşkın ona sahip olmasını bekliyordu. "Ah be Yavru Kuşum! Tam da bunu anlatmaktı benim de derdim. Keşke bunu kendin anlayabilecek kadar zamanın da olsaydı aşkta."

Bukre, anlamsızca baktı Selim'in yüzüne. "Nasıl yani?" diye sordu.

"Yani bunu anlamak zaman isterdi ama sen bütün aşklarını koşar gibi yaşadın. Daha doğrusu yaşayamadın. Sana gelenler, erken açılmış bir yaranın geç sürülen merhemi gibi oldular bu yüzden. Sızılarını dindiremediler. Sadece yaranı kapattılar. O yüzden sen o istediğin başlangıcı yapamadın. Ama çok yaralıydın ve vaktin yoktu beklemeye. Bekleyemedin. Beklemedin. Kaldığın yerden devam edecek kadar bile kalmadın hiçbir yerde... Sende eksik olan sabırdı. Bu yüzden yalnızdın. Bu yüzden aşkın sana sahip olamayışı eksiltti seni bu kadar. Bu yüzden aşka sahip olman gerektiğini kavrayamadın bir türlü."

Biraz daha düşündü Bukre. Kendini bir kez daha gözden geçirdi. Elindeki peçeteyi ufalıyordu. Dostunun sıkıldığını anladı. Bir espri bulmaya çalıştı. Ortamı biraz yumuşatmalıydı. "Eee sanırım konuya eğileyim derken içine düştüm." Bukre elindeki peçeteyi bıraktı. Yüzündeki düşünceli ifadeyi koruyarak, "Biraz yürüyelim mi?" diye sordu.

***

İstiklal Caddesi'nin kalabalığına bıraktılar bedenlerini. Bir yığın insanla birlikte Tünel'e doğru akıyorlardı. İkisi de sessizdi. Kalabalıkların kalın duvarlarında, ikisinin arasında ezilen bir sessizliği paylaşıyorlardı. Etraftaki insanlardaydı gözleri. Yanlarından geçip giden insanların yüzlerindeki hikâyeleri okumaya çalışıyorlardı o kısacık anlarda... Belki de kendilerine benzeyen kaderleri taşıyanları arıyorlardı gizliden. Bulsalar sevinecekler miydi?

"Şu insanlara bak" dedi Selim. "Dışarıdan hiçbir kederleri yokmuş gibi görünüyorlar. Hepsi bir oyunun figüranı gibi... Hiçbirinin gerçek yüzünü göremiyoruz. Keder denizinin görkemli dalgalarını seyrediyoruz yüzlerinde. Derinliklerdeki sessizliklerde neleri yaşadıklarını bilmiyoruz ama..." Hiçbir yorumda bulunmadı Bukre. Sadece kafasıyla onayladı dostunu. İnsanları seyretmeye devam etti. "Amaan boş ver! Hayatın hep acı yanlarını konuşacak değiliz ya... Acıyı unutmadan mutluluğu da yaşayabiliriz doya doya... Duyarlılığımızı kaybetmeden" dedi Selim. Bir makas aldı Bukre'nin yanağından. Mutlu etmişlerdi birbirlerini.

Yağmur bastırmak üzereydi İstanbul'da... Ama kimsenin kaçmaya niyeti yoktu bu rahmetten. Yaz yağmurundan kaçılmazdı. Yaz yağmurunda ıslanmak ruhlara en iyi gelen şeydi bu şehirde. Damlalar tek tek düşmeye başlamıştı. Derken iyice hızlandı, sağanak halini aldı. İkisi de koşuyordu İstiklal Caddesi'nde. Kalabalığa çarpa çarpa, kalabalığa aldırmadan. Üzerlerinde tek bir kuru nokta kalmamıştı. Kahkahalarla koşuyorlardı. Çocukluklarından beri ne zaman bir yaz yağmuru yağsa, nerde olurlarsa olsunlar bunu hep yaparlardı. Ve her defasında annelerinden azar işitirlerdi. Yine de vazgeçmezlerdi bu ritüellerinden. Kendilerini özgür hissediyorlardı. Gerçekten mutluydular.

2

Ertesi gün. Cuma. Yine erken saatlerde telefon etti Selim. Bukre, yine uyuyordu. Zor açtı telefonu. "Ya Kuzu sen hiç uyumaz mısın?"

Selim heyecanlıydı. "Bak şimdi Yavru Kuşum. Hemen çantanı hazırlıyorsun. Kampa gidiyoruz. Gece yola çıkacağız."

Bukre ne olduğunu anlayamadı önce. "Ne kampı ya? İzci miyiz biz?"

Güldü Selim. "İzci kampı falan değil Bukre'ciğim. Doğa kampı bu. İki günlüğüne ayarladım. Çadır kurup felsefe konuşacağız. Yeni Yüksektepe Felsefe Derneği'nin bir etkinliği bu."

Bukre, kendine gelir gibi oldu biraz. Selim, her zaman özgün fikirlerle gelir ve eğlenirken öğreten tatil projeleriyle mest ederdi herkesi. İşte yine onlardan biriydi bu. Kaz Dağları'nda kamp yapacaklar, doğa yürüyüşü, dağ tırmanışı ve bilumum faaliyetlerle dopdolu iki gün geçireceklerdi. Selim bir çırpıda anlatıverdi bunları. Bukre, yanına alması gerekenlerin listesini yaptı ve hazırlıklarına başladı. Hafta sonu için mükemmel bir plandı. Ailelerden gerekli izinler alındı. Bukre, yanına erkek kardeşini de alacaktı.

Onları Kaz Dağları'na götürecek olan otobüsün kalkış noktasına geldiler. Üçü de sırt çantalarını bagaja verdikten sonra otobüsteki yerlerini aldılar. Sabah sonlanacak olan yolculuk başlamıştı. Koyu bir sohbet eşliğinde geceye doğru ilerliyorlardı. Herkes birbirini tanıyor gibiydi. Aynı kulübün üyeleriydi hepsi. Aralarında Selim ve Bukre gibi ilk kez böyle bir organizasyonun içinde olanlar da vardı. Etraflarındaki insanlara yabancı gözlerle bakmalarından anlaşılıyordu. Benzerler benzerlerini hemen tanırdı. Geneli kaliteli gençlerden oluşan bir gruptu. Bukre'nin kulağına eğilip, "Gerçi arada kendini şarkı zanneden fon müzikleri de var ama idare et Kuşum" dedi Selim. Gülmemek için kendini zor tuttu Bukre.

Yola çıktıktan üç saat sonra Bukre'nin kardeşi Uygar uyuyakaldı. "Uygar uyudu galiba Bukre?" dedi Selim. Bukre, cam kenarında oturan kardeşine baktı. Uygar, kafasını cama yaslamış ve derin bir uykunun iç huzuruna bırakmıştı küçük bedenini. Bukre, saçlarını okşadı kardeşinin. Usulca öptü yanağından. On üç yaşına gelmiş erkek çocuklar, yalnızca uyurken öpülebilirdi. Buna başka türlü izin vermezlerdi.

Selim'le Bukre'nin arasında otobüsün koridoru uzanıyordu. Yan koltuğu boştu Selim'in. Kardeşinin ayaklarını kendi koltuğunun üzerine yerleştirerek, Selim'in yanına geçti Bukre. "Çok heyecanlıyım. Bugünlerde böyle bir değişikliğe ihtiyacım vardı. Bana bu heyecanı yaşattığın için teşekkür ederim" dedi.

Selim uykuluydu. Sesindeki mahzunluktan belliydi. "Bugünlerde ikimizin de biraz keyif almaya ihtiyacı var Yavru Kuş. Gör bak nasıl iyi gelecek bize."

"Haklısın Kuzu. Bir an önce sabah olsun istiyorum."

Selim, önündeki koltuğun cebinde duran kitabı göstererek, "İstersen okuyabilirsin. Yol daha çabuk biter. Ben biraz uyumayı düşünüyorum. Sabah erken kalktım biliyorsun. Daha dünün yorgunluğunu da atamadım üstümden" dedi.

Bukre, biraz daha konuşmak istediğini söyledi. Sonra birden aklına bir şey geldi. Çıkıştı Selim'e.

"Sen de amma savurgan bir adamsın ha! Eline biraz para geçse, hemen bizim için harcıyorsun. Azıcık tutumlu ol be adam!"

"Ne alaka şimdi birdenbire?"

"Ne bileyim, aklıma geldi ansızın. Hem biraz fırça uykunu açar diye düşündüm."

"Para harcanmak için kazanılır Yavru Kuş. İnsanın dostuyla yediği para en helal olanıdır."

"Öyle ama harcamalarına biraz dikkat etmen lazım... Para kolay kazanılmıyor. Sen zengin biri de değilsin. Hiçbirimiz değiliz. Zenginleri de hiç sevmezsin bilirim. Hatta nefret edersin onlardan..."

Selim, hemen lafa girdi. "O kadar da nefret etmiyorum zenginlerden. Onlar da biraz insan!"

Bukre, kendini tutamayıp yine güldü. Gecede daha da büyüdü gülüşü. Çünkü diğer insanlar daha sessizdi artık. Bunu fark eder etmez kıstı gülüşünü. Sonra bir sessizlik oldu aralarında. "Ikimiz de yalnızız" dedi Bukre. "Ama mutluyuz farkındaysan. İnsan eksiklerine sarılarak da ayakta kalabiliyor, mutlu olabiliyor Kuzu. Biz hep soytarı gibi oyalanmaktansa, asilce terk edilmeyi seçenlerden olduk aşkta. Korkmadık böylesi yalnızlıklardan. Kendimize hep yakıştırdık bu terk edilişleri. Zaten hangi yanlış aşk doğru yaşanabildi ki değil mi?"

Selim kapanmak üzere olan gözlerinden uykuyu kovdu. Önündeki siyah yoldan gözlerini ayırmadan cevap verdi. "Yanlış aşklar yalnızlığın kapısıdır. Kendini aşk kılığında sunar ve bizi içeri davet eder. Yalnızlık hep şekil değiştirir Bukre! Yine kanarız, yine kanarız. Yalnızlık, bize aşktan daha âşıktır. Hep kendisiyle doldurur bizi. Evet, bir başınayız aslında ama yine de ölümcül yalnızlıklardan koruyor işte Allah."

Bukre'nin de gözleri, önlerinde uzanıp giden siyaha daldı. Büyük yorgunluğunu hissediyordu içten içe. "Bana yastığımı verir misin?" dedi Selim'e. Selim, sol omzunu biraz daha yaklaştırdı Bukre'ye... Bukre, çocukluğundan kalma alışkanlıkla hemen omzundaki yerini aldı Selim'in... "Ah Selim..." dedi. "Hiçbir yastık bana bu huzuru vermiyor."

Selim gülümsedi. "Çünkü başını koyduğun her yastık, içinde bir uykusuzluk saklar" dedi. "Ve biz hep yorgunken düşeriz o uykusuzluğun girdabına..."

Bukre, yarı açık gözlerle dinliyordu Selim'i. "Hayatın en gaddar yanı nedir biliyor musun Kuzu?" diye sordu.

"Nedir?" dedi Selim.

"Hayatın en gaddar yanı, bir sonu olduğunu bize hep en mutlu anlarımızda hatırlatması... İnsanların en saf yanıysa hayatın bir sonu olduğunu her seferinde unutması... Oysa çoğu zaman ölmek zamanını beklerken, belli etmeden içimizden ölüyoruz. Defalarca tekrarlanıyor bu son ama farkına varamıyoruz hiç. Biz onu fark edene kadar geçmişe gömülüyor her şey. Keşke geçmiş bu kadar geçmeseydi be Selim. Bize bıraktığı tecrübeler de işe yaramıyor geçenlerin. Bu yüzden aynı hataları tekrarlayıp duruyoruz."

Kısa bir sessizlik oldu aralarında. "Geçmişi geçmiş yapan

geçmemişliği olmalıdır bence" diye karşılık verdi Selim. "Unutulmuş bir geçmiş, kaybedilmiş, yitirilmiş bir geçmiştir. Burada asıl kaybedense, geçmişini unutanın ta kendisidir. Bu yüzden etrafımız üzenlere sarılan, sevenlere darılan insanlarla dolu."

Hemen araya girdi Bukre. "Unutma ama Selim; kadınlar zoru severler. Bu nedenden dolayı kalplerini okşayanı bırakıp, kıranın peşinden giderler."

Devamını Selim getirdi. "Sonra da geride bıraktıklarını ararlar ama... Oh olsun onlara!" diyerek çıkıştı. "Hayat o kadınlara kalplerini kıranları, kendilerinden öncekileri özlesinler diye gönderiyor" dedi ve güldü sonra. Şimdi sıra Bukre'deydi.

"Niye öyle diyorsun Kuzu? Bazen gözümüz hiç kimseyi görmüyor işte!"

"Gözünün ondan başka kimseyi görmemesi de bir tür körlüktür Yavru Kuşum!"

"E gönül bu işte konuyor ne yapalım? Yeryüzüne sevmeyi bilerek mi geliyoruz? O bilinen değil öğrenilen bir şeydir hem. Görmüyor musun ne kadar da 'sevilmek için sevenlerle' dolu bu dünya. Ya da sevmek için sevenlerle."

"Bu yüzden zaten bunca pişmanlığınız."

"Ne yüzündenmiş pişmanlığımız?"

"Aşkın ne olduğunu bilmeden aşka inanıyorsunuz. Aşkı tanımadan aşk yaşamaya çalışıyorsunuz. Sonra bin pişman ağlıyorsunuz. Gözünüzde onca büyüttüğünüzün, küçücük gözyaşı damlalarınıza nasıl sığdığına şaşırıyorsunuz. Bu yangını söndürecek birini arıyorsunuz sonra... Çünkü bazı gözyaşları, insanların içindeki yangını söndürmez; daha da büyütür! Çok sonra elbet birileri gelip giriyor yangınınıza, ya söndürüyor yangınınızı, ya da kendi de yanıyor sizinle."

"Ah be Selim! Ya gecikirler, ya erken gelirler onlar. Hani demiştik ya erken açılmış bir yaranın geç sürülen merhemi diye... Erken gelenler o yüzden yanarlar belki de. Gecikenleri de yangınım istemez zaten. Yanacak yeri kalmadığında gelen suyu neylesin yanan?"

"Sen de haklısın be Yavru Kuşum. Yine de büyük yenilgiler değil bence bunlar. Zaten yenilgi büyükse gerçek bir yenilgidir. Küçük yenilgiler daha fazla bileyler insanı. Arsızlaşıyor zamanla insan. Bulmaktan yorulduğu halde aramaktan vazgeçmeyen zamane âşıklarına dönüşüyor. Aşk açları işte onlar!"

"Sinirlenme Selim. Herkes senin gibi sevmiyor. Bunu sen bana söylemiştin. Herkes aynı sevemez demiştin. Merve'yi düşün şimdi. Ona olan sevginin tek şahidi benim. O bile bilmiyor onu nasıl sevdiğini. Bana okumamı söylediğin şu cepte duran kitabın içinde bile ayraç olarak onun resmi vardır şimdi biliyorum. Ve saygı duyuyorum bu aşka. Belki de en masum aşk, gizli kalan aşktır. Hiçbir sahtelik bulaşmaz ona."

Gözleri doldu Selim'in. Ne zaman Merve dese Bukre, gözleri dolardı. Cevap vermedi. Koltuk cebinde duran kitaba uzandı. Sayfaların arasından fotoğrafı çıkardı. Bir süre izledi Merve'nin gülümseyen yüzünü. Parmaklarıyla okşadı. Bukre'ye uzattı sonra. "Sen bu fotoğrafı okuyabilir misin Bukre?" diye sordu nemlenen gözleriyle. Kederlendi Bukre. Cevap veremedi. "Ben bu fotoğrafı her gece okuyorum" dedi Selim. "Çünkü hayatın fotoğrafı bu... Benim hayatımın fotoğrafı... Solgun durduğuna bakma; hayat, gerçekte başka, fotoğraflarda bambaşka oluyor."

Sonra sayfaların arasını karıştırdı. Aradığı not kâğıdını buldu. Uzattı Bukre'ye. "Ona bir şey yazmıştım. Benim gözlerim çok eskitti bu yazıyı. Senin gözlerine de değsin."

Bukre, çekinerek uzandı kâğıda. "Yazmak, hayatın fotoğrafını çekmektir. Umarım senin gibi görebilirim" dedi ve okumaya başladı.

"Lütfen yüksek sesle bana da oku beni" dedi Selim, gözlerini yolun siyahına yatırarak...

"Bir aşk her anlama gelebilirmiş. Ama her anlam bir aşk etmiyormuş anladım. Ben huzursuzluğa ait bir mutlulukmuşum. Ve bu mutluluğun bir çaresi yok biliyorum. Biliyor ve geri çekiliyorum. Yüzün bana unuttuklarımı, kaybettiklerimi geri veriyor. Sen farkında olmuyorsun. Polis kılığına girmiş bir hırsız gibisin. Kaybettiklerimi geri verirken kalbimi çalıyorsun. Ama oraya girmiyorsun. Kırıyorsun! Bilmiyorsun! Zaten hiçbir kalbe kırarak girilmezdi değil mi? Kırılmış bir kalp seni içinde neden saklar bilir misin? Bilme! Çünkü biz kaybedenleriz. Bizde şans yüzümüze gülmez. Bizde şans arkamızdan güler. Hep nereye gittiğimizi sorarlar; neden kaçtığımızı kimse bilmez. Bizi ya sevmezler, ya sevmezden gelirler... Bu yüzden ne iyileşir ne de ölür bu yara. Sen bizi düşünme. Bitmiş değilim. Eksik öldüm sadece..."

Karşılıksız bir aşkın anatomisi gibiydi bu yazı. Hüzünlendi Bukre. Selim'in yüzünde ise hüzün vardı. "Hangi yorgunluktan geliyordu, kimi sevmişti bu kadar hiç bilemedim. Oysa ben onun gözlerine baktığım gün, kendi kaderimi okudum. Neyi olamayacağımı bildiğim halde ona âşık oldum. Aşk insanın kendi kendini kandırışını gerçeğe çevirme gayretine dönüşüyor bazen. Tükenişi soludum Bukre! Bir bitmişliği ciğere çekmek nedir bilir misin sen? Bir bitmişlikten hayat beklemek... Senin nefes diye alıp verdiğine hayat derim ben. Sen nefes alır nefes verirsin. Ama ben hayat alır ölüm veririm" dedi ve Bukre'ye döndü. Buruk bir gülümseme vardı dudaklarında. "Bir gün aradığın insanı hayatına alırsan sakın ona nefesim deme! Aldığı her nefesi geri veriyor insan..."

Bukre sımsıkı sarıldı dostuna. Selim'i çok iyi anlıyordu. Uzaktan sevmek eksik bir rahatlık, ayaküstü bir mutluluk gibiydi. Çok fazla duygusallaşmıştı. "Ağlıyor musun?" diye sordu Selim. Donuk ve mağrur bir yağmur bulutu gözlerinde saklanıyordu. Yüzünü pencereye döndü.

"Her gözyaşı yenilgi değildir. İnsan bazen daha fazla dayanabilmek için ağlar Selim."

Otobüsler hüznün ve huzurun bileşkesidir. Hayat denen olguda huzur güldürür, hüzün ağlatır. Ama hüzünlü bir huzur sadece gülümsetir. Gülümsüyordu Bukre. Islak gözleriyle gülümsüyordu. İlk oturduğunda ona konforlu gelen koltuk, yol uzadıkça rahatsız etmeye başlamıştı. Bütün otobüs yolculuklarında böyle olurdu. Uygar'a baktı. Mışıl mışıl uyuyordu. "Hadi sen de uyu biraz" dedi Selim'e. Selim, koltuğunu arkaya yasladı ve gözlerini kapadı. Beş dakika sonra uykunun kollarındaydı. Otobüs, geceyi çiğneyerek ilerliyordu.

***

Kalbinin sesi tarafından kandırılan insanlar vardır. Onlar, kalpleriyle akılları arasında bir seçim yapmışlardır. Kalp ile beynin savaşında asıl kaybeden kendileri olmuştur. Kaybedilmiş bir aşkta, beraber çıkılmış bir yolun yalnızıdır onlar. Mahkûm edildikleri yalnızlığın suçu, onları bu yalnızlığa mahkûm edenler olsa da bedel ödemek onlara düşer. Ama yine de sevmeye devam ederler. Avcılarına âşık olan kuşlardır onlar. Sonra, bütün yolların aynı yere çıktığını gördüklerinde anlarlar kaybolduklarını. Fakat yine de yanlışlığı yalnızlığa tercih ederler. Kendilerine yalanlar söylerler. "Yalan söylemiyorum; gerçekler sürekli değişiyor" diye aldatırlar benliklerini. Gerçekler, simsiyah saçların arasında beliren beyaz bir saç teli gibi sırıtır onlara... Yaralanırlar... Ama ölmezler; arada bir yaşarlar...

Onlar, bir bahar için bin kışı göze alanlardır. "Önemli değil, uğruna kaybedebileceğim o kadar çok şeyim var ki..." derler ve içinde huzur olmayan bir mutluluğu kendileriyle bölüşürler. Yaşadıkları anı bile yaşayamadıkları geçmişte unuturlar. Kendilerini hatırlatan her şeyi kendilerinde kaybederler. Kaderlerini değiştirmeye yetmez hiçbir rastlantı. Dilsiz olur onların yaraları. Tenin altında konuşur çünkü

Yüzüstü bırakılırlar; çünkü en çok sahip olamadıklarına kızan ama en çabuk sahip olduklarından vazgeçen insanlardır onları terk edenler. Aynı acının farklı mutsuzlarıdırlar. "Neden aklımızdakiler yanımızda değil?" sorusunu sorup dururlar kendilerine. Ruhları ısınsa da kalpleri hep kıştır. Bir ağıt dökülür dudaklarından usulca: "*Yarın da sabah olacak. Bende batan güneş, sende nasıl doğacak?*"

Sitem dolu bir ağıtın soruya dönüşmüş halidir bu. Cevabı

olmasa da, onları rahatlatır. Geriye kalan tek şey artık bir teselli cümlesidir: *"Her seven kendi aşkının katilidir."*

Bunları düşünerek uykuya daldı Bukre. Başı, içinde huzur saklayan bir yastığa düştü. Selim'in omzuna...

***

Sabah olduğunda inecekleri yere gelmişlerdi. Pek de rahat olmayan bir yolculuktu. Kamp yapacakları alana doğru, hiç tanımadıkları 30-35 kişilik grupla yürümeye başladılar. Grubun lideri onları yönlendiriyordu. Yarım saatlik yürüyüşten sonra çadır kuracakları alana geldiler. Etrafı ağaçlarla kaplı, yeşilin onlarca tonunu içinde barındıran bir yamaç kenarıydı burası. Bukre ve Selim, çadır için gerekli hazırlıkları tamamlarken, Uygar da onlara yardım ediyordu. Hep birlikte çadırlarını kurdular. Grup lideri, kısa bir konuşma yaparak neden burada olduklarını, iki gün boyunca ne gibi faaliyetlerde bulunacaklarını anlattı.

Yavaş yavaş herkes birbiriyle tanışmaya ve yardımlaşmaya başlamıştı. Kahvaltıdan sonra felsefe hocası "Doğa ve Felsefe" başlıklı bir anlatı yaptı. Katılımcı olan herkes kendi görüş ve birikimlerini aktararak konuya dahil oldu. Selim de söz aldı. Bukre, gururlanarak dinledi dostunu. Daha sonra bir dağ yürüyüşü gerçekleştirdiler. Sırt çantalarıyla uzun bir yamacı tırmandılar. Kampa döndüklerinde çok yorulmuşlardı. Yeşil çimenlerin üzerine bıraktılar kendilerini. Bukre'nin saçları çimenlerin üzerinden siyah bir ırmak gibi akıyordu. Güneş batmak üzereydi. Solgun ışıkları Bukre'nin yüzünde nefesleniyordu. Yüzünün duru güzelliği daha belirginleşiyordu. Kilometrelerce uzaklardan fark edilebilecek bir güzellikti bu. Kampın en güzel kızıydı Bukre... Ve herkesin gözü onun üzerindeydi. Kendisi fark etmemiş olsa da...

Keyifle başlayan gün, kendini akşamın yorgun kollarına teslim etmişti. Herkes kamp ateşi için heyecanlanıyordu. Kampın ortasında kocaman bir ateş yakıldı. O ateşte yemekler pişirildi. Gruptakiler birbiriyle kaynaşmaya başlamıştı. Bukre, Selim ve Uygar biraz daha dışa kapalı duruyordu. Küçük yardımlaşmalar dışında kimse onlarla uzun boylu konuşmalara girmemişti zaten.

Yemekten sonra çevreyi elbirliğiyle temizleyip, ateşin etrafında toplanarak sohbet etmeye başladılar. Sonra bir alkış sesiyle bölündü konuşmaları. Karşı grubun içinde bir gitarist şarkı söylemeye hazırlanıyordu. O gruba doğru yaklaştı herkes. Grup lideri kampın tek müzisyeni olan Cem'i takdim etti. Cem, uzun saçlarıyla bir rock grubu solisti gibi duruyordu. Yüzündeki çocuksu ve aynı zamanda erkeksi ifade ise onu daha da çekici kılıyordu. Kamptaki tüm kızlar, onu hayran hayran izliyordu. Şarkılarına eşlik ediyor, her şarkı sonunda Cem'i çılgınca alkışlıyorlardı. Kendisine gösterilen bu ilgiden memnun görünüyordu Cem. Hayran bakışlarından etkilenmiyormuş gibi görünse de bu durum içten içe çok hoşuna gidiyor, ruhunu okşuyordu. Bukre ve Selim, şarkılara eşlik ederken, Uygar ateşle oynamayı tercih etti. Ateşin göğe yükselen yalımları eşliğinde şarkılardan yapılmış görünmez hareler, dinleyenlerin içini ısıtıyordu. Cem'in hayran olunacak derecede güzel bir sesi vardı. Gece ilerledikçe şarkıların ritmi de hızlanıyor, biraz önce yavaş şarkılarda dans eden çiftler, şimdi kıvrak müziğin eşliğinde yorulmak bilmeden dans ediyordu.

Cem'in gözü kendisini sükûnetle dinleyen, eşlik eden,

abartmadan alkışlayan ama hiç dans etmeyen Selim ve Bukre'ye odaklanmıştı. Selim ve Bukre, Cem tarafından göz hapsinde tutulduklarının farkında değildiler. Zaten hızlı şarkılara geçilince, dinlemeyi bırakıp, kendi aralarında sohbet etmeye başlamışlardı. Daha sonra da Uygar'la ilgilenmeye başladılar. Onun küçük ve yorgun bedeni, bugün için biraz fazla zorlanmıştı. Ama çok eğleniyordu. Onu çadırına götürdüler. Hemen uyudu. Ablası ve Selim çadırın fermuarını çekerek onu uykunun rahat ve huzurlu kollarına bıraktılar. Az ötede duran irice bir kayanın üstüne çekildiler sonra. Müzik devam ediyordu. Bir süre sonra o da bitti. Alkışlar eşliğinde yerinden kalktı Cem. Elinde gitarıyla birlikte çadırına doğru yürüdü. Birkaç genç kız kendisiyle konuşmak istedi. Pek yüz vermedi Cem. Aslında onun niyeti Bukre ve Selim'in yanına gitmekti.

Cem'in kendilerine doğru yaklaştığını görünce sohbeti kestiler. Bir iki adım ötelerinde durarak kibarca selam verdi Cem. "İyi geceler arkadaşlar." Bukre, onu gece boyunca otururken gördüğü için, uzun boyu kendisini çok şaşırtmıştı. Geniş omuzları ve buğdayımsı teniyle, daha da önemlisi insanın gözlerinden içine giren keskin bakışlarıyla karşısındaki kişiyi hemen etkisi altına alabilen biriydi Cem.

"İyi geceler" dedi Selim kendine has kibarlığıyla. Aynı anda, aynı zarafetle Bukre de aynı karşılığı verdi. Yüzüne hoş bir gülümseme yayıldı Cem'in. Bukre, "Bir insana gülmek ancak bu kadar yakışır..." diye geçirdi içinden. Bir yandan da onun neden bunca arkadaşı varken kendi yanlarına geldiğini düşünüyordu.

Çok geçmeden Cem, "Daha önce sizi hiç görmemiştim. Yenisiniz sanırım?" dedi.

Selim, "Evet ilk defa katılıyoruz ama ben uzun zamandır Facebook sayfanızdan derneğinizi takip ediyordum. Hatta birkaç defa Kadıköy'deki 'İnsan Nedir?' konulu etkinliklerinize de katıldım" dedi.

Cem iki adım daha yaklaşarak elini uzattı. "Adım Cem."

"Memnun oldum, ben de Selim. Bu da dostum, çocukluk arkadaşım Bukre."

Cem gözleri parlayarak Bukre'ye döndü. Bukre, soğuk ama çekici ifadesinden taviz vermeden, yapmacık bir gülümsemeyle uzattı elini.

"Çok değişik bir isim. Nedir anlamı?" dedi elini uzatırken Cem. Bukre, adının anlamının sorulmasına alışıktı.

"Sabaha karşı. Gecenin sabaha en yakın olan zamanı. Adımın anlamı bu..."

Aldığı cevaptan memnundu Cem. "Bugün yeni bir şey daha öğrendim" dedi.

Cem, gözlerini Bukre'den ayırmıyordu. İkisi de bakışlarının her çarpışmasında bir boşluğa düşer gibi oluyordu. Durumu fark eden Selim, "Kayamıza oturmaz mısınız?" diye sordu.

Bu soru Cem'i kendine getirmişti. "Memnuniyetle" diyerek ve önceliği Bukre'ye vererek kibarlığını gösterdi. Konuşkan ve cana yakın birine benziyordu Cem. "Ee? Nasıl buldunuz kampımızı?" diye sordu. Ortaya atılmış, öylesine bir soruydu bu. Özellikle birine sorulmamıştı. Selim, kendisini sorunun öncelikli muhatabı olarak gördüğü için hemen cevap verdi.

"Her şey çok güzel... Kafamızı dağıtmak için gelmiştik zaten. İyi ki de gelmişiz."

Cem, Bukre'ye dönerek, "Siz de eğleniyor musunuz?" diye sordu.

Bukre, küçümseyici bir tavırla, "Eğlenmeye gelmedik biz. Sadece beynimizi dinlendiriyoruz. Zaten Selim gerekli cevabı vermişti biraz önce" dedi. Sesindeki yapay sertlik hemen anlaşılıyordu. Neden böyle bir yanıt verdiğini kendi de anlayamadı. Kendini hoşlandığı erkeğin dikkatini çekmek için ona tavırlı yanıtlar veren ortalama kızlar gibi hissetti bir an. Yaptığından utanır gibi oldu. Cem, hiçbir şey olmamış gibi gülümsemeye devam ediyordu. Bukre'nin bu tavrını ya anlamamıştı ya da anlamazdan gelmişti. Ya da bu tavır çok hoşuna gitmişti.

"Yarın kanoyla açılacağız, çok keyifli olacak" dedi ve gülümsedi. Bukre, cevap vermedi. Selim girdi araya.

"Bukre'nin kardeşi binemez, korkar. O yüzden katılabileceğimizi sanmıyorum."

Cem hemen atıldı. "Eğer sizi bu zevkten mahrum bırakacaksa, ben Bukre Hanım'ın kardeşiyle ilgilenirim.

Bukre, duruma müdahale etme gereği duydu. "Gerek yok Cem Bey. Nezaketiniz için teşekkür ederim" dedi. Sözleri bir öncekilerden daha sert gibi görünse de yumuşak bir ton kullanarak konuşmuştu bu kez. Hatta biraz nüktedan bile denebilirdi. Kısa bir duraksamadan sonra gülmeye başladı Cem. Selim ve Bukre, anlamsız bir şekilde birbirine baktı. Cem gülmeye devam ediyordu. Bukre, daha fazla dayanamadı.

"Söylediğimin nesi komik Cem Bey?" Sesindeki kızgınlık bile Cem'i gülmesinden alıkoyamadı. Karnını tutarak cevap vermeye çalıştı.

"Ya çok özür dilerim" dedi. Gülmekten zor konuşuyordu. "Burada dağ başındayız. Dağ sporları falan yapıyoruz, şarkılar söylüyoruz. Kamp içindeyiz ama birbirimize sürekli hanım, bey falan diyoruz Türk filmi gibi... Ona gülüyorum." Bu açıklamayı yaparken hâlâ gülmeye devam ediyordu. Ama karşısındakilerle göz göze geldiğinde, onların gülmediğini fark etti. Hatta ikisi de sert bakışlarla eziyordu Cem'i... Cem'in önce yavaş yavaş gülüşü sonlandı, sonra yüzüne bir ciddiyet indi, kızarmaya başladı. "Yani şey... Ne bileyim işte komik geldi bir anda" dedi ve kafasını öne eğdi utanarak. "Değil miydi sizce?" diye sorup, yalvaran gözlerle yüzlerine baktı. Tam o anda Bukre ve Selim, kahkahayı koyuverdi. Aptala dönmüştü Cem. Bir süre anlamadan seyretti. Sonra o da onlara eşlik etti. Güzel bir dostluğun ilk adımı bu kahkahalarla atılmıştı.

***

Kampın ikinci günü çok eğlenceli geçmişti. Cem, Bukre, Selim ve Uygar tüm etkinliklere beraber katılmış, akşama kadar ayrılmamışlardı. Özellikle Cem'in uygara yaklaşımı tam bir ağabey gibiydi. Bu, Bukre'nin çok hoşuna gitmişti. Kamptaki diğer kızların gözü de Cem'in üzerindeydi gün boyu. Ama Cem o bakışlara hiç aldırmıyordu. Akşam çadırlarını topladılar ve dönüş için otobüse bindiler. Bu kez Selim'in yanında Cem oturuyordu. Yol boyunca, birbirlerini daha iyi tanımak adına, hayatlarıyla ilgili sorular sordular. Herkes çok mutlu görünüyordu. Selim bir ara, "Aslında hayat çok güzelmiş de biz yanlış anlamışız" dedi. Cem gülüşleriyle karşılık verdi.

Bukre, bir ara İstanbul'da ne yaptığını sordu Cem'e...

"Ben bir müzisyenim" dedi Cem. "Bazı mekânlarda sahne alıyorum. Öyle sürekli olmuyor tabii. Dönemlik işler bizimkisi." Tam o sırada Selim ileriye yönelik palanlarının ne olduğunu sordu Cem'e. "Bestelerim var. En büyük hayalim bir albüm çıkartmak. Ama çok zor görünüyor. Şimdi herkes korsanda... Firmalar albüm yapmaya pek yanaşmıyor. Para biriktiriyorum. Kendi imkânlarımla başarmaya çalışacağım."

"O nasıl olacak?" diye sordu Bukre.

"Stüdyo kiralayacağım. Bana bir albüm için on gün yeter. Bestelerim hazır. İyi bir düzenlemeciyle çalışırsam, istediğim gibi olur. Gitarları ben çalacağım. Diğer çalgılar için kafamda bazı isimler var. Kayıt işi bitince de firma firma gezeceğim. Her şey paraya bakıyor işte" dedi. Hayalini anlatırken gözlerinden bu işi yapmayı ne kadar çok istediği anlaşılıyordu.

"Bir gün bize şu bestelerini dinletir misin? Yoksa albümü mü bekleyelim?" dedi Bukre.

Cem, gülümsedi. "Bir gün çıktığım mekâna gelin. Orada dinlersiniz."

Cem, Selim ve Bukre'yi tanımak için özel hayatlarıyla ilgili sorular soruyordu. Ve aldığı her cevaptan sonra o da kendi hayatından bir şeyleri onlarla paylaşıyordu. Ailesi Mersin'de yaşıyordu Cem'in. Dört kardeşlerdi. Babası Mersin Limanı'nda çalışıyordu. Annesi ise özel bir bankada... Yirmi sekiz yaşındaydı Cem. Ama daha genç gösteriyordu. Üstüne sinmiş ve hiç çıkmayan bir çocuksuluk vardı. Hafif haşarı, esprili, zeki ve çokça yakışıklıydı. İstanbul'da nerede oturduğunu sordu Selim. Bakırköy cevabını alınca da çok sevindi. "Yakınız" dedi. "Biz de Bahçelievler'de oturuyoruz."

"Vuuu!" dedi Cem. "Çok rahat görüşürüz o zaman."

"İnşallah" diye yanıtladı Selim. Onun bu çocuksu tavırları, Selim'in olgun haline pek benzeşmiyordu ama yine de iyi anlaşıyorlardı.

Bukre, Cem'in gözlerinde anlamını bir türlü kavrayamadığı bir ışık görüyordu. Ve ne zaman göz göze gelseler bu ışık sanki daha da belirginleşiyordu. Bir yandan sohbet ederlerken, diğer yandan da bunun ne olduğunu düşünüyordu Bukre. Kuvvetli bir çekiciliği vardı Cem'in. Ama aynı zamanda görünmez bir duvarla örülüydü sanki. Dünyaları çok ayrıydı aslında. Ortak bir yan bulmaya çabalamak anlamsız geliyordu Bukre'ye...

Yorgun bedenleri uykuya yenik düştüğünde, sabah olmak üzereydi. Otobüs İstanbul'a yaklaşmıştı. Gözünü ilk açan Selim oldu. Şöyle bir etrafına bakındı. Herkes uyuyordu. Sonra kitabına uzandı ve okumaya başladı. Yaklaşık bir saat sonra Cem uyandı. Ardından Uygar. Uygar hemen ablasını uyandırdı. "Abla daha ne kadar yolumuz var" diye sordu. Az kalmıştı.

***

Otobüsten inince aynı yöne gidecekleri için hep beraber aynı taksiye bindiler. Takside birbirlerinin telefon numarasını kaydettiler. Bukre ilk defa aile hattının numarasını bir yabancıya veriyordu. Yine de bundan bir rahatsızlık duymadı. İçinden bir his Cem'e güvenmesi gerektiğini söylemişti. Önce Cem'i Bakırköy'e bıraktılar. Taşhan Caddesi'ndeki bir apartmanın bekârlar için kiralanan birinci kat dairelerinden birinde oturuyordu. Daha sonra kendi mahallelerine doğru hareket ettiler. Cem, arkalarından el sallıyordu.

Biraz uzaklaştıktan sonra Bukre, "Sence nasıl biri?" diye sordu Selim'e.

Selim hiç tereddüt etmeden, "Bence iyi biri" diye yanıtladı soruyu. Her ikisi de aynı kanıdaydı.

O gece yatağında düşünüp durdu Bukre. İki mükemmel gün geçirmişti. Son günlerde yaşadığı o can sıkıcı olay aklına bile gelmemişti bu iki günde. Selim'in çabaları işe yaramıştı. Bukre ne zaman üzülse, Selim hep yardımına koşardı. Hemen hayata döndürürdü onu... O gece uykuya dalana kadar dua etti Rabb'ine. Sayıları giderek azalan Selim gibi düzgün ve dürüst insanlar için dua etti. Tek istediği, Merve'nin bir gün Selim'in aşkını fark etmesiydi. Bir insanın sizi sevdiğini fark etmemeniz, karşınızdaki insanı öldürmeden, katili olmanız demekti. Böyle bir durumu hak etmiyordu Selim. O, kötü hayatın iyi insanıydı. İçinde gizli bir yara taşıyordu. Bukre'den başka kimse o yaranın ne olduğunu bilmiyordu. Yaranın sırrı acısında gizliydi. Selim ne öyle bir yarayı, ne de öyle bir acıyı hak ediyordu. O gece yemin etti Bukre; eğer bu aşkı Merve fark etmezse, kendisi fark ettirecekti. Can dostunun böyle sessizce erimesine seyirci kalamazdı.

Kaderin garip bir cilvesiydi bu. Bin bir canla severken, uğruna verecek sadece bir canının olması... Yine de istense hiç düşünmeden o canı verebilecek biriydi Selim. Bunu, geçmişteki tecrübelerinden biliyordu Bukre. Geçmiş önemliydi onun için. Bugünün verdikleriyle kendine güçlü bir yarın kurabilirdi insan. Hiçbir bugün, yarınsızlığı hak etmiyordu çünkü... Ama çizilen o yolda ilerlemek için mazinin tecrübelerine ihtiyaç vardı. Tecrübe dediğinse izlerini gördükçe hatırladığın bir yaraydı.

***

Ertesi sabah cep telefonuna düşen mesajla uyandı Bukre. Bir günaydın mesajıydı bu ve Cem'den geliyordu. O da Gü-

naydın yazarak yanıt verdi. Yüzünde mutlu bir gülümseme oluştu. Hemen Selim'i aradı. "Günaydın Kuzu. Nasılsın?"

Selim şaşırmıştı. "Sana da günaydın. Sen bu saatte uyanır mıydın? Hayırdır minik kuş?"

"Sabah sabah güzel bir mesajla uyandım. Cem'den geldi." Cümlenin sonuna doğru, yüzünde oluşan gülümseme sesine de sirayet etmişti.

Selim Bukre'nin sesinin o halini iyi biliyordu. "Hadi bakalım hayırlısı olsun" dedi kinayeyle.

Bukre, ciddi bir tavır takındı hemen. "Bir şeyleri mi ima etmeye çalışıyorsun Selim?"

"Evet" diye yanıt verdi Selim hınzırca bir gülüş eşliğinde. Buluşup konuşmaya karar verdiler.

Bukre, evden çıkmadan mail'lerini kontrol etmek istedi. Bilgisayarını açtı ve mail'lerini taradı. Sonra Facebook sayfasına girdi ve Cem'den gelen ekleme davetiyle karşılaştı. Kabul etti hemen. Sonra fotoğraflarını incelemeye başladı Cem'in. Sahnede şarkı söylerken çekilmiş fotoğraflarıyla doluydu profili. Gece insanlarından oluşan gruplarla, şamatalı anların duruşları vardı her karede. Ne kadar da ayrı dünyaların insanları olduklarını düşündü. Sonra boş verdi içinden. Her insanın sosyal hayatı ve yaşam biçimi aynı olacak değildi ya! Bunu düşünür düşünmez de neden böyle bir savunma yaptığını sordu kendine. Yoksa...

Tam bu sırada *Kabul ettiğin için sağ ol :)* mesajı geldi Cem'den. Demek o da bilgisayar başındaydı. *Rica ederim ne demek ;)* diye yanıtladı hemen. Beklenen cevap gecikmedi:

Bugün ne yapıyorsun?

Selim'le buluşacağız.

Hadi ya! Tüh :(

Neden üzgün yaptın?

Ben de bugün ikinizi çıktığım mekâna davet edecektim.

Geliriz :)

Gerçekten mi?

Geliriz tabii, neden gelmeyelim?

Oleeeyy. Çok sevindim :)

Kaçta ve nerde?

Önce Selim'e gelip gelemeyeceğini sormayacak mısın?

Hayır! Biz birbirimize gelip gelmeyeceğimizi sormayız; sadece "Gel!" deriz. Ve neden diye sormadan koşa koşa gideriz nereye çağrılmışsak. Gerçek dostlar dostun "Gel!" çağrısına neden diye sorarak yanıt vermez. Geliyorum der.

Kıskandırdınız beni şimdi. Demek ki benim etrafımda hiç dostum yokmuş :(

Bence buradan yazışmayalım. İstersen ara beni ve adres saat söyle.

***

Akşamüstü buluştular. Üsküdar'da, canlı müzik yapan bir kafeydi burası. Bir iş hanının teras katındaydı. Adı da Teras Kafe'ydi zaten. Göz önünde bir yer olmamasına rağmen, çok kalabalıktı. Cem tarafından kendileri için ayrılan masaya oturdular. Üzerinde, iyi bir ev sahibi olmaya çalışan insanların telaşını taşıyordu Cem. Çaylarını içerken sohbet etmeye başladılar. Bukre'nin evden çıkarken kendine daha fazla özen göstermiş olması Selim'in gözünden kaçmamıştı. Neyse ki Cem, bu ayrıntıyı fark edecek kadar tanımıyordu Bukre'yi.

Türlü şakalar ve esprilerin ardından sahneye çıkma zamanı gelmişti Cem'in. Önce gitarının akordunu yaptı. Sonra mikrofon açısını ayarladı. Küçük bir selamlamadan sonra ilk şarkısına geçti. Bir aşk şarkısıydı bu. Şarkıyı söylerken, arada bir Bukre'nin gözlerinin içine bakıyordu. Bu hareket Bukre'nin hoşuna gitse de utanarak kaçırıyordu bakışlarını. Selim kendini şarkıların ahengine kaptırmıştı. Bir ara, "Kesinlikle albüm çıkartmalı" dedi. Bukre onayladı. Cem'in sesindeki büyü, ikisini de etkilemişti. Birlikte bildikleri şarkılara eşlik ettiler, bilmediklerini sessizce dinlediler. Bir saat sonra ara verdi Cem ve masaya döndü.

Sahneden iner inmez, hayranları arasında "Acaba bizim masamıza gelir mi?" beklentisi oluştu. Özelikle kızların kalabalık olduğu masalar, sanki bakışlarıyla buyur ediyorlardı yanlarına. Cem, misafirlerinin masasına odaklanarak gelip yerine oturdu. Sanki o programı sadece onlar için yapıyormuş gibiydi. Selim ve Bukre sahnesini çok beğendiklerini söyleyip tebrik ettiler.

Mekânın alkolsüz olması Selim'in ve Bukre'nin çok hoşuna gitmişti. Asla içki içmezlerdi. Tam bir Yeşilaycıydılar. Bu düşüncelerini hemen paylaştılar onunla. Cem, "İçen insanlara şarkı söylemek benim tarzım değildir zaten" dedi. "O yüzden bu tür mekânları seçiyorum." Cem'in bu tavrını takdir ettiler.

Bukre, "Neden kendine ait şarkıları seslendirmiyorsun?" diye sordu. Cem, şarkılarını albümüne sakladığını ve yayılmasından, hatta çalınmasından korktuğunu, bu yüzden çıktığı mekânlarda kendi eserlerini pek seslendirmediğini söyledi.

"Çok nadiren okuyorum. Ama bir gün benim eve gelirsiniz, size evde söylerim olmaz mı?" dedi.

On beş dakika sonra yine çıktı sahneye. Gözü yine Bukre'deydi. "Bu şarkıyı beni ilk defa burada dinlemeye gelen Bukre ve Selim için seslendiriyorum" dedi. Yan masalar biraz kıskanarak baksa da zoraki bir şekilde alkışladı. Utanmıştı Bukre. Daha büyük bir dikkatle dinlemeye başladılar. Şarkının içinde "*Sarılmış bir yara yeniden kanar mı?*" diye bir söz geçiyordu. İlk defa duyuyorlardı böyle bir şarkıyı. Şarkı devam ediyordu: "*Sarılmış bir yara yeniden kanar mı? / Küllenmiş bir ateş yeniden yanar mı?*" Cem'in gözleri Bukre'den ayrılmıyordu.

Kendini, hem düşmekten korktuğu hem de düşmek istediği bir uçurumun kenarında hissediyordu Bukre. Aşk yağmuru, altında ıslanması için, onu bir şarkı kılığında çağırıyordu sanki... Ama Bukre, ıslanmaya hiç hazır değildi. Topraklar kuraklıktan ölse de yağmurlar yavaşça inerdi. Islanmaktan korkmak da neyin nesiydi? Nasılsa bütün yağmurlar bir gün dinerdi. Aşk yağmuru adamı ıslatırken yakardı. Ama Bukre, hazır değildi böylesi bir yangına. Ki o yangını iyi bilirdi. Fakat yanarken ıslatanlar bile çare olamamıştı ki...

Uçurumun yüksekliği, havada geçen zamanda ölmemeyi uzatmaktan başka bir işe yaramaz. Ve her uçurumun bir sonu mutlak vardır. Ne kadar uzun düşersen, o kadar çabuk ölürsün. Kendini uçurumlarda kaybetmeyenlerse, yamaçların yaralarıyla yaşar. Kanayarak yaşamaktır bu... Evet! Aşktan korkuyordu Bukre. Çünkü yaralıydı. O yaralarla bir uçurumdan daha atlayamazdı. En iyisi iyileşmeyi beklemekti.

***

Mekândan hep birlikte çıkıp, Kadıköy'e geçtiler. Bakırköy deniz otobüsüne bindiler. Yol boyunca hiç durmadan konuştular. Çok güzel bir gündü. Ama Bukre'nin aklının yarısı içindeki uçurumun kenarında kalmıştı. Ve ne zaman Cem'in gözlerine baksa, o uçuruma bir adım daha yaklaşıyordu. Kafası çok karışmıştı. Selim'le konuşmalıydı. Evet! Kesinlikle Selim'le konuşmalıydı. Böyle zamanlarda ona en iyi çare, Selim'le konuşmaktı. Bakırköy'e indiler. İstanbul Caddesi'nde ayrıldılar. Ayrılırken o şarkıyı sordu Bukre.

"Kimindi?"

Cem gülümsedi.

"Senindi."

Sersem gibiydi Bukre. Ağır adımlarla uzaklaşırlarken oradan, sanki şehir onlara gülüyordu. Karmakarışıktı duyguları. Bunca yanılgıdan sonra yeniden aşka yürümek, eskitilmiş bir hayata taze adımlarla başlamak gibiydi. Kendisi ne kadar dik yürüse de adımladığı yol eğriydi. Eğri yolda doğru yürünmezdi. Bir yandan çok korkuyor, diğer yandan korktuğu şeye teslim olmak istiyordu. İlk kez korkudan kaçmıyordu ve ilk kez korkusu onu kucaklıyordu.

Yan yana, konuşmadan yürüdüler. Aslında Selim'le konuşacağı o kadar çok şeyi vardı ki Bukre'nin... Fakat beyninde dolaşıp duran düşünceleri, bir türlü dilinde sıraya koyamıyordu. Ağzını açsa, açtığıyla kalacaktı sanki. Selim, "Âşık oluyorsun" dedi birden.

Duymak istediği en son cümle buydu Bukre'nin. Tedirgince baktı yüzüne Selim'in. Adımları yavaşladı. Bir insan tarafından bu kadar iyi tanınmak, bazen çıplak bırakıyordu kişiyi. Önce inkâr etmek istedi. "Hayır" demek geçti içinden. Ama Selim buna kahkahayla gülerdi, biliyordu. Vazgeçti. "Nerden anladın?" diye sordu.

Selim işi hemen sulandırdı. "Bir kadın yolda yürürken yanındakiyle konuşmuyorsa, ya âşık olmak üzeredir, ya da dünyanın sonu gelmiştir." Tebessüm etti Bukre. Kafasının karışıklığı adımlarına yansıdı. Selim'e çarpa çarpa yürüyordu.

Cumhuriyet Meydanı'na geldiler. Minibüse binmediler. İncirli Caddesi'ni adımladılar hiç konuşmadan. E-5'in üzerindeki köprüden geçtiler. Ömür Plaza'nın önünde durdular. Yorulmuşlardı. Plazanın yola bakan tarafındaki kahve mekânına oturdular.

Selim alakasız bir konudan söz etmek istedi.

"Bugün dershaneye de gitmedin?"

Gözlerini önündeki kahveden ayırmadan cevap verdi Bukre.

"Bugünlerde canım hiç ders çalışmak istemiyor."

Selim bu cevaba hiç şaşırmadı. Bukre'yi çok iyi tanıyordu. Aslında o, aşktan değil, âşık olmaktan korkuyordu. Sonralara yüklediği tedirginlikler, aşkın önüne geçiyordu.

"Bir yenilgi daha yaşamak istemiyorsun, seni anlıyorum. Cem'e karşı bir şeyler hissettiğini ikimiz de biliyoruz Yavru Kuşum. Gözlerinde çok tanıdık bir parıltı var. Aynı parıltıyı Cem'in gözlerinde de görüyorum. Adam sana resmen âşık" dedi Selim.

Bukre, derin bir iç çekti ve itiraf etti.

"Korkuyorum Selim, çok korkuyorum." Kahvesinden bir yudum daha aldı ve devam etti. "Çok yeni bir ayrılık yaşadım biliyorsun. Gerçi senin sayende o kadar hissetmiyorum acısını... Her anımı dolduruyorsun. Üzülmeme fırsat vermiyorsun. Hep beni mutlu etmek istiyorsun. Senin adın dostluğun tanımıdır benim için. Sen olmasan ben şu anda çok daha kötü durumda olurdum. İyiyim. Hem de çok iyiyim şimdi. Ama yine de yeni bir aşk için kendimi hazır hissetmiyorum. Cem, gerçekten doğru insan olabilir ama bir doğru için, bin yanlışa düşmek istemiyorum. Sence de biraz acele etmiş olmaz mıyım Kuzu?"

Böyle bir konuşma yapmasını bekliyordu Selim. Bu yüzden hazırlıklıydı.

"Aşk zaman tanımaz Bukre. Ne durdurabileceğimiz, ne de erteleyebileceğimiz bir duygudur o... Aşk kapımızı çalmışsa 'Şimdi müsait değilim sonra gel!' diyemeyiz ona. Aşk izin almaz. Bu yüzden zamanı da yoktur onun. Soframıza kurulan davetsiz bir misafir gibidir. Bence senin asıl tedirginliğin aşk değil, aşkın getirecekleri."

Hemen araya girdi Bukre.

"Aşkın ne getireceğini bilmiyorum ki Selim. Her zaman sonu kötü olacak değil ya... Belki gerçekten çok mutlu olacağım ama işte..."

Biraz düşündükten sonra Bukre'ye hak verdi Selim.

"Doğru diyorsun Yavru Kuşum. Ben hep şanssız olduğum için bu konuda, endişelerim de hep olumsuz tarafta. Sen haklısın. Güçlü bir karakterin var senin. Sonu kötü olsa ne olur ki zaten? Sen yaranı sarmayı iyi biliyorsun. Ben kendi yarasını senin kadar çabuk saran başka birini tanımıyorum bu dünyada."

Söylediklerinde haklıydı Selim. Ama yine de tam anlayamadığı bir şey vardı. Erkeklerin hiçbir zaman anlayamayacağı bir durumdu bu. "Her ne kadar güçlü görünsem de hâlâ sarılmayı bekleyen yanlarım var Selim! Nihayetinde ben de bir insanım. Bu kadar güçlü göründüğüm için bende açtıkları yaraları, benim sarmamı bekliyorlar. 'Bukre güçlü! Sarar yarasını iyileşir nasılsa' diyorlar..."

Biraz yükselmişti ses tonu farkında olmadan... Dudakları titriyordu. Soran gözlerle baktı Selim'e.

"Şimdi soruyorum sana Selim; insanın yarasını tek başına, kendi kendine sarması iyileşmek midir?"

Bukre'nin bu sorusunun altındaki derinlikte kayboldu Selim. "Değildir..." diyebildi fısıltıyla. "Sadece ayağa kalkmaktır belki, ama iyileşmek değildir" dedi. Haklıydı Bukre. Bu haklılık, kendi durumuna da uygun düşüyordu çünkü... O da, Merve'nin bilmeden açtığı yaralarını kendi sarıyordu içinde. Her defasında ayağa kalkıyordu, ama iyileşemiyordu. Birine ihtiyacı vardı. Yanındalığıyla onu iyileştirecek birine... Yarasını kendi sarabilirdi ama o yaranın iyileşmesi için yaranın sahibine ihtiyacı vardı. Ama sevildiğinden haberi yoksa eğer, yaranın sahibi bunu anlayamazdı. Anlaması için o yaranın biraz da kendinde kanaması lazımdı. Selim, böyle uzaktan severken, kalbindeki yara başka bir tende nasıl kanardı?

Bukre ve Selim, ortak hüzünlerin birbirine bağladığı ve dağladığı iki insandı... Ortak hüzünler birlikte ağladığında, iyileşirdi yaralar... Ama doğruyu aramayacak kadar bezgin, yalana inanacak kadar kolaycı insanlar bilmezdi bunu. Onlar ki yüzlerinde "Olmayan kendileri"ni yansıtan bir maskeyle dolaşır, kendilerini kanıtlamaya güçleri yetmediğinden, başka kimliklere saklanmayı tercih ederlerdi.

Yeryüzü, gerçek olamadıkları için gerçekmiş gibi yapan insanlarla doluydu. Bilmedikleri en büyük gerçekse, bir hiç için bin hiç olmalarıydı... Kalbi tarafından terk edilmiş insanlardı onlar. Gömüldüklerinde ölü sayılsalar da yaşarken de ölüydüler aslında... Onların ortak hüzünleri, kendilerini kandırmak için kullandıkları sahteliklerde gizliydi. Dünya, birbirlerini dinlemeden birbirlerine hak veren insanların sahte cennetiydi. Bu sahte cennetin gerçek cehenneminde yanmaksa, Bukre ve Selim gibilerine paylanan bir eşitsizlikti.

Bukre ve Selim gibiler, aşk uğruna kendi kuraklıklarına başkalarının nehirlerini taşımayacak kadar erdemliydiler. Koşullu sevmezlerdi. "Gülü seven dikenine katlanmasın, dikenini de sevsin..." diyenlerdendi onlar. Dikenlerden gelecek acıyı "Acın sağ olsun..." diye karşılarlardı. Kendilerini söndürmek için başkalarını yakmazlardı. Başkaları ışık saçmak için karanlığa ihtiyaç duyarken, onların ışığının kaynağı parlayan gelecekti... Hayat, dürüst insanları bile değiştirecek kadar kötü olsa da içlerinde hiç büyümeyen saf çocukluklarını öldürmeden büyütmenin saflığını ve dürüstlüğünü taşıyorlardı.

Bu ortak değerler onları birbirine daha da yaklaştırıyor, susarak bile anlaşabiliyorlardı. İşte yine bir sessizlik geçiyordu aralarından. Soğuyan kahvelerindeydi gözleri. Telefonu çaldı Bukre'nin. Annesiydi arayan. Merak etmişti. Kalktılar. Eve kadar birlikte yürüdüler. Selim, apartman kapısının önüne vardıklarında, "Yarın için bir planın yoksa ben boşum" dedi.

"Kendimi derslere vermek istiyorum. Savsakladım biraz" diye karşılık verdi Bukre. Yarın buluşmamak üzere ayrıldılar.

3

Üç gün geçmişti aradan. Bukre, sürekli ders çalışıyor, arada bir Selim'le telefonda konuşuyordu. Bu üç günde *Ne haber? Nasılsın?* türünden birkaç mesaj geldi Cem'den. Telefonuna her düşen mesajda heyecanlanıyordu ama... Yine de içeriksiz, kısa cevaplar yazıyordu karşılık olarak. Artık sıkılmaya başlamıştı bu durumdan. Önünde kazanması gereken bir üniversite sınavı ve çözmesi gereken onlarca test dururken, kafasının bir yanının hep Cem'de olması sıkıyordu canını. Selim'in de işleri yoğundu şu sıralar. Ya babasına yardım ediyor, ya da nadir de olsa çıkan rehberlik işlerine gidiyordu. Kalan zamanını ise kitaplarını okuyarak değerlendiriyordu. Bukre'nin ayrılık acısını atlattığını düşünüyordu artık. Zaten böyle düşünmese, her şeyi bir kenara bırakır ve Bukre'nin yanında olurdu.

Annesinin en sevdiği şey, ders çalışırken kızına hizmet etmekti. Ona devamlı çay ve sevdiği yiyecekleri taşırdı. Sessizce yapardı tüm bunları. Kendisi gibi eşinin ve Uygar'ın da sessiz olmasını isterdi kızı ders çalışırken... Tek derdi kızının iyi bir okul kazanmasıydı. Babası ise tüm emekliler gibi gazetelerin bulmacalarını sessizce çözer, akşamüstü kahveye uğrar, cuma namazlarını kaçırmaz, saat gece yarısını göstermeden uyurdu.

Bu monoton süreç ağır ağır işlerken, hafta sonunun yaklaştığını fark etmemişti Bukre. Aynı dakika içinde, aynı şeyi soran iki mesaj aldı: *Hafta sonu ne yapıyorsun?* Bu mesajlar ona hafta sonunun geldiğini hatırlatmıştı. Mesajlardan biri Cem'den, diğeri Selim'dendi. Her ikisine de hafta sonunu en iyi şekilde değerlendirmek istediğini yazdı. Daha sonra konuşup bir plan yaptılar.

***

Cumartesi sabahı erkenden buluştular. Arada geçen, birbirlerini görmedikleri süre içinde hiçbir eksilme olmadan kaldıkları yerden devam ettiler keyifli birlikteliklerine.

Su parkına gittiler. Havaların birdenbire ısınması, onları bu plana itmişti. Kendilerini parkın insanı peşinden sürükleyen eğlencesine bıraktılar. Park içindeki çeşitli aktiviteler, işe yaramıştı. Uzun zamandır hiç bu kadar eğlenmemişlerdi. Öğlene kadar durmadan su kaydıraklarından kaydılar. Çocuklar gibi neşe içindeydiler. Parkın hafta sonu kalabalığına karışarak, çılgın kahkahalar eşliğinde adeta kendilerinden geçtiler. Böyle bir deşarja ihtiyaçları vardı.

Cem'in Bukre'ye olan ilgisi giderek daha fazla belli ediyordu kendini. Bukre, bu durumdan hiç şikâyetçi değildi. Bilakis hoşuna gitmeye başlamıştı. Su oyunlarında Cem tarafından korunup kollanmak ruhunu okşuyor ve Cem'e olan güvenini artırıyordu gizliden. Oyunlarda da olsa sahip çıkılmak, bir eksiğinin tamamlanması gibi bir duygu oluşturuyordu onda. Aralarında sanki yıkılmayacakmış gibi görünen bir güven duvarı yükseliyordu sessizce.

Bir ara havuzdan çıkmasına yardım etmek için elini uzattı Cem. "Hadi, artık bir şeyler yiyelim. Kurt gibi acıktım!" dedi. Bukre de elini uzattı. O an, ellerinin birbirine dokunmasıyla, içinde oluşan elektriğin, kendisini bu kadar etkileyebileceği aklının ucundan bile geçmezdi Bukre'nin... İki insanın eli birbirine dokunduğunda nerde görülmüştü bir yüreğin bu kadar kıpırdanabileceği? Oluyordu işte. Çekemedi elini Cem'in elinden. Sanki görünmez bir bağ, sımsıkı kenetlemişti ellerini. Gitarın tellerine basmaktan nasırlaşmış parmak uçlarını, buna rağmen avuçlarındaki yumuşaklığı, sıcaklığı, onu içine çeken her şeyi hissediyordu. Sanki eli evini bulmuştu. Yuva gibiydi avuçları. Ömrü boyunca arayıp durduğu yuva...

Havuzun merdivenlerinden, Cem'in yardımıyla çıkarken, öne doğru eğilmiş olduğu için, yüzüne düşen ıslak saçlarının kirli sakallarının arasına karışmış hali ve o saçların arasından iki yıldız gibi parlayan gözleri, onu adeta büyülemişti. Duraksadı. Cem'in gözlerine dalgın dalgın baktı. "İyi misin?" diye sordu Cem, gülümseyerek. Hiçbir yanıt vermedi Bukre. Efsunlanmış gibiydi sanki. Güneş yüzüne vurdukça, daha bir güzelleşiyordu Cem'in gözleri. O parıltıdan kaçmak istedikçe, o parıltıya esir oluyordu insan.

"Gözlerin..." dedi büyülenmiş bir sesle.

"Gözlerim?" diye şaşkınlıkla sordu Cem.

"Gözlerin... bakmak için çok fazla."

Hiçbir şey anlamadı Cem. İkisi de dalgınca yürüdü havuzun kenarından. Birden Selim çıktı karşılarına. "Hızlıymışsınız" dedi gülerek. Önce ikisi de ne olduğunu anlayamadı. Sonra fark ettiler hâlâ el ele tutuştuklarını, daha doğrusu havuzun merdivenlerinden çıktıktan sonra bile ellerini bırakmadıklarını... Bir suçlu gibi hızla çektiler ellerini birbirlerinden. Sonra mahcup bir şekilde güldüler hallerine. Önce Cem toparladı kendini.

"Biz acıktık Selim. Hadi sen de gel bir şeyler yiyelim."

"Siz geçin. Ben son bir atlayış yapıp geliyorum."

"O zaman senin için de sipariş verelim. Sen gelene kadar hazır olsun. Ne yersin?"

"Bukre bilir ne yiyeceğimi. Hadi siz geçin ben atlayıp geliyorum."

Hızlı adımlarla uzaklaştı yanlarından. Bukre ve Cem, su parkının yiyecek alanına gittiler. Kalabalıktan uzak, sakin bir masa bulup oturdular. Gerçekten de Selim'in ne yiyeceğini çok iyi biliyordu Bukre. Bir çırpıda söyledi garsona. Servisi beklerken konuşmaya başladılar. Saçma sapan şeylerden bahsettiler. Asıl konuşulması gerekenin o boş şeyler olmadığını bile bile...

İki kişi arasında yaşanan bazı anlar vardır. İki kişi arasında yaşanan ve hep sır kalan... Tıpkı biraz önce havuz kenarında yaşadıkları an gibi. Konuşulmaktan korkulan, çekinilen anlardır o anlar. Sanki konuşulduğunda o büyü, o tılsım kaybolacakmış gibi gelir. Sanki konuşulsa o mahcup anlar yeniden yüzümüzün rengini değiştirecekmiş sanılır. Konuşulmaması daha uygun bulunur iki kişinin arasındaki sessiz anlaşmayla...

Bu yüzden o konuşulmaması daha iyi olan konuşulmasın diye hep başka şeyler konuşulur, incir çekirdeğini doldurmayan... Konuşulacaklar bittiğinde de bir sessizlik olur ya hani. İşte o an konuşulmayanın aynı anda iki kişi tarafından düşünülen anıdır. İki kişi de neyi düşündüğünü çok iyi bilir. Aralarında geçen ve o konuşulması yasak anı düşünür iki insan da. O sessizliktir işte konuşulmaması gerekeni konuşturan. Bu yüzden o sessizliğin olmaması içindir onca boş konuşma.

Olası bir suskunlukta, o konuşamadıklarının farkına varışlarını birbirlerine sezdirmemek için büyük bir panik içinde durmadan konuştular. Eğer sussalardı, konuşamadıkları konuşacaktı. Konuşmayı istemek değil, susmaktan korkmaktı bu.

Tam konuşulacak sıradan şeyler tükenmek üzereyken, siparişler geldi. Kazanılmış yeni bir zaman dilimiydi bu. Garson çekildikten sonra ise Selim yetişti imdada. Islak ve yenikti.

"Hadi hemen başla" dedi Cem.

"Ben tokum" diye karşılık verdi Selim.

İkisi de birbirine baktı. Selim'in tok olmasına imkân yoktu.

"Tok musun?" diye sordu Bukre.

"Evet tokum! Az önce feleğin sillesini yedim."

Bir yandan gülüyorlar, bir yandan da ne olduğunu anlamaya çalışıyorlardı. Selim, son atlayışında dengeyi sağlayamadığını ve suya sırtüstü düştüğünü anlatıp pişen derisini gösterdi. "Adeta feleğin tokadı gibiydi" dedi. Bu geyik, yemek bitene kadar devam etti.

Yemek sonrası üçü de havlularının üstüne uzanıp güneşlenmeye başladı. Yediklerinin ve güneşin verdiği rehavetle uyumakla uyumamak arasında gidip geliyorlardı. Bir ara çok terlediğini fark etti Selim. "Arkadaşlar ben havuza gireceğim, gelen var mı?" diye sordu. İkisinden de ses çıkmayınca, terliklerini sürüye sürüye havuza yöneldi. Yine baş başa kalmışlardı. Selim, sanki bunu bilerek yapıyordu. Her fırsatta onları yalnız bırakıyordu.

Birbirlerini daha iyi tanımak isteyen insanların sorduğu ucu açık sorular vardır. Cem ve Bukre, bu tür sorularla birbirlerine yaklaşıyordu. Cem, daha çok hayatının büyük bölümünü kapsayan müzikle ilgili detaylardan bahsetmeyi seviyordu. Her defasında albüm yapma isteğini tekrar ediyordu. Daha çok soru soran taraf Bukre'ydi. "Etrafında çok fazla arkadaş göremiyorum senin? Yalnızlığı seviyorsun sanırım?" diye sordu Bukre. Cem, biraz hüzünlendi. Sanki herkesten sakladığı bir eksiği yüzüne vurulmuştu.

Bukre'nin gözlerinden kaçırarak gözlerini cevap verdi. "Evet, haklısın. Pek arkadaşım yok. Çok az insanı seviyorum ben de sizin gibi. Ama hayran çok etrafımda tabii... Benim için diğerlerinden farklı değil onlar. Nihayetinde hayran dediğin, biraz seninle samimi olsun anında beğenmemeye başlar seni. Ben onlar için uzaktan güzelim, onlar da benim için... Benim bir tane dostum oldu hayatta. Onu da bir trafik kazası aldı benden. Ölümünün etkisini uzun süre atamadım üzerimden. Oysaki yan yana olmamıza rağmen aramızdaki mesafemiz o kadar çoktu ki onunla. Beraberken susardık hep. Sessizliği paylaşırdık. Paylaştığımız şey bir boşluktu aslında. Biz onunla hiç'i bölüşürdük öyle zamanlarda, bilmeden de olsa... Neyi paylaştığımızı bilmeden bir sessizliği bölüşürdük usulca. Bir şey paylaştığımızı bile anlamazdım ben. O benden daha çok susardı. Yanımda duran bir boşluk gibiydi. Sonra bir gün o feci kaza oldu. Gitti o... Ben şimdi, paylaşmadığımızı anlamadığım her şeyin eksikliğini hissediyorum içimde. İnsan gerçekten yalnız kalınca, yanındaki boşluğu bile özleyebiliyormuş meğer. Bunu, içimdeki o boşluğu hiçbir şeyle dolduramadığımda anladım. Keşke yine yanımda olsa ve yine konuşmasa..." Yutkundu Cem. Sanki boğazında binlerce düğüm vardı. Bukre'nin yüzüne baktı sonra. "Böyle eksik bir hikâye işte benimkisi... Bilirsin, eksik hikâyelerin sonu tam olmaz. Böyle yaşayıp gidiyorum işte... Yarımlardan tamlar çıkarmaya çalışıyorum" dedi.

Bukre, sessizleşmişti. Hatta üzülmüştü onun için... Yalnızlığın ağırlığını kendi omuzlarında hissetti. Çok fazla insan olamasa da etrafında, o hiç Cem kadar yalnız kalmamıştı aslında. Ailesi vardı. Selim vardı...

"Zor mu yalnız yaşamak?" diye basit bir soru sordu Bukre.

"Kolay olduğunu söyleyemem. Ama neye göre zor olduğu göreceli bir kavramdır" dedi Cem. "Sana bir şey anlatacağım. Olay, geçen kış başıma geldi. O zamanlar hem işsiz hem de parasızım. Dışarı da çıkamıyorum. Sabah bir kalktım, boğazımda felaket bir ağrı. Evde ilaç yok. Tülbent sardım. Sıcak tutmaya çalıştım. Çorba yaptım. Gün boyu oyalanıp durdum evde. Gazete okudum. Televizyon seyrettim. Biriken bulaşıkları yıkadım. Yarım kalmış şarkı sözlerim vardı, onları tamamladım. Akşam oldu. Kapıcı çöpü almak için geldi. Kapıyı açtım, çöpü uzattım ve adama 'İyi akşamlar' demek için ağzımı açtığımda, sesimin çıkmadığını fark ettim. Düşünsene Bukre, koca gün akşama kadar konuşacak kimsem olmadığı için anlamamıştım sesimin kısıldığını. İşte yalnızlığın en kötü yanı... Konuşacak kimsen olmayınca, sesinin kısıldığını bile anlayamıyorsun."

Bukre, nasıl bir tepki vereceğini, ne diyeceğini bilemedi. Sadece yüzünü seyretti Cem'in. Hakkında daha bilmediği o kadar çok şey vardı ki... Onu tanıdıkça daha da merak ediyordu. En çok da geçmişini...

"Allah kimseye böylesi bir yalnızlık vermesin" dedi Cem ve Bukre'nin gözlerine baktı derin derin.

Bukre, bakışlarını ondan kaçırarak konuştu.

"Neyse ki benim yalnızlıkla aram iyi. Belki de gerçek anlamda hiç yalnız kalmadığım içindir. Selim var. Ailem var. Çok arkadaşım yok... Dershanedekilerle iletişim kuramıyorum. Akran olmamıza rağmen, dünyaları bana hitap etmiyor..." diye başladı söze. Belli ki onun da Cem'le paylaşmak istediği bir şeyler vardı. Cem, onu dinlemeye zaten hazırdı. "Dershanedekilerin tek bildiği sevgililerinden konuşmak, ne giydikleriyle ilgilenmek, diziler vesaire. Başka hiçbir şey yok dünyalarında. Giyim kuşam, marka ve sosyal medya tüm hayatları olmuş. Hiçbiri kitap okumuyor. Selim kadar çok okumasam da ayda en az iki kitap bitiriyorum. Benim onlarla paylaşacak hiçbir şeyim yok Cem. Ben de işte böylesi bir yalnızlık çekiyorum."

Cem, sabırla konuşmasını bitirmesini bekledi Bukre'nin. Aslında kafasında ona sormak istediği başka bir şey vardı. Fakat nasıl bir tepki vereceğini bilmediği için, sormaya çekiniyordu. Bukre'nin hayatında biri olup olmadığını çok merak ediyordu. Söze nasıl gireceğini bilemedi.

"Sosyal medya dedin de, geçenlerde Facebook profilindeki ilişki durumuna baktım, hiçbir şey yazmıyordu. Hayatında biri yok sanırım?"

Böyle bir soru, işini kolaylaştıracaktı. Alacağı cevabı merakla bekledi. Bukre, anlatmaya başladı.

"Hayatımda kimse yok. Kısa zaman önce bir ilişkim sonlandı. İlişki miydi değil miydi onu da bilmiyorum ama... Aşk konusunda biraz şanssızım ben. Uzun süre yeni bir ilişkiye kalbimin kapılarını açacağımı sanmıyorum. Erkeklere olan güvenim azaldı."

Hayatında birinin olmamasına sevinse de, kalbini yeni

bir aşka açmayacak olması biraz hayal kırıklığına uğrattı Cem'i. Onu bu fikrinden vazgeçirebilmek için ilk denemesini yaptı hemen.

"Senin sevgini hak etmeyen ve seni üzen biri için, tüm erkeleri cezalandırman bence doğru değil. Sonraki adaylara bir şans daha tanımalısın bence." Bunu söylerken yüzünde oluşan manalı gülümseme, Bukre'ye açık bir mesajdı.

Bukre'nin böyle bir düşüncesi yoktu aslında. Ama yine de Cem için belki o şans tanınabilirdi. Temkinli yaklaşması gerekiyordu. Bir hayal kırıklığını daha kaldırabilecek gücü yoktu. Ama Cem, onu erkeklere bir şans daha verilmesi konusunda ikna etmeye çalışıyordu şimdi. Belli ki bu ikna, en çok Cem'in işine yarayacaktı.

Uzunca bir zaman bu konu üzerinde konuştular. Bukre'nin yılgın yaklaşımı pek değişmese de, Cem'in ikna çabaları sürüyordu. Bir sonuca bağlanamadılar. Çare, biraz serinlemekteydi. Selim'in çağrılarına uyarak havuza girdiler. Sonraya bırakılmıştı her şey.

***

Eğlence bitmiş, dönüş yolu çilesi başlamıştı. İstanbul'un yoğun trafiğinde, bindikleri otobüsün kalabalığı, onları iyice bunaltmıştı. En sonunda Bahçelievler durağına gelmiş ve inebilmişlerdi. Cem, yanlarından ayrılırken yarın için bir planları olup olmadığını sordu. Selim, "Yarın pazar değil mi? Benim yarın bir grup turisti Sultanahmet'e götürmem gerekiyor. Yani yarın beni unutun arkadaşlar" dedi. Ardından Bukre'ye dönerek, "Sen ne yapıyorsun yarın?" diye sordu.

"Bilmem..." dedi omzunu silkerek. "Akşam Face'ten yazışır karar veririz. Evin durumuna bir bakmam lazım."

***

Bukre, eve girer girmez yarın için bir plan olup olmadığını sordu annesine. "Baban, amcanlara götürecek yarın bizi. Biraz rahatsızmış amcan" dedi annesi. Canı sıkıldı bu duruma. Ama gitmemek gibi bir lüksü de olamazdı. Akşam yemeğinden sonra annesiyle birlikte masayı topladı. Mutfakta beraber bulaşıkları yıkadılar. Dalgın ve düşünceliydi annesinin biricik kızı. Kızının bu halini gören anne dayanamadı ve sordu.

"Kızım bir şey mi var?" Anneler hemen anlardı.

"Yok bir şey anne" diyerek kestirip attı Bukre. Annesi inanmayan gözlerle baktı.

Kafasının içindeki karışıklığı annesiyle paylaşabilirdi aslında. Onu en iyi anlayacak kadın oydu. En azından fikir verirdi. Bir an düşündü. Anlatmaya karar verdi.

"Anne..." dedi. Anne kızını dinlemeye hazırdı. Tam konuşmaya başlayacakları sırada içeri Uygar girdi. "Neyse anne sonra konuşuruz" dedi Bukre. Odasına geçti. Bilgisayarını açtı. Facebook ilişki durumunu "Araf'ta" olarak değiştirdi. Mail'lerini kontrol etti. Tam bu sırada Cem'den mesaj geldi:

Hangi Araf'tasın bakalım Bukre Hanım :)

Bukre şaşkındı. İnternete girdiği zamanları nasıl da yakalıyordu?

Sen Face'te mi yatıyosun :)

Fotolarına bakıyodum. Hepsinde çok güzelsin :)

Topu topu üç tane foto var. Nesine bakıyosun Allah aşkına :)

İlişki durumunu değiştirmişsin. Dikkatimi çekti de bi soriim dedim.

Nasılsın diye başlasak Cem?

Değişen bi şey yok. Bugün de yaşıyorum.

Arada kaldım da. O yüzden öyle yazdım ilişki durumuma.

Hımmm... kiminle kimin arasında kaldın bakem :)

Kendimle kendimin arasında kaldım anlıcan kafam karışık biraz :))

Vuuu güzeldi buuu. Yarın için plan var mı?

Var. Babam bizi amcamlara götürcek.

Hadi ya :((

Çok mu üzüldün?

Yarın da görüşürüz diye düşünüyodum.

:(

Neyse canım. Bir de hafta içi müsait olursak görüşürüz. Olmazsa yine benim oraya gelin.

Bakarız.

Meşgul etmiyorum di mi?

Yok hayır etmiyosun.

Bugün bana anlattıkların kafama takıldı. Çok mu üzdüler seni? Yani hiç mutlu bi ilişkin olmadı mı? Ben senin yaşadığın kırıklıkları çok merak ediyorum. Anlatmak ister misin?

Neyi anlatayım ki? Onlar bir rüzgârdı işte. Estiler ve gittiler. Ben onlara rüzgâr adamlar diyorum.

Neden ki :)

Rüzgârı bilirsin işte. Vardırlar onlar hep ama kalmazlar. Rüzgârın kalması yoktur yani. esip gitmesi vardır hep. Zaten kalırsa adı rüzgâr olmaz. O yüzden ben onlara rüzgâr adam dedim :) Adlarına yakışanı yaptılar hep. Gittiler. Kalmaları çok zordu çok zor. O yüzden sen gitmeyi rüzgâra sor :)

Bukre?

Efendim Cem?

Eğer bi gün sevmeye karar verirsen hazırım beklemeye :)

Çok ani olmuştu bu. Hiç beklemiyordu bunu Bukre. Klavyenin üstünde duran elleri titremeye başladı. Ne yazacağını bilemedi önce. Sakin olmalıydı. Heyecanlandığını belli etmemeliydi. Yazacağı cevap, soğukkanlı bir cümle olmalıydı.

Bu bir teklif mi?

Nasıl algılarsan.

Buna hazır değilim Cem.

Neye hazır değilsin? Sevmeye mi sevilmeye mi?

İkisine de.

Korktuğun şey nedir Bukre?

Kaybetmek. Güven kaybetmek. Aşka olan inancımı zaten kaybettim. Bir de kendime olan güvenimi kaybetmek istemiyorum. O kadar yıldım ki her şeyden. Yeniden ihanete uğramak istemiyorum :(Eğer yaşayacaksam çok güçlü bir aşk yaşamalıyım ya da hiç yaşamamalıyım. İhanet güçsüz aşkları sever çünkü... Bilmiyorum belki de iyi insana denk gelmedim.

Aslında insanlar özünde iyidir de işte... özü sağlam insan pek kalmadı :(

:) Haklısın Cem. Yaşım çok büyük değil ama çok şey yaşadım. Yaşadığım depremleri belki yüzüme bakıp az çok görebilirsin ama kalbimdeki yıkımları, hasarları asla bilemezsin, göremezsin.

Anlat o zaman o yıkımları. Yaz hadi! Paylaşmanı istiyorum benimle. Belki çare olurum?

Benim aşkta kurtarılacak hiçbir cümlem kalmadı Cem. Ne yazayım sana? Sussam daha iyi bence.

Seni anlamaya çözmeye çalışıyorum. Neden bu kadar uzaksın insanlara?

Çünkü çoksunuz...

Çok muyuz?

Anlamadın değil mi? Çok kalabalıksınız Cem. Yalnızlığım hiçbirinize dokunmadan hüzünle geçti aranızdan. Anlamadınız. Çünkü çok kalabalıktınız.

Bu kadar suskun kalmasaydın keşke. Keşke insanlara anlatsaydın kendini. Söyleseydin bilmeleri gereken her şeyi.

Söylemedim Cem. Söylemem. Korkarım. Korkum söyleyeceklerim için değil. Korkum, alacağım yanıt için. Anlamadıklarını anlıyorum duyduklarımdan... Bu yüzden uzun sürmüyor hiçbir yakınlaşma. Bu yüzden öyle kısa sürüyor ki beraberlikler; geçmiş bile olamıyor aramızda. Aslında gitmelerine de değil bu hüzün, bırakılmaya...

Seni anlıyorum Bukre. İnsanların ikiyüzlü olmaları seni böyle üzüyor. Bak ben sana bi şi söliim mi? İki tür insan vardır bu hayatta. Az yaşayıp çok ölenler, çok yaşayıp öldüğünü bilmeyenler. Ben hep ilk sıradaki insanlardan olmayı tercih ettim. İkinci sıradakiler büyük bir yalanın içine hapsolmuşlar çünkü.

Tozpembe bir yalan bulutunun içindeler. Mesela ben müziğimle tutunuyorum hayata, onlar yalanlarıyla.

Belki de başkalarını değil, kendilerini kandırıyorlardır en çok?

Ben de onu diyorum işte. En çok kendilerini aldatıyorlar sahteliklerde. Belki zaman zaman biz de yapıyoruzdur bunu. Sen hiç kendini kandırmadın mı hayatında?

Ben kendimi kandırmam Cem. Gerçeklerin kılığını değiştiririm :)

Offf çok iyiydi bu :)))

Bu kadar gülme. Gerçek bu.

Sen de gül ne var bunda ha hah.

Ben güldüm mü kanımla gülerim.

Bi şey anlamadım ama galiba kaliteli bi şey söledin :) Tamam sustum ben.

Susma Cem. Susma. Ben hüznü kelimelerle eritiyorum. Sen susma. Bak ben konuşarak tutunmaya çalışıyorum.

Bazı geceler olduğundan daha karanlıktır. Bu gece de öyle benim için. Sen aydınlığa kaçmak istedikçe o daha da kararır. Biraz hüzünlendim ya galiba. Belki inanmayacaksın ama şu anda ağlıyorum :(((

Ağlıyorsun da, gözlerinin bundan haberi var mı?

Gözyaşı bilmez neden aktığını. Ama göz bilir neye ağladığını.

Erkekler bazı duyguları anlamadan yaşar Cem. Bir anlık hevese kapılır, sonra onu hayatı boyunca uzatabileceğini sanır. Oysaki erkeklerin hamurunda bu yoktur. Başka bi şeydir onların yaptığı.

Nedir Bukre bizim yaptığımız?

Erkekler emekleyerek sever, koşarak terk eder. Sizin gözünüz hep aç bence. Ama siz de haklısınız tabii... Göz mide mi ki doysun değil mi?

Bu biraz fazla olmadı mı?

Herkes, doğru da olsa yanlış da olsa kendi yaşadığını tecrübe edinir. Ben bunları başkalarından toplamadım. Başkasının tecrübesi benim olamaz zaten. Ne yaşadıysam onu yazıyorum.

Belki de senin beklenti ve hayallerin çok büyüktü? Çünkü ne kadar büyük kurulursa hayaller, o kadar küçük kalır gerçekler.

Bazen o kadar ihtiyacın olur ki hayallerinin sesine. Kulak vermesen terk etmiş gibi olursun kendini. Bi gün kıyısızlaşacağımızı bile bile denize aldanmaktır bu. Aldanırsın. Ama bu aldanış iyi gelir tükenmişliğe, yalnızlığa... Güç olur bazı yalnızlığa girişler. Yalnızsındır ama eksik değilsindir çünkü.

Konuştukça sendeki derinliğe giderek daha fazla hayran oluyorum. Keşke çok daha önce çıksaydın karşıma. Sende eskimek isterdim. Of ne diyorum ben... sözcükler yetersiz işte. Sen bu kadar yazdığıma bakma. Anlatamıyorum işte duygularımı yazıyorum, anla!

Yazarsın. Yan yana getirirsin sözcükleri sessizce... ama bir şey anlatmaz bazen. Bazen de çok bağırır sözler, ama sesini duyuramaz kimseye. Tıpkı bazı şarkıların unutulamaması gibi. Bir şarkı unutulmuyorsa şarkıdır. Unutulan bir şarkı zaten hiç şarkı olamamıştır. Nasıl ki şarkıyı şarkı yapan şey unutulmazlığıysa, yazılanları da yazı yapan hafızaya kazınmışlığıdır. Sen yaz. Ben anlarım.

Kalemimde yüzünün edebiyatı.

Utanırım. Bana böyle güzel şeyler söyleme. Aşktan korkuyorum. Kendini bana alıştırma Cem. Gidersin biliyorum.

Gitmem Bukre. Daha kalbine bile yaklaşamadım ama gitmem inan.

Bunlar için henüz çok erken. Acele etmeyelim. Hem önümde

geleceğimi etkileyecek bir sınav var. Zamana bırakalım. Kapatıyorum artık. İyi geceler.

İyi geceler. Beni sevmeyi unutma.

O hafta boyunca yazışmalar devam etti. Her gece saatlerce telefonda da konuştular. Telefonu kapatırken her seferinde "Beni sevmeyi unutma..." dedi Cem... Bukre'ye karşı ne kadar ısrarcı davransa da Cem, Bukre, bir aşk için hâlâ hazır hissetmiyordu kendisini. Sınavının her şeyden daha önemli olduğunu söylüyordu her seferinde.

***

Günler, haftalar geçtikçe Cem daha da bağlanıyor, ama Bukre yine aynı tutumu sergiliyordu. Bukre'nin üniversite sınavına girdiği gün, Cem ve Selim onu kapıda beklediler. Bir gün öncesinde annesi, babası ve kardeşiyle birlikte Eyüp Sultan Camii'ne gidip dualar etmişlerdi. Ama sınav günü ailesinden kimseyi istememişti yanında. Selim ve Cem'in yanında daha rahattı.

Bukre'nin oldukça iyi geçen sınavından sonra, ne stresi ne de kaygıları kalmıştı. Cem'in sahne aldığı Teras Kafe'ye gidip, eğlenceli bir gün yaşadılar. Bukre, artık daha neşeliydi. Bir hafta sonu yine Cem'le buluştular. Sinema sonrası yemek yediler. Cem, yine ısrar ediyordu.

"Artık sınav stresi de bitti. Keyfin de yerinde."

Sözün nereye varacağını iyi bilen Bukre, hemen atıldı.

"Dur bakalım daha yeni başlıyor her şey. Sınav sonuçları açıklanıncaya kadar ben kurtulamam bu stresten. Hem bakalım yerleşebilecek miyim?"

Derin bir iç geçirdi Cem.

"Yerleştikten sonra zaten dört yıl okuyacaksın. Okul bitsin hele diyeceksin. E, okul bitince bu sefer iş sıkıntısı başlar. İş bulman ve çalışmaya başlaman da iki sene sürse etti mi sana altı yıl. Ben de bu arada seni beklerken, ağaç olurum. Taksim Gezi Parkı'na dikerler beni. Sen de gelir yapraklarımın altında direnirsin artık... Nasıl ama?"

Gülüyordu Bukre. "Abartmaya gerek yok Cem" dedi ve elini tuttu. Ellerini tuttuğunda duyduğu huzuru, ona yeryüzünde verebilecek başka hiçbir insan yoktu. Bu yüzden en küçük fırsatta ellerini tutardı Cem'in. Gözlerini onun gözlerine sabitleyerek, "O kadar beklemezsin" dedi.

"Bunu nasıl anlamalıyım Bukre? O kadar beklemezsin derken, yani sabrın o kadar beklemeye yetmez, vazgeçer gidersin anlamında mı söylüyorsun bunu, yoksa altı yıla kalmadan sana evet derim. Mesela beş buçuk yıl sonra mı demek istiyorsun?" diye sordu Cem o hınzır gülümsemesi eşliğinde.

Derin bir nefes aldı ve anlatmaya başladı Bukre.

"Buzul bir mevsimde karşıma çıkan bir ateş çemberiydi gözlerin. Geriye kaçsam, donacaktım. Derin derin baksam yanacaktım. Elimi tuttun. Ve avuçlarının, değersizliğimi unuttuğum tek sığınak olduğunu fark ettirdin bana. Kendime kavuştum seninle. Seninle tüm karanlıklara korkusuzca yürüyebilirdim artık. Gerçi benim korkum karanlık değil, ışığımın olmamasıydı. Ama artık ateşten gözlerin ve beni hayata bağlayan, sığınağım olan ellerin vardı. Bugüne kadar yaşamak istemediğim her şey ömrümü tüketiyordu; yaşamak istediklerimeyse ömrüm yetmiyordu. Gelmiştin işte! Gelişi gereğinden fazla ertelenmiş bir kahraman gibiydin.

Gülüşündeki sıcaklığın yazla alakası da yoktu. Gözlerindeki ateşte ısıtırken buzul yüreğimi, bilmeden yolumu kendine çeviriyordun. Çok savaş verdim kendimle. Aşka düşmemek adına nice uçurumlara düştüm çocuk yüreğimle. Bir çuval pirinçti kısacık ömrüm; içinden sadece siyah taşları ayıkladığım, ama beyaz taşların da olabileceğini bilmediğim... Açık bir yaraydı kalbim, içine acıların koşarak saklandığı... Sen o yaralarımı bakışlarınla okşadın bilmeden. O gün, o havuzda bana uzanan ellerin, beni sadece o havuzdan çekip çıkarmadı. O eller beni kendi içimdeki karanlıktan, açık yaralarımın kan ağlayan aralığından da çıkardı. O güne geri dönebilmek için bütün yarınlarımı feda edebilirdim. Hani bazen küçücük bir ana koca bir hayatı sığdırırsın ya... İşte şimdi koca bir hayat o küçücük ana sığmaya hazır. Hadi uzat elini, sana gidiyoruz."

Nefesi kesilir gibi oldu Cem'in. Uzattı ellerini sevdiğine. Sesi titreye titreye konuştu.

"Biliyor musun? Melekler rüyalarında sana benzemeye çalışıyor."

Artık elleri de titremeye başlamıştı. Sonra mutlu bir gülümseyiş kapladı yüzünü. Sıkıca sarıldı Bukre'ye. İkisinin de pır pır oldu kalbi. Ayakları yere basmıyordu.

***

El ele yürüdüler cadde boyunca. Bilmedikleri ara sokaklarda kayboldular. Hiçbir şey umurlarında değildi. Bıraksalar günlerce bu şekilde yürüyebilirlerdi. Saati unutmuşlardı. Zaman kavramı yitmişti zihinlerinde. Aşk hoş gelmişti.

Bir köprünün üzerinde durdular. Denizi seyrettiler uzun uzun. "Elimi tuttuğunda sanki başka bir insana dönüşüyorum" dedi Cem. "Değişme..." dedi Bukre. "Sen en çok senken güzelsin."

Gemileri seyrediyorlardı. Fonda şehrin gürültüsü vardı. "Peşini hiç bırakmayacak bir baş belasının elini tuttuğunun farkında mısın? Aklını yitirmiş olmalısın" dedi Bukre en sevimli haliyle.

Cem, kararlı bir ses tonuyla, "Peşinden geleceğini bilsem, aklımı bile kaçırırım" dedi gözlerine bakarak... Hissettikleri mutluluk bir bulut tabakası olsa, seyrettikleri denizin üstünü tamamen kapatabilirdi.

Bazen her şey daha azdır bir şeyden. O bir şeyin yokluğu, siler her şeyin varlığını. Ömrünüzün en eksik yanıdır o. Çok aradığınız, nadir bulduğunuz... Ve bir gün aramak değil, vazgeçmek çıkarır karşınıza aradığınızı. Kaderin garip bir cilvesidir bu. Bazen iki insan vazgeçtiğinde bulur aradığı her şeyi. Gözler söyler, dudakların diyemediklerini. Sessizce uzlaşır kalpler. Farklı hayatların aynı insanları, bulurlar birbirlerini bambaşka yollarda. Hayatımıza yanlış yoldan giren doğru insanlardır onlar. Hayat fenerimiz olurlar içimizin karanlığında... O zaman anlarız, mutlu olmak için bize sunulan hayatı, bu zamana kadar mutsuzluğumuza alışarak harcadığımızı... O zaman anlarız bugüne kadar zaman dediğimizi yaşama çeviremediğimizi. İşte şimdi yaşamaya başladıklarını hissediyorlardı. Onlar, sessizce sevenlerdendi. Gece oluyordu.

***

Haftalar daha hızlı geçiyordu her zamankinden. Selim, Bukre'nin mutluluğunun en yakın şahidiydi. Uzun zamandır onu bu kadar mesut görmemişti. Cem'in hayatı da gözle görülür bir şekilde değişmişti. Artık şarkılarını Bukre için besteliyordu. Bukre, her buluşmada mutlaka Selim'i telefonla arıyor, kendilerine katılmasını istiyordu. Ama Selim, "Saçmalama Yavru Kuş. İki sevgilinin arasında ne işim var karaçalı gibi?" diyor ve işi şakaya vurarak tekliflerini reddediyordu.

4

İlişkilerinin başladığı günden bu yana iki ay geçmişti. Bukre, her gün biraz daha Cem'e bağlanmış, artık ondan başka bir şey düşünemez hale gelmişti. Çok iyi gidiyordu ilişkileri. Cem, albüm çıkartabilmek için çabalıyordu. En büyük destekçileri ise Bukre ve Selim'di. Bukre, haftalıklarından, Selim, gezilerden kazandıklarından, Cem ise çalıştığı kafeden aldığı günlüklerinden artırarak, stüdyo kiralayacak ve müzisyenlere verilecek parayı topladı. Büyük bir dayanışma içinde gece gündüz çalışmaya başladılar. Cem, bestelerini önce Bukre ve Selim'e dinletiyor, beğenmedikleri şarkıları eliyordu. Elbirliğiyle önce repertuvarı belirlediler. Daha sonra iyi bir aranjör bulup, altyapıları tamamlattılar. Her aşamada inanılmaz bir mutluluk ve heyecan vardı. Diğer enstrümanların da kayıtları bittikten sonra geriye sadece okumalar kalmıştı. Cem, üç günde de okumaları bitirerek, albümünü tamamladı. O gece tüm ekip bunu stüdyoda kesilen bir pastayla kutladı. Geriye sadece albümü piyasaya sürecek bir müzik firması bulmak kaldı.

***

Kapı kapı dolaşarak bir yapımcı aradı Cem. Fakat Unkapanı'ndaki tüm kapılar bir bir yüzüne kapanıyordu. Morali bozulan Cem, çareyi dostlarında buluyor, onların desteğiyle her gün yeni umutlarla arayışına devam ediyordu. Müzik piyasasının son yıllarda yaşadığı çöküş, Cem'i hayallerinden ediyordu.

Artık umutları yavaş yavaş tükenmeye başlamıştı. Haber bıraktığı kimse ona geri dönmüyor, geri dönenler de olumlu bir cevap vermiyordu. Bir iki tanıdık aracılığıyla albüm büyük yapımcılara ulaşsa da onların da cevabı "Hayır!" oluyordu.

Umutları giderek azalan Cem, en sonunda pes etti. Bir akşamüstü ağlamaklı bir ses tonuyla aradı Bukre'yi. "Aşkım çok kötüyüm ne olur yanıma gel" dedi. Sonra kapattı telefonu. Bukre, koşarak evine gitti sevgilisinin. Kapıyı uzun uzun çaldı. Cem kapıyı açtığında ruh gibiydi. Ağlamaktan kızaran gözleri boş boş bakıyordu ona.

"Aşkım ne oldu sana?" dedi Bukre dehşetle.

"Ben bitirdim içimdeki müziği" diye cevap verdi yılgın sesiyle ve yavaş adımlarla salona doğru yürümeye başladı. Yürüyen bir ceset gibiydi adeta. Bukre, arkasındaydı. Ev darmadağın edilmişti. Ayna kırılmış, cep telefonu duvara fırlatılıp parçalanmıştı. Bukre, ne yapacağını bilemez bir halde Cem'in ellerine sarıldı.

"Ne olur vazgeçme aşkım. Beni seviyorsan..." diye yalvardı. Cem'den o güne kadar duymadığı bir tonla, azarlanarak, itildi bir kenara.

Ne yaptığını bilmiyordu Cem. Koltuğun üstünde duran gitarına koştu. Elinden bir an bile düşürmediği, ikinci sevgilisi olarak gördüğü gitarını evin duvarlarına [illegible] çaladı. Her vuruşta, "Daha da çalmam seni ulaaan!" diye bağırıyordu. Bukre, korkudan titriyor ve ağlıyordu. Bir yandan da Cem'i durdurmaya çalışıyordu. Cem, gözü dönmüş bir şekilde eline ne geçerse parçalıyordu. Farkında olmadan

Bukre'ye de vurmuş ve yere düşürmüştü. Kafası kanlar içindeydi Bukre'nin. Onu öyle görünce birden kendine geldi Cem. Telaşla koştu ve kucağına aldı. Ağlaya ağlaya hastaneye götürdü. Acil servisten içeri girer girmez, karşısına çıkan ilk görevlinin kucağına bıraktı ve oracıkta yere yığıldı.

Kafasına üç dikiş atılmıştı Bukre'nin. Neyse ki ucuz atlatmıştı. Gözlerini açar açmaz karşısında Selim'i gördü.

"Kuzuuu? Nerdeyim ben?"

"Yorma kendini Yavru Kuşum. Hastanedeyiz. Küçük bir kaza oldu."

"Cem! Cem nerede?"

"O müşahede odasında yatıyor. Bir sinir krizi geçirdi. Ama şimdi iyi... Serum alıyor."

"Kafam acıyor Selim."

"Hayatım şu anda kafanda üç tane dikiş var. Sizinkilerin bundan haberi yok."

"Cem'i görmek istiyorum Selim."

"Şu anda görebilmen mümkün değil."

"Hayır! Görmek istiyorum. İyi olduğuna emin olmak istiyorum."

"Bukre, şu anda daha önemli bir problemimiz var. Sizinkiler olayı bilmiyor. Ben bizimkilere söyledim. Birazdan babam gelecek, seni bize götüreceğiz. Annem de anneni arayacak ve bizde kalacağını söyleyecek. Yarın da bir çare bulacağız işte."

"Cem'i de getirin ne olur. İyi olduğunu görmek istiyorum."

Birkaç saat sonra Selim'in babası geldi. Çıkış işlemlerini yaptılar. Çıkarken, müşahede odasına gitmekte ısrar etti Bukre. Uyuyordu Cem. Kolunda serum vardı. Gözlerinin altı mosmordu. Elleri, üstü başı kan içindeydi. Yatağın yanına sokuldu Bukre. Ellerini tuttu. Cem, gözlerini araladı. Gülümsediler birbirlerine. Bir şeyler söylemek ister gibiydi Cem. Kulağını yaklaştırdı Bukre. Zor konuştu Cem. "Beni sevmeyi unutma" dedi.

Selim ve babası zor aldılar onu dışarı. Ağlıyordu Bukre. Eve götürdüler. Selim'in yatağına yatırdılar. Selim'in otistik ağabeyi Bukre'nin yanından hiç ayrılmadı. Anlamsız sesler çıkartarak bir şeyler söylemeye çalıştı. Bukre, saçlarını okşadı ağabeyin. Selim'le birlikte sabaha kadar yanından ayrılmadılar.

Ertesi gün Selim ve babası hastaneye gidip, Cem'i aldılar. Evine götürdüler. Kendisine zarar vermesin diye o gece Selim, Cem'in yanında kaldı. Bukre, sabaha kadar Selim'i defalarca aradı ve Cem'in durumuyla ilgili bilgi aldı. Tek derdi onu görebilmekti. Ertesi gün, Selim eve döndü. Bukre, ona yalvardı. "Selim ne olur yarın beni ona götür."

Kabul etti Selim. Sabah erkenden çıktılar evden. Doğru Cem'e gittiler. Salondaki koltuğun üzerinde yatıyordu. Bukre'yi görür görmez kalkmaya yeltendi. Kalkmasına izin vermedi Selim. Yanına oturdu Bukre. Birbirlerine bakıp ağladılar.

***

O kötü olayın üzerinden bir ay geçmişti. Cem işsiz ve parasızdı. Selim ve Bukre'nin yardımlarıyla ayakta durabiliyordu. Hayattan hiçbir beklentisi kalmamış gibiydi. Onu yaşama bağlayan tek kişi Bukre'ydi. Cem'in durumu Bukre'yi kahrediyordu. Hayalleri yıkılmış birinin yaşadığı psikoloji, etrafındaki insanları da olumsuz etkiliyordu. Hayat acımasızdı. Selim, şöyle bir yorumda bulunmuştu bu durum için: "Hayat altyazısı titrek reklam filmi gibi... Hani vardır ya öyle reklamlar. Görüntüye ve seslendirmeye bakarsan, sana çok iyi bir ürün ya da hizmet sunuyormuş gibidir. Ama alttan hızlıca akıp giden yazılarda, hiç de öyle olmadığı yazar. O yazılar genellikle titretilerek kaydırıldığı için hiçbirimiz okuyamayız. Zaten okumayalım diyedir o titretmeler, o hız... Reklamda sunulan avantajın aslında neden bir dezavantaj olduğunu sorguladığımızda, 'Ama biz altyazıda bunu belirtmiştik' derler. Hayat da böyle işte... Hem o yazıyı okutmaz bize, hem de okuyamadığımız o yazıyla atar sorumluluğu üzerinden. Hayat, Cem'e çok istediği çocuğunu verdi; ama o çocuğun yaşamasına yardımcı olacak koşulları ortadan kaldırdı." Her şeyi özetliyordu bu tespit.

***

Bukre, Cem uyurken evden gizlice albümün mastır kaydını aldı. Tüm müzik firmalarıyla yeniden görüştü. Ama hiçbiri albümü çoğaltıp dağıtmayı kabul etmedi. Onun da umutları yok oluyordu. Artık iyice sinirleri bozulmuştu. Son yapacağı görüşme için bir yapımcıdan randevu aldı. Bu son şansı olacaktı. Mutlaka ikna etmeliydi yapımcıyı. Yapımcı albümü dinledi ve her zamanki gibi, "Biz sizi ararız" dedi. Oturduğu yerden kalkmadı, odayı terk etmedi Bukre. Adam yineledi. "Biz sizi ararız hanımefendi." Bukre'nin gözleri adama kilitlenmişti. Ağlamak üzereydi.

"Bakın siz benim son şansımdınız. 'Biz sizi ararız' ifadesinin ne anlama geldiğini ikimiz de çok iyi biliyoruz. Sevdiğim adam müziği bıraktı. Bir müzisyenin müziğe küsmesinin ne demek olduğunu bilir misiniz siz?"

Sesi yükselmeye başlamıştı.

"Onun can damarlarından biri koptu diyorum size! Bunun, sizin için bir anlamı yok mu? Belki albüm için kapınıza gelip sizden yardım bekleyen bir sürü şarkıcı vardır. Ama sevgilisi için size yalvaran kaç tane kız gördünüz bugüne kadar?" Sarsılarak ağlamaya başladı. "Size gözyaşları içinde yalvarıyorum bakın! Ben ömrümde kimse için kimseye yalvarmadım. Zenginsiniz. Paranız var. Ne kaybedersiniz? Diyelim ki kaybettiniz. Diyelim ki satmadı albüm. Kapınıza gelip size yalvaran bu insanın hayallerinin yok olmasından daha mı önemli ha? Bakın buradayım ve gitmeyeceğim. Gerekirse şu kapının önünde yatacağım. Burası benim son şansım."

Yapımcı şaşırmıştı. Önce ne diyeceğini bilemedi. Biraz düşündü ve kabul etti. Bukre, şimdi mutluluktan ağlıyordu. Adamın ellerini kaç kez öptüğünü hatırlamıyordu bile. Hemen Cem'in evine gitti. Sevinç gözyaşlarıyla verdi müjdeyi. Uzun zamandan sonra ilk defa gülümsedi Cem. Ağlayarak gülümsedi.

***

Sınav sonuçları açıklanmıştı. Bukre'nin puanı Ege Üniversitesi'nde istediği bölüm için yeterliydi. Ama şu anda İzmir'e gidemezdi. Sevgilisinin yanında olması, bu kötü günlerde yanından bir an bile ayrılmaması gerekiyordu. Kaydını yaptırıp dondurdu.

Cem'in ise işleri iyi gidiyordu. Bir ay sonra yapımcı Cem'in albümünü çoğaltıp, dağıtımına başladı. Bir de ucuz yollu bir klip çektiler. Dağıtım firmaları klibi olmayan sanatçıların albümüne pek sıcak bakmıyordu çünkü... Cem, bu gelişmelerle hayata ve müziğe dönmüş, yeniden gitarını eline almıştı. Daha doğrusu Bukre'nin ona aldığı yeni gitarla sanatına dönüş yapmıştı.

Klip, birkaç müzik kanalında dönse de, kendini ispatlayamamıştı bir türlü. Müzik sektörüne yön veren Kral TV'de gösterilmesi şarttı. Asıl patlama o zaman yaşanacaktı. Fakat oraya ulaşabilmesi de bu kısıtlı imkânlar içinde çok zordu. Bir şey yapmaları gerekiyordu. Bahsi geçen müzik kanalının başındaki isme, ünlü radyo programcısı ve yöneticisi Gezegen Mehmet'e ulaşmaları gerekiyordu bir şekilde. Duyduklarına göre Gezegen Mehmet, bu tür genç sanatçıların önünü açmak adına çok yardımcı oluyordu. Ama ondan randevu almak neredeyse imkânsızdı.

Yılmadılar. Maslak'taki Doğuş Power Center binası önünde günlerce beklediler. Mutlaka ona ulaşmaları ve kendilerini ifade etmeleri gerekiyordu. Albüme çok güveniyorlardı. Sadece küçük bir şansa ihtiyaçları vardı. Ve bir gün o şans ayaklarına geldi. Gezegen Mehmet onların beklediği yerin az ötesinde aracından indi. Yanına koştular el ele. Anlattılar durumlarını. Merhameti de kendi kadar ünlü olan Mehmet Akbay, söz verdi onlara. Klibi ertesi gün getirmelerini söyledi.

Ertesi gün büyük bir heyecanla getirdiler klibi. Gezegen Mehmet önce izledi ve sonra "Tamamdır!" dedi. O kadar mutlu oldular ki dakikalarca teşekkür ettiler Mehmet'e. İki gün sonra klip, Kral TV'de dönmeye başladı. Ve tam da bekledikleri gibi oldu. Yani müzik sektörünün deyimiyle şarkı bir anda patladı.

***

Cem'in şarkılarının tüm radyolarda çalması, arka arkaya gelen konser teklifleri ve televizyon programları bir anda şöhreti getirdi. Yapımcısının keyfine diyecek yoktu. Artık Cem, tüm Türkiye'de tanınan bir sanatçıydı. Ve bunda en büyük pay sahibi, şüphesiz Bukre'ydi. Tüm programlara beraber gidiyorlardı. Selim de onlara eşlik ediyordu zaman zaman. Bukre'nin en sevdiği şey, sevgilisini konserlerinde sahne arkasından izlemekti. Çok mutlulardı. Her şey, umduklarından daha iyiydi.

Cem'in etrafında hayranların olması, Bukre için yeni bir şey değildi. Sadece sayıları fazlalaşmıştı o kadar. Onlar, zaten ünlü olmadan önce de hep vardı. İnsanların Cem'e hayranlıkla bakması, Bukre'de bir kıskançlık yaratmıyordu. Bilakis onun hayranları arttıkça, sevgilisinin bu başarısıyla gurur duyuyordu. Duruşunda etrafa karşı takındığı "Hepiniz onu seviyorsunuz ama o benim!" ifadesi vardı. Kendinden bu kadar emin olunca, kıskanmak da gereksiz bir detay olarak kalıyordu zaten. Tek sorun şehir dışı konserlerdi. O konserlere gidemiyordu Bukre. Sevgilisinin yanında olamıyordu. Ama öyle durumlarda, kulisten sahneye geçene dek telefonla konuşuyorlardı... Cem, Bukre'nin sesini duymadan asla sahneye çıkmıyordu.

Şöhret, parayı da getiriyordu beraberinde. Cem, önce Mersin'deki ailesine bir ev aldı. Sonra kiracılıktan kurtulup bir daire de kendisi için satın aldı. Sonra da bir araba... Her şey bir anda değişivermişti. Ama şöhret, Cem'i hiç değiştirmedi. Zaten Bukre'yi en çok sevindiren de buydu.

***

Koca bir kış geride kalmıştı. Cem artık yavaş yavaş ikinci albümüne hazırlanıyordu. Yaz başına yetişmesi gerekiyordu. Bukre ise yaz sonunda askıya aldığı eğitimini sürdürebilmek için, eylülün ortalarına doğru İzmir'e gidecekti. Şartlar onların görüşmelerini zorlasa da bir nişan yapıp işi resmiyete dökme kararı aldılar. Böylece daha kolay görüşme imkânı olacaktı. Nişan tarihi olarak 10 Ağustos'u düşünüyorlardı. Evliliğe doğru gitmeye başlayınca ilişki, ister istemez hayaller devreye girmeye başlıyordu. Evliliğe dair hayaller... Nasıl bir evde oturacakları, kaç çocuk yapacakları vesaire. İki çocuk istiyordu Cem. Hayırlısıyla iki çocuk... Bir kız bir de oğlan.

Cem, bir yandan yeni albümünün hazırlıklarını yaparken, diğer yandan artık nispeten azalan konserlerine devam ediyordu. Bukre, mümkün olduğunca çalışmalarında ona destek olmaya çaba gösteriyordu. Oldukça yoğun geçen bir dönemi geride bırakmışlardı.

Cem, Bukre için yapmış olduğu bestesini üçüncü albümüne saklıyordu. Hatta albümün çıkış şarkısı olacaktı. Bu, Bukre'yi çok heyecanlandırıyor ve sabırsızlandırıyordu ama üçüncü albüme daha bir yıl vardı. Şu anda ikinci albüm için stüdyoya girmişlerdi. Her şey planladıkları gibi gidiyordu.

***

Yine yorucu bir stüdyo çalışmasının ardından akşam eve dönerken arkasından biri ona seslendi.

"Bukre!"

Dönüp geriye baktığında kendisine seslenen kişinin, uzun boylu, fiziği çok düzgün bir sarışın kız olduğunu gördü. Gözü sanki bir yerlerden ısırıyordu bu güzel sarışını. Mini eteği ve yüksek topuklarıyla yürümekte zorlansa da hızlı adımlarla yanına kadar geldi.

"Bukre, beni hatırlamadın mı?"

Bukre, yüzüne biraz daha dikkatli bakınca, sarışın kızın ilkokul arkadaşlarından biri olduğunu anımsadı. Ama ismi bir türlü aklına gelmiyordu.

"Tanıyor gibiyim ama adını çıkaramadım. İlkokuldan değil mi?" diye sordu.

"Ay tabii ki şekerim. İlkokul arkadaşın Rüya ben."

Rüya der demez hatırladı Bukre. Okulun en cılız ve en kırılgan kızlarındandı Rüya. Bu kadar değişeceği kimsenin aklına gelmezdi. Değişmek de değil evrim geçirmekti bu düpedüz. Adı, klasik isimlerden olmadığı için pek akılda kalmamıştı. Ama sarışınlığı hiç unutulmuyordu. Küçükken de sapsarı bir şeydi.

Birlikte oturup bir şeyler içtiler. Çocukluk anılarından bahsettiler. Rüya, özel bir üniversitenin iki yıllık meslek yüksekokulunu bitirmiş, daha sonra babasının işlerine bakmaya başlamıştı. Babası çok zengin bir işadamıydı. Parasal sorunları hiç olmamıştı. Sosyetenin gözbebeği ailelerinden biriydiler. Biraz abartıya kaçan bir tarzı vardı Rüya'nın. Süslü ve iddialı giyinmeyi seviyordu. Düzgün fiziğiyle ne giyse kendine yakıştırıyordu. Çok kültürlü biri değildi. Kitap okumayı sevmeyen, kültür ve sanattan uzak bir kişilikti. Konuştuğu ve anlattığı her şey buna işaret ediyordu. Bukre'nin dünyasıyla pek ilişiği yoktu yani. Ama yine de sevimli bir yanı vardı. Konuşkan ve sempatikti. Yolda yürürken veya bir mekâna girdiğinde bütün erkeklerin dönüp uzun uzun bakacağı bir güzelliğe sahipti. Ojeli ve manikürlü tırnakları, pahalı parfümü, biraz abartılı makyajıyla tam bir Nişantaşı objesiydi. Hani şu marka çantasını koluna takıp, bileğini hafifçe kırıp, koluyla kalçasını uyumlu bir ahenk içinde sallayıp yürüyenlerden...

Peki, böyle bir objenin Bahçelievler'de ne işi vardı?

"Ay şekerim sorma. Benim cip arıza yaptı. Şurada bir yerde bıraktım. Servisi beklerken azıcık etrafı gezeyim dedim. Aa... bir baktım sen!" Konuşma tarzına gülmemek için zor tutuyordu kendini Bukre. Kendi dünyasıyla alakası olmayan biriyle aynı ilkokulda okumak kaderin bir cilvesi olsa gerekti.

Rüya'nın da Bukre hakkında merak ettikleri vardı. Sordu. Anlattı Bukre kısacık geçmişini. Sıra Cem'e geldiğindeyse, "Ay nasıl yani? Sen hani şu bildiğimiz şarkıcı Cem'den mi bahsediyorsun? Ay bayılıyorum kız ben onun şarkılarına. O şimdi senin sevgilin mi yani? Ay ne enteresan..." dedi Rüya. Bukre'nin hiç hoşlanmadığı bir yaklaşımdı bu. Biraz bozuldu ama belli etmedi.

"Bir kere o şarkıcı değil sanatçı. İkincisi bizim ciddi bir ilişkimiz var. Ağustosta nişanlanıyoruz."

Bukre konuşurken birden ciddileşti Rüya.

"Süper olur vallaha. Bayılırım nişanlara."

Bukre gülmeye başladı. Bu kız gerçekten çok eğlenceliydi. Doğal bir saflığı vardı. Birbirlerinin telefon numaralarını alıp ayrıldılar.

Rüya, birkaç gün sonra aradı Bukre'yi. Buluşma teklif etti. Buluşup öğle yemeği yediler. Bu seferki sohbetleri ilkokul yıllarına dairdi. Eskiyi andılar. Bukre, Cem'i anlattı durmadan... Onu ne kadar çok sevdiğini, onsuz yaşayamayacağını anlattı. Rüya, aşk meşk işlerine uzak biriydi. Bukre'yi anladığı pek söylenemezdi. Bukre, duygularıyla yaşarken, Rüya, daha maddiyatçı bir insan profili çiziyordu. Cem'i tanımayı çok istiyordu. Şarkılarını seviyordu. "İkinci albümü için stüdyoda çalışıyor. Ben bile haftada bir iki kez görüyorum yüzünü. Ama yine de bir buluşma ayarlayabilirim sanırım" dedi Rüya'ya. Heyecanla bekleyeceğini söyledi Rüya.

Rüya'nın beklediği haber bir hafta sonra geldi. Ama Selim de olacaktı yanlarında... Dört kişi yemeğe çıktılar. Rüya, yanında Cem'e imzalatmak için bir albüm getirmişti. "Rüya'ya sevgilerle..." diye imzaladı Cem. Masada herkes neşeliydi. Bukre, bir ara Cem'in kulağına yaklaşarak, "Selim'le Rüya sence iyi bir çift olur mu?" diye sordu. Onları, birbirine uygun bulmadığını söyledi Cem. Bukre, kararlıydı; bir şeyler yapıp onların çıkmaya başlamalarını sağlayacaktı. En azından Selim'i bu yalnızlığından ve Merve takıntısından kurtaracak bir şey yapmaya çabalıyordu.

Yemekten sonra Cem, önce Selim ve Bukre'yi evine bıraktı. En son Rüya'yı indirdi. Rüya, inmeden önce telefon numarasını istedi Cem'den. Cem, numarasını verirken, "Stüdyoda olduğum zamanlar hariç devamlı açıktır, ulaşabilirsin" dedi.

"Merak etme öyle sık sık arayıp rahatsız edenlerden değilim" diye bir açıklama yaptı Rüya. "Zaten Twitter'dan takip ediyorum. Sen de beni takip listene al, oradan yazarım bir şey diyecek olursam."

***

Cem ve Bukre, mutlu süren aşklarında hiçbir olumsuzlukla karşılaşmadan, nişan gününün gelmesini bekliyordu. Bu arada Cem'in ailesi Mersin'den gelmiş ve Bukre'nin ailesiyle tanışmıştı. Nişan öncesi ailelerin tanışması yerinde bir karardı. Cem'in ikinci albüm çalışmaları, Bukre'nin İzmir'e yeni başlayacağı okula gidecek olması, diğer taraftan da nişan hazırlıkları üst üste gelmişti. Herkes, adeta zamanla yarışıyordu. Bukre, kayıt işleri için İzmir'e gittiğinde, Cem onun yanında olamadı. Çünkü ikinci albüm çıkmıştı o günlerde. Annesi babası ve Selim hep birlikte gittiler. İşlemler tamamlandı, özel bir yurt tutuldu ve İstanbul'a dönmek üzere yola koyuldular. Yolda gelişmelerden haberdar etmek için Cem'i aradı Bukre. Telefonu meşguldü. Aralıklarla dört kez aradı. Hep meşguldü. Cem, hiçbir zaman kimseyle bu kadar uzun görüşmezdi. Bir saat sonra tekrar aradı. Bu kez meşgul değildi hat.

"Canım kiminle konuştun bu kadar?"

Cem, annesiyle konuştuğunu söyledi. Nişan için bohça hazırlıklarını konuşmuşlardı. Bukre, hemen anlattı ne yaptıklarını. Cem, onu çok özlediğini söyledi. Dakikalarca konuştular ve "Beni sevmeyi unutma" diye kapattılar.

Nişana bir hafta vardı. Bukre, nişan elbisesinin provasındaydı. Yanında Rüya... Geçen zaman içinde Selim'le yaklaşmalarına zemin hazırlamak için çok çaba sarf etmişti Bukre. Ama her iki tarafın da bunu istemediği belliydi. En sonunda Bukre de ikisinin birbirine uygun insanlar olmayacağına karar verdi ve bu ikiliyi birleştirmeye çalışmaktan vazgeçti. Sosyokültürel anlamda aralarında dağlar vardı.

Rüya nişan elbisesinin içinde adeta bir prensese dönüşen Bukre'ye hayran gözlerle bakarak, "Ay çok yakıştı canikom. İnanılmaz güzel oldun. Tarz yani..." dedi. Gülümsedi Bukre. Çok heyecanlanıyordu. Rüya, bu tür işlerden iyi anlıyordu. Modayı yakından takip etmesi, neyin neyle giyilebileceğini iyi bilmesi ve estetikten iyi anlaması, Bukre'nin işine yaramıştı. Telefonuyla Bukre'nin fotoğrafını çekti hemen. Cem'e gönderdiler. Cem'den gelen yanıt çok hoştu: *Sanırım bir prensesle evleniyorum :)*

***

Takvimler 8 Ağustos'u gösteriyordu. Nişana iki gün kalmıştı. Bukre, evde nişanla ilgili ufak tefek ayrıntılarla ilgilenirken, Rüya elinde davetiyelerle girdi içeri. Paketi heyecanla açtı ve Bukre'ye gösterdi.

"Tam istediğimiz gibi olmuş değil mi canikom?"

"Evet... evet..." dedi Bukre sevinçle. "Tam istediğimiz gibi olmuş."

Hemen Cem'i aradı. Telefonu yine meşguldü. Rüya, "Canım adamı rahat bırak. Albümü yeni çıktı. Oradan oraya koşturuyor zaten. Promosyon döneminde çok arama bence" dedi.

Bukre, küskün bir ifadeyle, "Ama iki gün kaldı ve biraz yanımda olmasını istiyorum" diye karşılık verdi.

Rüya, "Gel otur şöyle" dedi. "Bak şimdi. Nişan olayı kız

tarafının işidir biliyorsun. Erkek tarafı pek dahil olmaz. Sabırlı ol."

"Olamıyorum" diye sızlandı Bukre. "Her dakikayı, her gelişmeyi onunla paylaşmak istiyorum."

Rüya, Bukre'nin elini tutarak, "Telaşlanma. Her şey çok güzel olacak" dedi ve sarıldı ona.

Bir sonraki günün sabahı, Bukre için tam bir şoktu. Selim içinse bir trajedi. Selim'in otistik ağabeyi evin balkonundan düşüp ölmüştü. Sokaklarından yükselen feryatlarla inliyordu mahalle. Tam bir yas vardı mahallede. Selim'le çocukluklarından bu yana koşup oynadıkları ev, bir cenaze eviydi şimdi. Evladını kaybetmiş bir annenin feryadı sanki camları parçalayarak mahalleye yayılıyordu. Babanınsa ayakta duracak hali kalmamıştı, ağlamaktan kurumuştu gözyaşları...

Cem, Ankara'daydı o gün. Hemen haber verdi Bukre. Yoldaydı. Ankara konserinden dönüyordu. "Olabildiğince çabuk geleceğim aşkım. Yüz kilometre kaldı" dedi. İki saat sonra cenaze evindeydi. Sıkıca sarıldı Selim'e. Sonra hemen telefona sarılıp birkaç kişiyle konuştu. Bukre'ye dönüp, "Cenaze işlerini hallettim" dedi. "Yarın toprağa vereceğiz."

"Nasıl bir kader bu?" dedi Bukre ağlayarak. "Yarın en mutlu günüm olacaktı."

Ölüm yaz sıcağı da olsa, soğuk bir rüzgâr gibi sarıyordu bedenleri. Çok da kalabalık sayılmayacak bir toplulukla gömüldü cenaze. Orada tek başına uyuyacaktı o... Sessizliğine yeni bir sessizlik eklenmişti.

5

Eylüldü. Sonbahar, hüzünle selamlamıştı İstanbul'u... Cem, cenazeden sonra bir türlü kendini toparlayamayan Selim'in evindeydi. Ona destek olmaya çalışıyordu. Ama Selim, adeta yaşayan bir ölüye dönmüştü. Kapı çaldı. Bukre'ydi gelen. Son günlerde ne kadar çok bir araya gelmişti bu üçlü. Ama hiçbiri ölümün ağırlığının altından kalkamamış, yaralarıyla yaralarını sarmaya çalışıyordu birbirlerinin... Selim, derin bir sessizliğe gömülmüştü. Pek konuşmuyordu. Birileri ona acıktığını hatırlatmasa, yemek bile yemek aklına gelmeyecekti. Odasının penceresinden öylece boşluğa bakıyordu. Sanki birileri dönecekmiş gibi.

Cem ve Bukre, dışarı çıkmayı teklif etti. "Hayır" dedi Selim. En son cenaze günü çıkmıştı evden. Yine de zorlamadılar.

"Gel..." dedi Bukre Cem'e. "Biz çıkalım."

Çamlık Caddesi'nde yürümeye başladılar. Siyavuşpaşa Milli Egemenlik Parkı'na indiler. Bir bankta oturup, bundan sonra ne olacağını konuşmaya başladılar. Selim'in ağabeyinin ölümünden sonra ilk defa nişanla ilgili konuştular. Nişanın ne zaman yapılacağını sordu Cem.

"Her şey çok ani oldu Cem. Yakın bir zamanda gerçekleştiremeyiz bu işi."

Cem'in yüzü asılır gibi oldu. Bukre, elini tuttu sevgilisinin. "Biliyorsun aşkım, ben senden daha fazla istiyorum bu işi. Ama Selim bu haldeyken yapamam. Zaten üzgünüm. Yakında okul için İzmir'e gidiyorum biliyorsun. Sen burada kalacaksın. Selim burada. Benim de aklım burada olacak hep. Orada yeni bir hayata başlayacağım. Nasıl adapte olacağım bilmiyorum. Derslere nasıl yoğunlaşacağım? Bütün bunlara nasıl alışacağım Cem?"

Hiçbir yorum da bulunmadı Cem. Çok üzgündü.

Eylülün yerini ekime bırakmasına on gün vardı. Gitme işini artık daha fazla uzatamazdı Bukre. Sabah Selim'e uğrayıp vedalaştı.

"Seni böyle bırakıp gitmek hiç içime sinmiyor Kuzu."

"Beni merak etme Bukre. Git okuluna sen. Güya hep beraber gidecektik İzmir'e, seni bırakıp gelecektik. Olmadı. Olmuyor bazen olması gerekenler. Hadi git. Uzatmayalım bu sahneyi."

Biraz daha toparlanmış gibiydi Selim. Giderken en büyük dayanağı bu oldu Bukre'nin. Sıkıca sarıldılar. Gözlerde toplanan yaşlar eşliğinde ayrıldılar. Aşağıda Cem bekliyordu.

***

Yeni bir şehirde olmak... Yeni bir okul, yeni bir çevre, yeni insanlar. Her şey o kadar yabancıydı ki... Okula başlayalı neredeyse üç ay olacaktı. Mutlu değildi Bukre. Aklı hep İstanbul'daydı. Kendisine arkadaşlık edebilecek kimsesi yoktu. Geceleri saatlerce Cem'le konuşuyordu. Her seferinde ne zaman geleceğini soruyordu Cem'e. İşlerinin yoğunluğundan fırsat bulamıyordu gelmek için. Her şey üst üste gelmişti. Albümün promosyon dönemi, konserler, davetler, televizyon programları vesaire. Diğer taraftan ihmal edilen, yalnızca geceleri telefonda konuşulan bir sevgili... Bukre, çok üzülüyordu bu duruma. Bazı geceler konuşamıyorlardı bile.

Büyük bir ümitle, İzmir konseri olmasını bekliyordu Bukre. En zoru da sevgilisinin söylediği şarkıları radyoda duymak, televizyonlarda izlemekti. Her seferinde daha da özlüyordu onu. Okula başladığı günden beri yanına hiç gelememişti Cem. Sadece iki kez Bukre ailesinin yanına geldiğinde görüşebilmişlerdi. Bir an önce yarıyıl tatili olmasını bekliyordu. Finallerden sonra evine gidecek, hem Cem'le hem de ailesiyle doya doya vakit geçirebilecekti. Bu arada Selim, ağabeyinin ölümünden sonra biraz daha toparlayabilmişti kendini. Bukre, her telefon görüşmesinde iyiye gittiğini anlıyordu. Bu, Bukre'yi sevindiriyordu. Ağabeyin ani ölümü herkeste bir travma etkisi oluşturmuştu. Ama yavaş yavaş her şeye alışıyor ve kanıksıyordu insan. Ölümü bile...

***

Başarılı bir vize ve final döneminden sonra nihayet yarıyıl tatili gelmişti. Sınav dönemi ders çalışmaktan, hiç konuşamamışlardı Cem'le. Arada bir Rüya arıyordu, biraz laflayıp kapatıyorlardı. Çok özlemişti Cem'i. Heyecanla valizini hazırladı. Gece yarısı otobüse binecek ve sabah özlediği şehrinde olacaktı.

Yol boyunca gözüne uyku girmedi. Sabah erken saatlerde indi Esenler'e. Cem, yeni aldığı spor arabasıyla onu bekliyordu. Florya sahilinde kahvaltı ettiler. Sanki biraz değişmişti Cem. Para ve şöhretin getirdiği bir şımarıklık sezinledi onda. İkinci albümden sonra, şöhreti iyice artmıştı. Sanki eski Cem değildi.

"Akşam seni yemeğe götürmek istiyorum hayatım ne dersin?"

"Çok isterim canım ama daha bu ilk günüm. Biraz ailemle vakit geçirsem?"

"Haklısın aşkım düşünemedim. O zaman yarın akşam için bir plan yapalım. Hem şu nişan tarihini de netleştirmiş oluruz."

"Yarın olur aşkım."

Kahvaltıdan sonra Bukre'yi evine bıraktı. Ailesini çok özlemişti Bukre. Annesi, babası ve kardeşiyle vakit geçirdi. Akşamüstü Selim'i aradı. Yine bir turist kafilesiyleydi. Gece geç döneceğini, yarın görüşebileceklerini söyledi. Gece geç saatlerde Cem'i aradı. Yatmadan önce sevgilisinin sesini duymak ona iyi gelecekti. Fakat Cem'in telefonu yine meşguldü. Mesaj attı. Beş dakika sonra Cem geri döndü. "Hayatım yapımcımla konuşuyorduk kusura bakma" diye bir açıklama yaptı. Bukre, şüphelenmişti.

"Yapımcınla bu saatte mi görüşürsünüz hep?"

Cem'in sesinde bir düşme oldu.

"Eee... hayır! Hayatım biliyorsun bizim işlerin öyle saati falan olmaz."

Bukre, iyice işkillenmişti.

"Hem sen beni neden gün boyunca aramadın bakayım?"

Cem, sesini çocuk sesi gibi yaparak, "Aman aman benim sevgilim çok mu özlemiş beniiii?" dedi.

Bukre, hiç gülmüyordu. Hatta daha da ciddileşti.

"Tamam Cem. Ben yatıyorum, iyi geceler!" dedi ve sertçe kapattı telefonu. Beklediği ilgiyi bulamamış olmanın verdiği gerginlikle, daha çok ilgi çekmek adına yapmıştı aslında bunu. Telefonu kapattı ama gözü sürekli ekrandaydı. En azından bir özür mesajı bekliyordu. Gelmedi. İyice sinir olmuştu. Tekrar aradı.

"Neden aramıyorsun Cem!"

Cem, sesindeki bozulmuşluk iadesiyle, "İyi geceler dememi bile beklemeden telefonu yüzüme kapattın. Bence benden özür dilemelisin" dedi.

"Hayır!" diye karşılık verdi Bukre sertçe. "Bence sen benden özür dilemelisin."

Yaşadıkları en sert tartışmaydı bu. İkisi de susarak bekledi telefonda. Yaklaşık yirmi dakika ellerinde telefonlarıyla öylece sessiz kaldılar. Bukre, dayanamadı.

"Konuşmayacak mısın?"

Cem, sakin bir ses tonuyla, "Özür dilemeyecek misin?" diye sordu.

Bir sessizlik faslı daha başladı. Sonra, "Ben kapatıyorum" dedi Bukre ve tekrar kapattı telefonu. Yatağının içinde ağlamaya başladı. Evdekiler duymasın diye sessiz sessiz ağlıyordu. Yüzünü yastığa gömdü. Kendini çok yorgun hissediyordu. Bir ara uykuyla uyanıklık arasından sıyrıldı. Telefonunda bir mesaj vardı: *Özür dilerim. Beni sevmeyi unutma.* Cevap yazmadı.

Sabah uyandığında her yeri ağrıyordu. Dayak yemiş gibiydi sanki. Yastığının yanında duran telefonuna baktı hemen. Arayan ya da mesaj atan biri yoktu. Kalktı, duşa girdi ve kahvaltıya geçti. Annesi ve babası bir şeyler olduğunu anlamıştı. Yine de üstüne gitmediler. Öğlene doğru Rüya aradı.

"Vay vay vay! Demek eve geliyorsun ve bize haber vermiyorsun! Kızım ben sevgilinden mi öğrenecektim geldiğini? Aşkolsun insan haber vermez mi?"

Demek Cem'le konuşmuşlardı. Ne zaman konuştuklarını çok merak ettiği halde sormadı. "Biraz canım sıkkın Rüya" dedi sadece.

Rüya atıldı hemen.

"Ah canikom benim, can sıkıntısına alışveriş birebirdir. Öğleden sonra bir şeyler alacağım kendime. Hadi sen de gel."

Bu teklif hiç çekici gelmiyordu Bukre'ye.

"Selim'le görüşeceğim bugün. Gelemem canım" dedi.

Israr etmedi Rüya.

"Peki canım sen bilirsin."

Telefonu kapatır kapatmaz Selim'i aradı. Yarım saate kadar geleceğini söyledi Selim. O yarım saat geçmek bilmedi. Kapı çaldığında koşarak gitti kapıya Bukre. Çok özlemişti dostunu. Sımsıkı sarıldılar her zamanki gibi. Gözleriyle değilse de en azından dudaklarıyla gülümsemeye başlamıştı Selim. Alışıyordu ağabeyinin yokluğuna.

Bukre, Selim'e de çok iyi geliyordu. Dostluğun, sevgilikten öte olan ve sevgililikte bulunmayan çıkarsız yanı buydu işte. Hep birlikte oturdular önce. Sonra Bukre'nin odasına geçtiler. Nihayet baş başa kalabilmişlerdi. Bukre, Cem'le gece yaşadıklarını anlattı. Çok üzgündü. Selim, ona üzülmemesi gerektiğini, böyle gerginliklerin ve küsmelerin, ilişki içinde çok normal olduğunu, bu tür iniş çıkışların aşkı beslediğini söyledi. Bukre'yi biraz olsun rahatlatmıştı bu sözler. "Hadi şimdi ara onu" dedi Selim. "Ara ve ne kadar çok sevdiğini söyle."

Bukre, hemen telefona sarıldı. Cem'in açmasını beklerken Selim'in yüzüne baktı ve içten bir söyleyişle, "Teşekkür ederim Kuzu. İyi ki varsın" dedi.

Cem, bozuk bir ses tonuyla açtı telefonu. Bukre'nin ilk sözü "Seni seviyorum" oldu. Aradaki buzlar birdenbire eriyiverdi. Aynı şekilde karşılık verdi Cem. "Akşam yemek yiyelim. Selim de gelecek" dedi.

Önce biraz duraksadı, sonra, "Tamam" dedi Cem. "Beni sevmeyi unutma."

Selim şaşırmıştı. Bukre'nin konuşması bitip telefonu kapattıktan sonra, "Yavru Kuşum sen neden böyle bir şey dedin?" diye sordu. "Benim ne işim var sizinle yemekte! Bunca zaman görüşmemişsin zaten. Konuşacağınız bir sürü şey vardır. Gidin baş başa yiyin. Beni niye ekledin ikiliye?" dedi telaşlı ve kaygılı bir ses tonuyla.

"Biz onunla ilk gün baş başa kahvaltı etmiştik zaten Kuzu. Hem sen bugün bizi barıştıran kahramansın. Bir yemeği hak ediyorsun" dedi Bukre. Yüzünde görmeye değer bir huzur ve sevinç vardı. Onun bu mutluluğunu gören Selim, daha fazla itiraz etmedi.

***

Selim ve Bukre, erkenden gelmişti yemek yiyecekleri mekâna. Cem'in gelmesini bekliyorlardı. İzmir'i anlatıyordu Bukre. Yalnızlığından bahsediyordu... Yalnızlığına rağmen, İzmir'i ne kadar sevdiğinden, oranın İstanbul'a çok benzediğinden, hatta İstanbul'u aratmadığından... Tam bu sırada Cem geldi. Elinde bir demet çiçek vardı. Önce çiçekleri Bukre'ye uzattı. Bukre, çok etkilendi. Sonra Selim'e sarıldı sıkıca. Kötü günlerinde hep yanında olan arkadaşını özlemişti. Bukre'nin yokluğunda bir türlü görüşememişlerdi.

Garson siparişleri almak için gelince, "Biraz sonra verelim" diyerek geri gönderdi Cem. Bukre, "Neden?" der gibi baktı yüzüne. "Bir misafirimiz daha gelecek. O geldikten sonra..." dedi ve göz kırptı.

Selim ve Bukre, aynı anda, "Kim gelecek?" diye sordu.

Cem, "Sürpriz..." dedi ve o anda sürpriz kişi kapıdan içeri girdi. Masaya yaklaştı ve "Selaaam..." dedi gülerek. Rüyaydı gelen sürpriz kişi. Dar mini eteği, derin göğüs dekoltesi, platin sarısı saçları ve restorandaki erkeklerin bakışlarını şimşek gibi üzerine çeken seksi güzelliği ile yüksek topuklu ayakkabılarının topuk sesleri eşliğinde yürüdü masaya.

Bukre ve Cem şaşkındı. Anlamsızca birbirlerine baktılar. Masadaki herkesi tek tek öperken Rüya, "Bakıyorum siz yokluğumda samimiyeti bayağı ilerletmişsiniz" dedi Bukre, kinayeli bir biçimde... Cem, duymazdan geldi bu sataşmayı.

"Vallaha sevgilini elinden alacağım caniko. Haberin yok!" dedi Rüya gülerek.

Cem, "Eee... baktım sen Selim'i getiriyorsun, ben de ekip tam olsun diye Rüya'yı çağırdım" dedi.

Hemen araya girdi Rüya.

"Eh ne de olsa doğumumuz Kumber olmaz değil mi!"

Selim ve Bukre birbirine baktı ve gülümsedi. Düzeltme gereği bile duymadılar Rüya'nın yanlış kullandığı deyimi.

Tuhaf bir akşam yemeğiydi. Gece boyunca Cem ve Rüya,

araba markalarından, gittikleri nezih (!) restoranlardan konuştu. Selim ve Bukre'nin bilmediği bir hayatın içinde var olan cemiyet insanlarından bahsettiler. Cem, ne zaman öğrenmişti bunları, ne zaman girmişti bu hayatın içine... Her şey ne kadar çabuk değişiyordu. Ve ne kadar iyi anlaşıyorlardı Rüya'yla... Hal böyle olunca, Selim ve Bukre, kendi dünyalarının sınırları içinde kalan her şeyden, sanattan, edebiyattan, kitaplardan ve siyasetten konuştu. Bir bölünme vardı masada.

Selim son dönemlerde toplum sosyolojisiyle ilgileniyordu. "Bence ülkeleri Allah'a inanan yöneticiler, ama dünyayı ateistler yönetiyor" dedi Selim.

"Neden böyle düşündüğünü anlayamadım?" dedi Bukre.

"Dünya üzerindeki haksızlıklara ve adaletsizliklere bakarsan ne demek istediğimi anlarsın" şeklinde bir açıklama getirdi sözlerine Selim. Tam bu sırada Cem'le Rüya'nın kendilerini dinlediklerini fark ettiler.

"Ay siz dünyayı mı kurtarıyorsunuz canikolar?" dedi Rüya şuh bir kahkaha eşliğinde. Cem de bir anda kahkaha atmaya başladı bu söz üzerine. Selim'le Bukre gülmüyordu. Onların bu tavrına aldırmayan Cem ve Rüya, gülmeye devam ediyordu.

Bukre, "Bakıyorum da dünya umursamazlığı konusunda iyi anlaşıyorsunuz" deyince, bir anda soğuk rüzgârlar esti masada.

Cem, "Biz işin şakasındayız aşkım..." dedi.

"Hayat şakaya gelmez!" diye çıkıştı Bukre. Bir tehdit gibi söyledi bunu. Şimdi tam bir sessizlik hâkimdi masaya.

* * *

Arabada hiç kimse konuşmuyordu. Hâlâ devam ediyordu gerginlik. Kötü bir akşam olmuştu. Selim ve Rüya arka koltukta oturmuş, yüzleri birbirine ters istikamette kendi camlarından dışarıyı seyrediyordu. İki ayrı dünyanın iki ayrı insanı... Selim, kulağında kulaklığıyla müzik dinliyordu. Bir ara Cem, nişan işinin ne olacağını sordu Bukre'ye. Ses tonunda, sırf sormak için sorulan soruların taşıdığı bir ton vardı.

"Acele etme" dedi Bukre. "Selim, iyice kendine gelsin. Daha üstünden tam olarak atamadı. Benim de ilk yılım bitsin. Yaza yaparız."

Onun cevabı da başından savmak için verilen cevaplardandı sanki. Cem biraz daha gerildi. Sinirli bir şekilde kullanmaya başladı aracı. "Biraz yavaş kullanır mısın?" diye uyardı Bukre. Dikiz aynasından Rüya'nın ne konuşulduğunu dinlediğini fark etti. Eve gelmişlerdi. Cem, önce Bukre ve Selim'i indirdi. Önde boşalan yere Rüya geçti. El sallayıp uzaklaştılar. Daha birkaç metre gitmeden müziği son ses açtılar. Eğlence devam ediyordu onlar için. Cem çok hızlı kullanıyordu arabasını. Bukre, Selim'in yüzüne soran gözlerle baktı. "Yorum yok" dedi Selim.

Eve girdiğinde çok gergindi Bukre. Elini yüzünü yıkadı. Odasına geçti. Kafasını dağıtmak için bir kitap aldı eline. Bir türlü kendini okuduğu kitaba veremiyordu. Aklı başka yerdeydi. Bir kahve yaptı kendine. Balkona çıktı. Titreye titreye içti kahvesini. Soğuktu hava. Bilgisayarını açtı. Mail'lerine baktı. Gelen bir şey yoktu. Yatağına uzandı. Uykuya dalar gibi oldu.

Bir ara uyandı. Saate baktı. 03.00'ü gösteriyordu. Cem, aramamıştı. İçine bir kurt düştü. Hemen Cem'i aradı. Açmadı Cem. On beş dakika sonra yine aradı. Yine açmadı. Acaba başına bir şey mi geldi diye düşünmeye başladı. Kaza yapma olasılıklarını aklına bile getirmek istemiyordu. Hemen Rüya'yı aradı. O da açmadı. Sabaha kadar bir Cem'i, bir Rüya'yı aradı durdu. Açmadılar. Acaba ne olmuştu?

Sabah erkenden Selim'i aradı ve sadece, "Selim gel ne olur!" dedi.

Selim telaş içinde, koşa koşa geldi. Bukre kapıyı açar açmaz da onun morarmış göz altlarını fark etti. "Ne oldu sana Yavru Kuşum?" dedi.

"Sabaha kadar uyumadım. Cem'le Rüya'yı aradım... İkisi de açmıyor. Başlarına bir şey gelmiş olmasından korkuyorum Kuzu. Dün çok hızlı kullanıyordu aracını Cem."

Selim sakindi. "Telaşlanma Yavru Kuşum. Çağrılarını görünce sana dönerler." Bukre, kaygılıydı. Bir türlü kendini sakinleştiremiyordu. "İstersen bize gidelim. Annem kahvaltı hazırlıyor."

Selim'in teklifini kabul etti Bukre. Kahvaltı boyunca tekrar tekrar aradı Cem'i ve Rüya'yı. En sonunda Cem geri döndü.

"Hayırdır aşkım defalarca aramışsın?"

Bukre kızarak, "Neredesin sen! Dün geceden beri sana ulaşmaya çalışıyorum çıldıracağım!" dedi.

Cem hiçbir şey olmamış gibi cevap verdi.

"Sessizdeydi telefon, duymamışım."

Bukre'nin sinirleri boşaldı bir anda. Ağlamaya, bağırıp çağırmaya başladı. Cem, onu sakinleştirmeye çalışıyordu. Telefonu Selim aldı.

"Cem, şu anda Bukre iyi değil. İstersen yanına gel. Bizdeyiz" dedi ve kapattı. Selim telefonu Bukre'ye geri uzatırken tekrar çalmaya başladı. Bu kez Rüya'ydı arayan. Uzun uzun çaldırdı. "Açmayacak mısın?" dedi Selim. Açtı Bukre.

"Canikom beni aramışsın hep. Bir şey mi oldu hayırdır?"

Bukre, kendini toparladı ve "Cem'e ulaşamamıştım da... En son seninleydi o yüzden seni aradım" dedi. Gözyaşlarını siliyordu bir yandan. Fakat bir anda yüzü değişiverdi Bukre'nin. Telefonu iyice bastırdı kulağına. Öylece dinledi bir süre. Hiçbir şey söylemedi. Rengi sarardı birden. Sonra telefon yere düştü elinden.

Selim, "Bukre ne oldu!" diye sordu. Yerdeki telefondan Rüya'nın sesi geliyordu.

"Alo. Aloooo... Orada mısın Bukre?"

Bukre, başka bir boyuta geçmiş gibiydi. Kendi kendine bir öne bir arkaya sallanmaya başladı. Selim dehşet içinde ona bakıyordu. "Bukre, neyin var! Ne oldu sana Kuşum!"

Bukre, birden şarkı söylemeye başladı: "*Sarılmış bir yara yeniden kanar mı? / Küllenmiş bir ateş yeniden yanar mı?*" Sonra uzunca bir çığlık attı ve bayıldı.

Gözlerini açtığında Selim'in yatağındaydı. Başucunda Selim ve annesi vardı. Büyük bir kaygı taşıyorlardı yüzlerinde.

"Bukre, iyi misin kızım?" dedi Selim'in annesi.

Selim elini tuttu. "Nasıl hissediyorsun kendini?" diye sordu.

Solgun yüzünü yana çevirdi. "İyiyim merak etmeyin" dedi güçlükle.

"Annene haber vermedik telaşlanmasın diye. Yarım saattir baygın yatıyorsun" dedi Selim. Yatağından doğruldu ve banyoya koştu Bukre. Kusmaya başlamıştı.

Hastaneye götürmek istediler. Kabul etmedi. "Biraz daha kendime geleyim, beni eve götür Selim" dedi. Birkaç saat sonra eve götürdüler. Ailesine hiçbir şey söylemediler. O gün telefonunu hep kapalı tuttu Bukre. Kimseyle konuşmadı. Ertesi gün Selim yine onun yanındaydı. Yatağından çıkmak istemiyordu Bukre. Hiçbir şey yapmak istemiyordu. Hayattan kopmuş gibiydi. Gözlerindeki ışık giderek soluyordu. Selim ikna etti. Parka çıktılar. Kimsecikler yoktu. Hafiften kar atıştırıyordu. Titredi Bukre. Selim, üzerindeki montu çıkarıp ona verdi.

"Selim beni bir psikoloğa götürür müsün?"

Şaşırmıştı Selim. "Tabii ki götürürüm" dedi. Telefonu çaldı Selim'in. Arayan Cem'di. "Bukre'ye ulaşamıyorum Selim" diyordu.

"Bukre'nin morali çok bozuk Cem." Bir yandan Cem'le konuşurken diğer yandan da Bukre'ye Cem'le konuşup konuşmayacağını işaretlerle sordu. Kafasını iki yana salladı Bukre. Selim, Bukre'nin yanından uzaklaşarak durumu izah etti Cem'e. Kısa bir müddet konuştular ve Selim geri döndü. "Dün gece evin önüne gelmiş. Telefonun kapalı olduğu için sana ulaşamamış, eve gelmeye de cesareti olmadığı için geri dönmüş" dedi.

Acı acı gülümsedi Bukre. "Selim beni bir psikoloğa götür" dedi. Başka soru sormadı Selim.

Ertesi gün Bukre'nin isteği üzerine bir psikiyatri kliniğine gittiler. Yaklaşık bir saatlik seanstan sonra elinde bir reçeteyle çıktı odadan. Hâlâ ruh gibiydi. Yılgın bir sesle, "Bu ilaçları almamız gerekiyor Kuzu" dedi. Yeşil reçeteye iki ilaç yazmıştı doktor. Aldılar.

İlaçları kullanmaya başladığı ilk günlerde sürekli uyuyordu. Daha sonra biraz daha azaldı uykular. Hatta gülmeye bile başladı. Selim hep yanındaydı. O gün telefonda ne olduğunu hiç sormadı. Bukre de hiç anlatmadı.

***

Okulun ikinci döneminin başlamasına bir gün kalmıştı. Cem'in tüm ısrarlarına rağmen, Bukre, onunla görüşmek istemedi. Ama o gün kendisi aradı Cem'i. Cem şaşırmıştı. Hemen sordu.

"Aşkım neden böyle olduk biz neden?"

Bukre, gayet olgun bir tavırla, "Hiçbir şey olduğu yok. Atlattık. Geçti gitti. Hadi beni sevmeyi unutma" dedi. Cem ne söyleyeceğini bilemedi o an. Şaşkındı. "Yarın İzmir'e gidiyorum. Beni uğurlamaya geleceksin değil mi?"

Cem, kekeleyerek, "Tabii ki geleceğim aşkım. Kaçta otobüsün?" dedi. Otobüsünün saatini söyledi Bukre. Kapattılar.

Ertesi sabah erkenden geldi kapıya Cem. Hazırdı sevgilisi. Kendinden emin ve rahat tavırları vardı. Gülümseyerek bindi arabaya. Yolda havadan sudan şeylerden bahsetti. Cem'in o gün telefonunun sessizde oluşuyla ilgili açıklamalarını sessizce dinledi. Hiçbir yorum getirmedi. Otogara gittiler. Otobüsünün kalkmasına yarım saat vardı. Çay içebilecekleri bir yerde oturmayı teklif etti Bukre. Uygun bir yer bulup oturdular. Çaylarını içerken hiç konuşmadılar. Cem, sürekli elinde tuttuğu cep telefonuyla oynuyordu. Bukre, elinden telefonu aldı, masanın kenarına koydu ve Cem'in ellerini tuttu. Gözlerine derin derin bakıp, "Benden sakladığın bir şey yok değil mi aşkım?" diye sordu.

Cem'in yüzü karmakarışık olmuştu. "Hayır hayatım. Senden ne saklayabilirim ki?" dedi.

Telaşlanmıştı. Bukre, giderek daha da sıkıyordu Cem'in ellerini. Sanki bir daha hiç tutamayacakmış gibi. O ellerle vedalaşır gibi. Uzun uzun seyretti Cem'in ellerini. Sonra titreye titreye çekti ellerini elinden. Sonra uzun uzun seyretti yüreğini sığdırdığı o elleri. Gözünden iki damla yaş süzüldü. Sonra Cem'e dönerek, "Bana bel yastığı alabilir misin? İzmir'e kadar uyumak istiyorum. Ama acele et geç kalmayalım" dedi. Şaşkındı Cem. Telaşla kalktı masadan. Hızla yastık satan dükkânlardan birine girdi. En renkli olanını seçip getirdi sevgilisine. Bukre, "Sadece bir tane mi aldın?" diye sordu. "Ben bir tanesini belime bir tanesini de camın kenarına koymak için istiyordum. Sana zahmet olmazsa gidip bir tane daha alır mısın?" dedi. Cem, tekrar gitti aynı yere bir tane daha alıp geldi. Kalktılar.

Otobüse binerken, "Beni sevmeyi unutma" dedi Cem. Karşılık vermedi Bukre. Sadece hüzünlü bir el sallayış kaldı geride. Otobüs terminalden çıkarken, Bukre ağlıyordu.

***

Tam bir hafta olmuştu Bukre gideli. Selim, endişeliydi. Bir kere bile aramamıştı. Oysaki hiç böyle şeyler yapmazdı. Dayanamayıp kendisi aradı. Telefonu kapalıydı. Mesaj attı. İçi rahat etmedi. Cem'i arayıp yakın zamanda Bukre'yle görüşüp görüşmediğini sordu. Cem, en son bir hafta önce görüştüklerini, telefonunun hep kapalı olduğunu söyledi. Telaşlandı Selim. Uygar'ı arayıp Bukre'nin evi arayıp aramadığını sordu. Uygar, annesine sordu. En son iki gün önce konuştuklarını söyledi annesi. İçi biraz rahatladı.

Üç gün sonra Selim'in telefonu acı acı çaldı. Bukre, ağlıyordu. Sadece, "Selim ölüyorum çabuk gel!" dedi ve kapattı. Hızla evden çıktı Selim. Ne olduğunu bilmiyordu. Tek bildiği şey dostunun ona ihtiyacı olduğu ve bir an önce yanına gitmesi gerektiğiydi. Otobüsle gitmek onu geciktirirdi. Mahalledeki arkadaşlarından borç para alarak uçak parasını denkleştirdi ve ilk uçağa binip İzmir'e gitti. Uçaktan indikten yarım saat sonra yurdun önündeydi. Telefon açtı ve yurt kapısında olduğunu söyledi. Ağlayarak geldi Bukre. Dakikalarca sarıldı Selim'e. Hem ağlıyor hem de, "Dayanamıyorum artık Selim! İntihar etmemek için seni çağırdım!" diyordu. Selim, sakin olmasını istedi. Elleriyle gözyaşlarını sildi. Serin havanın da etkisiyle titremeye başladı Bukre. Yakınlardaki bir kafeye gidip oturdular.

"Anlat bakalım şimdi ne oldu?" diye sordu Selim.

Bukre, biraz daha sakinleşmiş gibi görünüyordu. Hıçkırıkları dinmişti. Artık sessizce akıyordu gözündeki yaşlar.

"Cem beni aldattı Selim!"

"Aldattı mı? Bu nasıl olur? Emin misin?"

"Eminim!"

"Bir şeyini mi yakaladın?"

"Son yemeğimizi hatırlıyorsun değil mi?"

"Evet."

"Hani bizi bırakmış, sonra Rüya'yla gitmişlerdi anımsadın mı?"

"Evet."

"Ben o gece sabaha kadar onu aramıştım açmamıştı. Sonra sabah telefonunun sessizde olduğunu söylemişti."

"Evet, çok iyi hatırlıyorum. Sen o gün çok kötü olmuştun o telefon konuşmasından sonra."

"Ben Cem'le konuştuktan sonra kötü olmadım Selim, Rüya'yla konuştuktan sonra kötü oldum. Çünkü o anda benim dünyam yıkılmıştı."

"Senin telefonun benim elimdeydi Rüya aradığında. Konuştun ve sonra şarkı söylemeye başladın. Daha sonra da bayılmıştın zaten."

"Evet Kuzu. Çünkü ben aldatıldığımı o an öğrendim."

"Rüya mı söyledi?"

"Hayır! Rüya bana öyle bir şey söyleyemez; çünkü Cem beni Rüya'yla aldatıyor."

Çok şaşırmıştı Selim. Duyduklarına inanamıyordu. Nasıl olurdu bu? Kırk yıl düşünse böyle bir şey aklının ucundan geçmezdi.

"Ben Cem'le konuşurken odada bir şarkı çalıyordu Selim. Sonra Rüya aradı. Onun olduğu yerde de aynı şarkı çalıyordu."

"Aynı radyoyu dinliyor olamazlar mı o an?"

"Hayır Selim! Dinledikleri şarkı, Cem'in bana yazdığı şarkıydı. O şarkı hiçbir radyoda çalmaz, çünkü Cem o şarkıyı üçüncü albümüne saklıyordu. Anlasana Kuzu! İkisi de aynı evdeydi. O gece Cem'in evinde kaldı Rüya. Ya da tam tersi oldu."

"Şimdi anladım, sinir krizi geçirmeden önce neden o şarkıyı söylediğini..."

"Ben bunu hak edecek ne yaptım Selim?"

Tekrar hıçkırıklara boğuldu. Selim yine onu sakinleştirmeye çalışıyordu. Gözyaşları sel gibi akıyordu. Ağlayarak devam etti konuşmasına.

"Yine de inanmak istemedim. Cem böyle bir şey yapmaz

dedim. Ortada beni aldatması için hiçbir neden yok dedim kendi kendime. O yüzden beni psikoloğa götürmeni istedim Selim. İlaçlara sarıldım. Ama kafamdan atamadım bir türlü. Yine yenildim kendime. En son İzmir'e gelmeden önce otogarda onu yastık alması için masadan gönderdim."

Bunları anlatırken bir yandan da çantasındaki telefonunu çıkarıyordu. Gözyaşları içinde telefonunun mesajlar bölümüne girdi.

"Bak Selim, Cem bana yastık almaya gittiğinde, telefonunun mesaj bölümüne girip, Rüya'yla yazışmalarını kendime mesaj olarak attım. Nasıl durdum ayakta, nasıl baktım o mesajlara bir ben bir de Allah bilir o acıyı. Cem'i iki kez gönderdim masadan, tüm mesajları alabilmek için. Bütün yazışmaları var bende Selim. "Bebeğim"li, "canım"lı satırlar hepsi. En acısı da Rüya'nın onda kaldığı gece neler yaşadıklarıyla ilgili okuduğum satırlar. Artık yazışmalarını silseler bile inkâr edemezler. Birbirlerine neler yazmışlar Selim! İçim yana yana, kanaya kanaya her gece okudum ben bu satırları. Ama artık dayanamıyorum Selim. Ya aklımı oynatacağım ya da intihar edeceğim. Ne olur bana yardım et."

Artık bir inlemeye dönüşmüştü ağlamaları. İnsan nasıl ayakta durabilirdi böyle bir aldatılışın ardından... Zordu. Çok zor. Her şeyini verdiğin, her şeyini yok ediyordu. Peki, neden bunca zaman saklamıştı bunu Bukre, neden Cem'den ve Rüya'dan bunun hesabını sormamıştı?

Şimdi bunları düşünmenin zamanı değildi. Önce biraz kendine gelmesi gerekiyordu Bukre'nin. Selim birkaç gün İzmir'de kalmaya karar verdi. Dostunu bu halde bırakıp gidemezdi.

"Dinle Yavru Kuşum. Ben, hafta sonuna kadar burada

kalayım. Yanında olurum. Durumunu hiç iyi görmüyorum. Cuma akşamı da beraber İstanbul'la gideriz."

Sadece sustu Bukre. Bu "Tamam!" demekti onların dilinde. Selim, uzaktan akrabaları olan bir ailenin yanında kaldı. Selim'in orada kalmasıyla hayata tutundu Bukre. Kendine geldi biraz. Ölümün eşiğinden dönmüştü. Şimdi birlikte İstanbul'a döneceklerdi.

Yola çıktılar. Yol boyunca Bukre, Selim'e neden Cem'e bu konuyla ilgili hiçbir şey söylemediğini izah etti. Çünkü geri dönüşü olmayan bir yola girecekti Bukre. Onun defterinde yarım ayrılık yoktu. Bu yüzden her şeyden emin olmalı ve bir kerede her şeyi bitirmeliydi. Onun ruhunda bu vardı: Ya hep ya hep...

Cuma gecesi bindikleri otobüsten, cumartesi sabahı indiler. Her ikisi de kendi evine gitti. Bukre'nin İstanbul'a geldiğinden haberi yoktu Cem'in. Bukre, Cem'in yanına gidecek ve her şeyi bildiğini anlatacaktı. Rüya ile ona mutluluklar dileyip, bu defteri bir daha açılmamak üzere kapatacaktı. Aslında yüzüne tükürüp gitmek vardı ama...

***

Elinde kâğıtlarla internet kafeden çıktı. Saatine baktı. Konserin bitmesine bir saat vardı. Biraz etrafta oyalandı. Sonra konserin yapıldığı mekâna gitti. Cem, son şarkısını söylüyordu. Bitmesini bekledi.

Güvenlik kordonu altında sahneden indi Cem. Etrafı bir anda imzalı fotoğraf isteyen ergen kızlarla çevrildi. Kalabalıkla birlikte dışarı çıktılar. Gittikleri tarafa bir cip yanaştı.

Cem, hızla araca bindi. Bukre, alışık olduğu tokatlardan birini daha yedi o an. Arabayı Rüya kullanıyordu. Bir taksiye binip, takip etti. Ortaköy'e kadar geldiler. Oradan Bebek'e geçtiler. Araçtan iki arkadaş gibi inip, bir mekâna girdiler. Masaya oturup garson kızı çağırdılar. Sarmaş dolaştılar. Masaya arkadan yaklaştı Bukre. Çantasından kâğıtları çıkardı ve masanın üstüne fırlattı. Kâğıtlarda mesajlaşmalarının büyütülmüş hali vardı. Cem ve Rüya, donakalmıştı. Aptal aptal Bukre'nin yüzüne bakıyorlardı. "Bir dahaki sefere daha dikkatli çalışın!" dedi Bukre. Tam bu sırada garson kız tepsiyle içeceklerini getirmişti. Bukre, tepsideki bardakları aldı ve "Afiyet olsun!" deyip, kafalarından aşağı boşalttı. Tüm müşteriler onlara bakıyordu.

"Ayyy! Saçlarım!" diyerek ayağa fırladı Rüya.

"Düzelteyim..." dedi Bukre ve platin sarısı saçlarından tutup bir tokat patlattı yüzüne.

Cem, ayağa kalktı ve "Yeter Bukre! Ne yapıyorsun sen!" diyerek kolunu tuttu.

Bukre, "Aldatılan birinin yapması gerekenlerin onda birini bile yapmadım daha. Sana minnettarım Cem. Çok teşekkür ederim" dedi ve arkasına bakmadan çıktı mekândan. Geride Rüya'nın çığlıkları kaldı.

***

Bazen bindiği dolmuşta, bazen girdiği dükkânlarda duyuyordu onun şarkılarını. Kulaklarını tıkıyordu. Atıyordu kendini oradan dışarı. Bazen bir afişte karşısına çıkıyordu yüzü, kafasını çevirerek geçiyordu önünden. Ne sesini duymak, ne de yüzünü görmek istiyordu. Kendini derslerine vermişti. Deli gibi ders çalışıyordu. Birkaç arkadaş edinmişti. Onlarla vakit geçiriyordu arada bir. Unutmuş gibi görünse de her şeyi, kendisine yapılan haksızlığı hazmedemiyordu.

Sürekli bir şeylerle uğraşıyordu. Gezi, sinema, kitap, tiyatro, spor, kültürel faaliyetler... Boş kalmak istemiyordu. Boş kalırsa o boşluğu nelerin dolduracağını çok iyi biliyordu. Eline para geçtikçe alışveriş yapıyordu. Saçını kestiriyor, boyatıyor, şeklini değiştiriyordu. Neyse ki İzmir, yaralı ruhları saran bir şehirdi. İyi ki buradaydı. İstanbul'da olsaydı atlatmak daha zor olacaktı. Arada bir Selim geliyordu yanına. Bu zor günlerinde destek oluyordu ona. Her zamanki gibi... Bazen atlattığını düşünüyordu. Yine de çok emin değildi. Acaba gerçekten atlatabilmiş miydi yoksa ara mı vermişti acılarına... Bunu İstanbul'a dönünce daha iyi anlayacaktı.

Okulun ikinci dönemi bitene kadar hiç gitmedi İstanbul'a... Ailesini ve Selim'i çok özlese de tuttu kendini. Gitmedi... Gidemedi. Ama sayılı günler çabuk geçmişti. Vizeleri de bitince, artık yuvaya dönmek gerekecekti. Bununla da baş etmeyi öğrenmeliydi.

***

Zor oldu İstanbul'a dönüş. Daha otogara iner inmez o kötü anılar üşüştü başına. Onunla oturdukları yer. Ellerini son kez tuttuğu masa... Bunlarla baş edemeyecek kadar güçsüz hissetti kendini. Hemen Selim'i aradı. "Selim gel beni buradan al. Kıpırdayamıyorum!" dedi. Selim her zamanki gibi koşup geldi yanına. Titriyordu Bukre. Sarsıla sarsıla...

"Geçecek Yavru Kuşum..." dedi Selim. "Hepsini atlatacaksın. Yanındayım."

Eve geldiler. Şimdi daha iyiydi Bukre. Akşama doğru yeni planlarından bahsetti Selim. Onu bu sıkıntılardan biraz uzaklaştıracaktı. Bodrum'a gidecekler tatil yapacaklardı. Ama farklı bir tatil olacaktı bu. Bodrum'da her yıl verilen bir hizmetin gönüllü neferleri olacaklardı. Selim'in ağabeyinden ötürü bildiği bir oluşum vardı. Otistiklerin ve bedensel engellilerin tatil için getirildikleri bir yerde kalacaklar, onlara kitap okuyacaklar, hizmet edecekler, onları yüzdürecekler, yemeklerini yedirecekler ve temizliklerini yapacaklardı. İşte tatil buydu onlar için. Hemen isimlerini yazdırdılar bu iş için gönüllü arayan kuruluşa. Bu tatil gerçek bir tatil olacaktı. Ama daha zaman vardı. Ağustos ayında başlayacaktı bu tatil. Yurtdışından da gönüllüler gelecekti. Ve daha aylardan Hazirandı.

Selim, taksitle bir araba almıştı. Boş günlerinde Bukre'yi gezdiriyordu. Cem'le gitmedikleri yerlere gidiyorlardı. Selim, Cem'i hatırlatacak her şeyden koruyordu Bukre'yi. Fakat yine de bazen bir şey istemeden de olsa karşılarına çıkıyor, Bukre yeniden sendeliyordu. Olsundu... Bu da geçecekti. Geçmeyen ne vardı ki...

Bir ay sonra tatile gittiler. Planladıkları her şey yolunda gidiyordu. Bodrum tatili sonrası biraz daha kendine gelir gibi oldu Bukre. Ama şehre geri döndüğünde, bütün yıkımlar üstüne devrilmek için onu bekliyordu sanki...

6

Aylar geçmişti aradan. O fırtınalı aşk, sonunda, ruhunda onulmaz yaralar bırakarak geçmişti. İyileşmemişti Bukre, sadece yaraları kapanmıştı. Zaman zaman geri tepen, unutuldu zannedilen anlarda, derinlerde taze duran bir sızıydı bu... Seven kolay unutmuyordu. Kolay unutan da sevmiş olmuyordu zaten... Her ne kadar son vuruşu kendi yapmış olsa da, iç huzursuzluğu ve yenilmişlik duygusuyla pek de sağlıklı değildi aslında... Günler geçmiyordu, geceler gündüzlere ekleniyordu sadece...

O gün evden hiç çıkmamıştı Bukre. Canı sıkılıyordu. Bütün gününü kitap okuyarak ve Uygar'la ilgilenerek geçirmişti. Serin bir Eylül akşamıydı. Aklına uzun zamandan beri bakmadığı mail'lerine bakmak geldi. Ve... Yine bir şok yaşadı.

Cem'den gelen bir mail vardı. Kim bilir ne zaman yollamıştı. Başlıkta Cem'in adını okuyunca kalbi daha da hızlı çarpmaya başladı. Bir sevinç değildi bu heyecan; ne yazmış olabileceği merakının kalbini titretmesiydi:

Merhaba Bukre. Keşke satırlarıma "Beni sevmeyi unutma" diye başlayabilseydim. Sevilecek bir yanımın kalmadığını, hatta nefret edilmeye bile değer olmadığımı biliyorum. O yüzden beni sevmeyi unut! Çünkü ben, senden sonra unuttum artık sevmeyi. Öyle zor ki sana yazmak. Ne yazacağımı değil, nasıl yazacağımı bilmiyorum. Nasıl yazacağım? Hangi yüzle yazacağım? Neyle? Neyse...

"Affet!" diye yalvarsam gururunu hiçe saymış olurum. "Şerefsizin biriyim ben!" desem, geçmişimize hakaret etmiş olurum. Çünkü sen ben yoktu, "biz" vardı o geçmişte. Bu yüzden sana geri dönmen için değil, lekelediğim şeref ve haysiyetimin, senin hakkına giren kısmını affetmen için yalvarıyorum. Ayaklarının altında ezilmek adına yalvarıyorum. Senden helallik istiyorum Bukre.

Keşke her şeyi unutabilsek... Keşke her şey yeniden başlasa, geçmiş hiç yaşanmamış olsa. Ama olmuyor işte. Öyle çaresizim ki... Çare getirmeyen çareleri bile bekler oldum kaderimin yolunda. Biliyor musun, her gece gözyaşları içinde, senden binlerce kez özür diliyorum. Yaptıklarımın bağışlanacak bir yanı yok biliyorum. Zaten, beş para etmeyecek haysiyetimin mazur görülmesi için değil, seni hak etmediğin mağduriyetlere düşürdüğüm için özür diliyorum.

Ben ki senin kadar iyi ifade edemem duygularımı bilirsin. Sana basit gelecek bir ifade biçimidir bu belki. Ama şunu bil ki kendimden bu denli tiksindiğim halde, beni affetmen için, kendimle utanmadan kucaklaşabilecek kadar çok seviyorum seni.

Seni seviyorum Bukre. Ve hep sevmeye devam edeceğim. Bir gün dön dersen eğer, hangi yüzümle sana geri dönerim bilmiyorum ama hangi yüzümle dönersem döneyim, bunun, yüzsüzlüklerin en yüzsüzcesi olacağını adım gibi biliyorum. Bu yüzden, sen dön demesen de, ben geri dönmeye yüz bulamasam da, hep bekleyeceğim, şarkılarda geçen o köşe başında...

Özür vardı satırlarda, pişmanlık vardı, çaresizlik vardı. Dönmek isteyip de dönmeye yüzü olamadığı için dönemeyen bir adamın perişanlığı vardı. Defalarca okudu satırları. Noktalama işaretlerine bile uzun uzun baktı, anlamlar çıkarmaya çalıştı. Neydi içindeki bu anlamsız heyecan? Onu hâlâ seviyor muydu? Vazgeçememiş miydi? Bir oluru var mıydı? Ümitlenmeli miydi? Ama olmazları olurlarından daha çoktu. Uzunca bir cevap yazdı.

Keşke sana cevap yazmak, içimi bu kadar acıtmasaydı Cem. Sana içimin neden acıdığından bahsedeceğim şimdi. Belki farkında değildin ama ben seni severken, sen benden çoktan gitmiştin. Sen hiç terk edildiğini bilmeden sevmeye devam ettin mi Cem? Sen beni çoktan terk etmiştin ve ben bunun ne zaman olduğunu bile bilmiyordum. İnsanın bundan haberinin olmaması öyle acı ki... Niye gittin ki? Sen zaten benim sonum değil miy-

din? Çok mu fazla geldim sana? Senin altında çok fazla ezileceğin kadar mı verdim kendimden? Lüzumundan fazla mıydım sende? Çok mu gördün beni kendine? Çok mu gördün beni? Gözünün önünde çok mu kaldım? Sürekli bakmak, görmeyi unutturdu mu sana?

Ne kadar güzel başlamıştı değil mi her şey? İkimiz de birbirimizin doğrusuyduk sanki. Sadece nedenlerimiz farklıydı. Aslında bizim başlangıç zannettiğimiz şey, farklı nedenlerin aşkta birbirine benzeşmesinin çekiciliğiydi. Bunu şimdi daha iyi anlıyorum. Nedenler ortadan kalktığında ise aşkın başlangıçsızlığı beliriyordu. Başlangıçsızlığın bir sonu olabilir miydi ki Cem? Yanlış başlayan şeyler, doğru bitebilir miydi? Bitmezdi! Bitmedi... Seninle geçen günler, haftalar, aylar, yıllar neden bana ait değilmiş gibi duruyor, şimdi anlıyor musun?

Hayatta kalmak adına ne çok yok oluyoruz farkında mısın? Hayatın içine gizlenmiş sırları görebilmek adına eğildiğimde, aslında her şeyin bende saklı olduğunu anladım sensiz geçen günlerimde. Bu yüzden bu kadar güçlüyüm belki de... Bu yüzen bu kadar hayattayım. En azından senden daha güçlü olduğumu sanıyorum. Nasıl mı daha güçlüyüm? "Sır..."

Sana verecek tek bir sırrım var şimdi, o da sırların kimseye verilmeyeceği gerçeği. Öyle kolay değil pişman olunca "Dön!" demek. Biraz da sen kaybol hayatın labirentlerinde.

Artık değişmelisin Cem. Değişmelisin ama değişmek adına ne zamanla savaşmalısın ne de zamana katlanmalısın... Zamanı yaşamalısın! Zamanı yaşamalısın Cem... Yoksa o seni yaşayamaz.

Seni sevme nedenim "Her şeye rağmen" aşka inanmaktı. Seni sevme nedenimin bir gün ayrılık sebebimiz olacağı hiç aklıma gelmezdi. İnsan tüm fedakârlıklarına karşın "her şeye rağmen" aldatılınca, her şeye rağmen vazgeçebiliyor her şeyden... Ama sen benden çoktan gitmiştin değil mi Cem? Ve bunu bana söyleyemeyecek kadar da korkaktın! İşte bu yüzden, beni hep içinde yaşattığını anladım. Beni hep içinde yaşattın; keşke arada bir bana da uğrasaydın...

Her şey ne kadar hızla değişti. Birbirimize "Biz dostuz artık..." aşısı yapacak kadar bile vaktimiz olmadı ayrılırken... Aşk önce karşı tarafta bitince öyle oluyor işte. Sonra bu işin kaymağını yiyen fırsatçılar mutlu oluyor. Fırsatçı dediğim kişi de Rüya'dır biliyorsun. Gerçek fırsatçı, başkalarının kaçırdığı fırsatı kaçırmayandır. Tam da Rüya'ya yakıştı bu tanımlama değil mi? O nasıl bu arada? Zekâsıyla orantılı olmayan güzelliği seni büyülüyor mu hâlâ? Bedduamdır ona; Allah onu hangi gün, hangi saat, hangi dakika, hangi saniye ölece-

ğini bilerek yaşatsın. Ve öldükten sonra da Rabbim onu ateşi olmayan cehennemde yanmak için bekletsin; çünkü yanmayı beklemek, yanmaktan daha uzun sürer... Neyse! Onu daha fazla anarak cümlelerimi kirletmeyeyim. Belli ki kalbime bir arkadaşa bakıp çıkmak için girmiştin; baktın, arkadaşı da aldın ve çıktın... Tepe tepe kullan şimdi.

Yokluğum sana ne verdi Cem? Bir boşluk oldu mu içinde? Yokluğum sende bir boşluk bırakmamışsa, zaten varlığım da seni doldurmamış demektir. Ne kolaydım senin için. Beni bu kadar kolay yapan, bir gün istediğinde hayatından zahmetsizce çıkarabilme rahatlığına sahip olmandı değil mi? Bu yüzden korkmadın ayrılıktan biliyorum.

Aynada yüzümü seyrederken bile seni görürdüm Cem. Sen hiç böyle sevdin mi birini? Şimdi aynaya her baktığımda seni değil, senin bende bıraktığın izleri görüyorum. Yıkılmışlığımı, aldanmışlığımı görüyorum. Sana kızıyorum sonra... Kendime kızıyorum... Dünyaya öfkeleniyorum. Susuyorum. Ben ancak susunca bağışlayabiliyorum. İçimden sessiz bağışlamalar geçiyor... Seni mi yoksa öfkemi mi bağışlıyorum bilmiyorum.

Keşke bana "ben" olarak aldığın emaneti yine "ben" olarak geri verebilseydin; hiç olmazsa bir başka aşkta şansım olurdu. Şimdi öyle yalnız ve aşksızım ki. Evet! Aşk, sızım Cem! Aşk... Sı-

zım... Bir yalnızlık için çok kalabalık acılarım. Bildiğin gibi değil Cem... Bildiğin gibi değil... Gittiğin gibi...

Sırf yoluna ışık olsun diye, sırf yüzünün karanlık yarısı aydınlansın diye yaktım içimdeki infilakın fitilini... Kendimi yok etmek pahasına seni çoğaltmak istedim. Gitmek istediğini baştan söyleseydin, bütün gitmeler senindi. Kaldın ve sana sadece kalbimi verebildim. Söyle Cem; senin neyine yetmedim?

Bu satırları yazarken o kadar çok ağlıyorum ki, ellerim, dudaklarım titriyor durmadan. Dudakları titreyenlerin durakları soğuk olurmuş... Öğrettin Cem! Öğrettin...

Ne çok şey var değil mi zaman içinde unutulan, ya da zamanın bize unutturduğu? Peki, bir gün zaman bizi unutur mu dersin? O da senin gibi zalim mi bu konuda? Zihnindeki izlerimi okudukça daha iyi anlıyorum ne kadar alelacele unutulduğumu. Hakkını veriyorsun aslında unutmanın. Beni bu denli unutmasan, geçmiş bu kadar geçmişte kalır mıydı Cem?

Gitmeseydin ne olurdu diye çok düşünüyorum biliyor musun? "Kimini gidenler yıkar kimini kalanlar..." diyorum sonra. Boş veriyorum. Aşka en çok, çok seven inanır, en büyük zararı da o görür!

Ömrümde sadece bir gece yanımda kalmanı

öyle çok isterdim ki... Yanımda olduğun için, seni düşünmeden geçirebileceğim tek bir geceyi... Öyle bir gece için neler vermezdim. Hayattan hep isteriz, belki karşılığında ömrümüzü veririz. Hep karşılığı gelecek diye bekleriz. Sonunda beklemekten ölürüz ve hayatın sözünü tutmadığını görürüz. Hayat bizi çok kırıyor be Cem! Ve hiçbir hayal kırıklığından umut doğmuyor.

Aşk, bize sormadan hayatlarımızı değiştirecek kadar sinsi. Ya gitmeye, ya kalmaya geç kalıyoruz. Yollar bize kaybolma özgürlüğü tanısa da biz o yollarda özgürlüğümüzü kaybediyoruz. Bununla baş edebilmek için güçlü kalmaya mecburuz Cem! Ancak bu mecburiyet bana gücümü gösterir. Benim sadece kendi hatalarımın bedelini ödeyecek kuvvetim var. Ötekiler gitsin dünyamdan!

Sitemim öyle çok ki sana. İnanmıştım her sözüne, her şeyine... Ben senin "adına" inanmıştım Cem, adına! Aşkın tehlikeye açık bir mutluluk olduğunu bile bile sevdim seni. Beni bir kez yaşayıp, bin kez öldürdün Cem. Ama kazanamadın. Zaten, aşk savaşında kazanan yoktur, aşkta sahici olan kaybeder ama sahte olan da kazanamaz. Budur tek tesellim.

Yaşayamadıklarımı tekrarlıyorum aşkta. Kendimi, bir türlü değiştiremediğim huylarımla yaralıyorum ve hiç akıllanmıyorum biliyor musun? Acı, zamanla bir uyuşukluk halini alıyor sonra. Her yeni gün, bir eziyet gibi başlıyor. Ölümün tanıtımı gibi giriyor penceremden içeri. Sonra gözlerim terk ediyor pencereleri. Pencereleri terk edip, duvarlarla bir dostluğu paylaşmanın çaresizliğini, yalnızlığını yaşıyorum. Yüzümde geçmişin izlerini sürdükçe, yüzleşemiyorum kendimle. Gitmek istiyorum sadece. Nereye gitmek istediğimi bilmeden... Amacı yalnızca gitmek olanın, varacağı yer önemli midir Cem?

Bonkör acıların cimri mutluluklarıyla büyüyen yalnızlar için bu şehir çok büyük. Senden aldığım yaraları, tüm insanlara yayıyorum. O insanları izliyorum sonra... Benim gibi, ne çok birbirinden öteye geçemeden, ayrılmışlar var yeryüzünde... Kanatları kırılmadan önce uçarken gökyüzüne neden konamadıklarını düşünüp duruyorlardı, şimdi birbirlerinin kanadını kırıp, uçamadıklarına şaşıyorlar. Hem kuşlar bir tek gökyüzüne konamazlardı öyle değil mi Cem?

Neden bu kadar yazıyorum bilmiyorum. Belki de sende izi kalsın istiyorum her satırımın... Ya da acımasız sorulara merhametli cevaplar bekliyorum. Hani söz uçar yazı kalır derler ya... Bence unutmak istemeyen kulağa duadır da söz; sayfalarca yazsan, neye yarar görmek istemeyince göz. Anladın mı şimdi Cem? Duymak isteyene söz uçmaz konar kalır, görmek istemeyene yazı bile uçar yerini unutulmuşluk alır.

Sonuna geliyorum yazacaklarımın. Bazen pişmanlıklar bile iki insanı birleştirmeye yetmez Cem. Pişmanlığında bile yüzü kızaracak kadar büyük hatalar yapar insan. Keşke bana verdiğin değer, kıymetimi bilmene de yetseydi. Şimdi sen benim uyandığım bir rüyasın, daha ne kadar uyutabilirdin ki beni? Aldatılmanın ciğerini bilirim ben! Ama senden çok yara aldım. Adın yaramdır Cem, adın yaramdır! Ve yaralar iyidir. Bir insanın ruhunu ancak yaralarından görebilirsin. Yara iyidir Cem. Yara, "Ben ölmedim!" demektir. Bu yaralarımla birlikte bir uçuruma bırakmak istiyorum kendimi; çünkü senden sonra gidilecek tek yer orası gibi geliyor bana. Belki de ben çok önceden o uçuruma düştüm. Kalbinin derinine inmek istemiştim, orası bir tek bana uçurummuş bilemedim. Şimdi senden tek istediğim, beni hayatında güzel bitir Cem... Beni güzel bitir...

Kalbimi asıl hüzne boğan benden gitmen değil, bende bu kadar kalmandı. Zaman, beni bu sefer çok acıttı Cem, çok acıttı... Zamanın acısına alışıklığım, çocukluğumda bileğimi ısırarak izden saatler yapmaktan... Bu yüzden belki de canımı bu kadar acıtıyor zaman. O izler geçse de zaman durmuyor işte. Tadına varamadığım aşk, dilimi yakıyor şimdi. Hüznümün nedeni aşk, sonucu sen Cem!

İnsan gözleriyle arayıp bulduğunu nasıl da unutuyor kalbiyle değil mi? Oysaki ben senin kulağına gerçek aşkı fısıldamıştım, bütün dünya duydu, bir sen sağır kaldın. Ben, seninle dünyanın sonuna el ele gitmeye bile hazırdım. Birlikte yürüdükten sonra, nereye gittiğimizin ne önemi vardı?

Sen beni görüp, aşkı hatırladın, aşkla yeniden tanışıp beni unuttun! Oysa benim kalbimde, yüzümde can diye dolaşıyordun. O yüzden kırdığın kalbimi sakın unutma! Yüzümü unutabilirsin ama kalbimi sakın unutma.

Ödeşmenin ve armağan etmenin ayrımını anlatarak bitiriyorum. Birine, "Çok iyi olduğun için seviyorum seni ve bir karşılık beklemiyorum..." desen bile, yine de bir ödeşme olur bu. Sen aşkını karşındaki insan "iyi" olduğu için ona sunuyorsun demektir yani... Ama, "Seni tüm eksiklerinle seviyorum ve bir karşılık beklemiyorum..." demek, karşılıksız, gerçek bir armağandır. Sevdiklerine bu armağanı sunacak kadar iyi ol Cem. Birilerine kötülük yapmamış olmamız, iyi olduğumuzu göstermez, önemli olan içimizdeki şeytanı kontrol edebilmemizdir.

Unutma! Sen beni bir insana değil, bir tene sattın! Hem aşka sahip olup, hem aşka testlim olamıyorsan, vazgeç aşktan. Ve tenlerde arama onu. Aşk, tenden ötedir Cem. Aşkın yolunu bulamayanlar, tenlerde gezer durur. Bakalım asıl kaç tende tüketeceksin beni, seni, sahip çıkamadığın bizi...

Eğer bir gün bir yerde kaybettiğin kendini bulursan, onunla yeniden tanış. Ben onu gerçekten çok sevmiştim Cem. Ömründe bir kere bile olsa gerçekten sevmişsen, başkaları sana hep eksik gelir. Bu yüzden senden sonra hiç sevemeyeceğim. Benim için her şey hayallerde yaşayacak artık. Hayal ettiklerimi elde edemeyeceğim için, elde ettiklerimi sevmeye zorlayacağım kendimi.

Sana son kez sarılmak isterdim ama kırılmış kolların sıcağı üşütür Cem... İyisi mi sen sana ağlayan bu sözlerimle, satırlarımla kendine sarıl. Umarım görebilmişsindir sözlerimden akan yaşları.

İnan yalnızca ellerini özlüyorum Cem. Beni havuzdan çeken ellerini... Ben, aşka onlardan başlamıştım çünkü... Şimdi her sabah koca koca harflerle şu soruyu soruyorum sana: BİR ZAMANLAR BENİM OLAN ELLERİN, ŞİMDİ NEDEN ELLERİN?

Hiçbir cevap gelmedi. Haftalarca sessizliğe gömüldüler. Zor günler geçiriyordu Bukre. Yalnızca Selim vardı yanında. Bukre'nin kederinin dip yaptığı günlerde, rehberlik işi çıkmış olsa bile gitmiyordu. Ağabeyinin ölümünden sonra daha az konuşuyor olsa da yine de uzun teselli cümleleriyle yanında oluyordu dostunun.

O gece yine Selimlerde kaldı Bukre. Hep birlikte yemek yiyip, sonra Selim'in odasına geçtiler. Sessizce duruyorlardı öylece. İkisi de bir şeyler düşünüyordu derin derin. Bir ara saatine baktı ve televizyonu açtı Selim. O, televizyon açmışsa mutlaka saat başıdır. Selim evde olduğu sürece sadece saat başlarında televizyon açardı. Haberleri izler ve biter bitmez kapatırdı. Yine öyle yaptı. Odadaki sessizliği Bukre bozdu. "Allah ona mermisinden fazla düşman versin!" Bunu, farkında olmadan söylemişti. Sonradan farkına vardı sesli düşündüğünün. Selim'e baktı, o da farkındaydı durumun.

"Yine enteresan beddualarından birini ettin Bukre."

"Ne yapayım? Düşündükçe öfkeleniyorum."

"Bu öfkenin altında hâlâ ona olan aşkın yatıyor olabilir mi?"

"Sonsuza dek beddua okumak istiyorum ona. Ne aşkı Kuzu!"

"Olsun. Sen yine de beddua etme. Sadece Allah'a havale et. En doğrusunu o bilir."

"Bir tek ona sığınıyorum zaten. Tek dayanağım Rabbim."

"O, her şeyi görür Yavru Kuşum. Allah bize sadece secde ederken değil, bazen sahip çıktığımız bir yetimin gözünden, bazen de kırdığımız bir kalbin içinden bakar. Biz bazen unutsak da, farkına varamasak da o bizim hep farkımızdadır.

Ne iyiliğimizi büyütmek bir işe yarar ne de kötülüğümüzü örtmek. O her şeyi görür. Her hayırda bir şer, her şerde bir hayır denilen şey de budur."

"İyi ki yanımdasın Selim. Sen olmasan nasıl geçerdi bu geçmek bilmeyenler..."

"Kaderlerimiz birbirine çok yakın duruyor. İkimiz de 'doğamadan ölen umutlar çöplüğü' taşıyoruz içimizde. Ne ustalaştık değil mi; biz, umut doğuramamakta, onlar doğmamış umutları öldürmekte..."

"Sonra da işte böyle pişman olup af diliyorlar. Ama artık çok geç. Çünkü pişmanlık saatinin akrebi 'çok'u, yelkovanı 'geç'i gösteriyor artık. Bazen, keşke ben de senin Merve'yi sevdiğin gibi karşılıksız sevseydim diye düşünüyorum. En azından böyle resmi acılarım olmazdı."

"Aslında güzel olan karşılıklı aşktır ama güzel kalabilmişse... Biliyor musun, Merve için uzun zamandır şiir yazmadığımı fark ettim geçen gün. Sanırım onu seven Selim öldü artık. Zaten insan daha ne kadar yaşayabilirdi ki o şiirleri kalbine saplaya saplaya... Artık kendi yolumu seçmişim ben. Bunu yeni fark ettim. Kalbim artık boş. Sen de kendi yolunu seçtin... Ama aklın geride kala kala..."

"Doğru. Kendi yolunda yürürken bile aklı geride bıraktığının yolunda kalabiliyor insanın. Küskün bir yolcu gibi... Küskün yolcular giderken ne yapar biliyor musun? Geride kalanlara ardını bırakır. Aklın ardında kalacağına bırak ardın geride bıraktığının yanında kalsın. Bu arada sevindim Merve aşkından vazgeçmene Kuzu."

"Aşk, her sorunu düzlüğe çıkarabildiği gibi her düzlüğü de yokuşa çevirebiliyor bazen. Bence Cem, zaten ruhunda yarım kalmış aşkların ve gerçek anlamda sevilmemiş olmanın karanlığıyla sana geliyordu. Ona ne yaksan karanlık kalacaktı. Ruhunda o eski aşkların külleriyle yaşıyordu. Senin, ona uzattığın son ateşe o ilk diye bakıyordu. Artık, yalnızlığa mahkûm biri o. Çevresi çok kalabalık olabilir. Ama çevresinde onu dinliyormuş gibi görünen kalabalıklar, ona tek başına olmadığını kanıtlasa da, söyledikleri dinlenmiyorsa, o kalabalığın tek yalnızı kendisidir aslında."

"Bence insan her durumda güçlü kalmayı bilmeli Kuzu. Yalnızlığında bile... Yalnızlığıyla bile... Yalnızlığın hep güçlü kalsın, yoksa devamlı birilerine sığınırsın. Ben onunla yaşadığım küçük ve mutlu anların, bunu yaşarken kaçırdığım daha büyük mutluluklara değer olduğuna inanarak yaşadım ve pişman değilim. Ama o, kendini kusursuz bir aşkın içinde kelepçeli gibi hissetmiş olacak ki böylesi bir aldatmayı reva gördü bana. Keşke benimle paylaşsaydı bu içsel yalnızlığı, keşke sorsaydı, anlatsaydı. Aslında çözüm belki de sorulardaydı ama o cevapsızlıklarda kaldı."

"Haklısın Yavru Kuşum. Keşke sorsaydı, anlatsaydı. Eminim, sen onu kalbinle dinlerdin. Gözlerini kapatırdın o konuşurken. Birini gözlerini kapatarak tüm sessizliğinle dinlersen, duyduklarını aynı zamanda içmiş de olursun. Kana kana içersin sözleri. Zaten bu yüzden gerçekten kanarsın. Sen öyle birisin, seni iyi tanırım ben."

"Kandım zaten. Ama bu nasıl bir kanmaktı görüyorsun işte. Oysaki ondaki görünmeyen güzelliğe âşık olmuştum ben; görüneni herkes biliyordu zaten. İçimde onu biriktirip durdum. Kendime bile yer bırakmadım. Ve biliyor musun, hâlâ onu bekleyebilecek kadar insafsızım kalbime. Bir gün bana çok mu yalnızsın diye sorsa, 'Hayır... Yalnız değilim, tıklım tıklım sensizim!' diyebilirim ona... Gözlerimin başkentiydi o. Ama bitti. Gitmek acıtmıyor bitmek kadar Selim. Aylardır bir uçuruma gidip gidip geri geldim. Ölümün kıyısından döndüm Selim! İnan zor değildi yaşamak kadar."

"Üzme kendini bu kadar Bukre. Esirine eserim diye bakanı çıkar artık hayatından, aklından... Sen, olması gereken ol; olması sevilecek olan değil! Gereğinden fazla da ağlama. Hakkın kadar ağla. Gelecek acılara gözyaşın kalsın. Kuru gözlerle hüznü karşılayamazsın... Güleceksen de hakkın kadar gül, yoksa birilerinin hakkı olan gülüşleri gasp etmiş olursun. Onu içinden affet Bukre. Çünkü onu affedemezsen, ondan sonra hayatına girecek olanlara iyilik mi yoksa kötülük mü yaptığını asla bilemeyeceksin. Seni seven dostlarını düşün. Beni düşün. Senin yok oluşunu izlemek en çok beni yok ediyor. Batarken, sevdiklerini de dibe çekmeye kimsenin hakkı yok. Sen, senin için önemli olmayabilirsin ama benim için çok önemlisin. Çünkü sende açılan yara en çok bende kanıyor. Buna inan ve sor kendine; kimi yara'lar, en çok kimi yaralar?"

Her zaman bildiği gerçek ilk defa bu kadar net çıkmıştı karşısına. Bir cevap veremedi Selim'e... Onun kendisi için ne kadar üzüldüğünü bu soruyla perçinlemişti. Cevap aslında sorunun içindeydi. Sustu Bukre. "Susma..." dedi Selim. "Sen susunca azalıyor kelimelerim..."

***

Hayat, bazen öldürmüyordu da süründürüyordu insanı. Belki de kendisine daha çok tutunmamız için yapıyordu bunu. Zamanın merhemi gecikebiliyordu zamanın içinde. Fakat ne yazık ki zamanın ilacı zamanın içinden başka bir yerde değildi. Yılların acımasızlığı yılları eskitiyordu en çok. Ama umutlar saklıydı yılların içinde. Yıllar, bir adım kadar hızlı geçebiliyorken, atılması gereken bir adım için yıllarca beklemek gerekebiliyordu bazen. Neydi Bukre'nin zamandan asıl beklediği? Yeni bir aşk mı? Eski bir yara mı?

Kolay olanı seçmek, zor olmayan bir hayattır. Zor olansa kolay yaşanan hayatın bedelini ödemektir. Ucuz ve basit mutluluklar yerine esaslı zorluklarla baş edebilmeyi seçmişti Bukre. Yenilginin farkında olarak yaşamak da bunlardan biriydi. Ne uzun bir yoldu insanın içine gitmesi... Daha zoru içinde karşılaştıklarıyla baş edebilmesi... Neydi onun yüzleşmelerden beklentisi? Ve bu beklentinin sonunda gelecek olan kimdi, neydi? Öyle ya beklentisi olmayanın beklediği de olamazdı...

Aslında insan, aşkın başında alıyordu kurşun yarasını ama öldüğünü sonunda anlıyordu. Anlamsız gibiydi ama yine de bir anlamı olmalıydı bu anlamsızlığın. Çünkü içinde aşk vardı Bukre'nin. Aşkın içindeydi de aynı zamanda... İnsan nerde olduğunu bilmeliydi. Farkındalığı olmalıydı. Bugünü mutsuzlaştıran şey, mutluluğu hep yarında aramak değil miydi? Oysaki kökleri dünde büyürken insanın, gövdesi bugünde yaşamalı ve dalları yarına uzanmalıydı. Geçmişe bağlılık köklü olmayı gerektirirdi. Kökleri olmayan zaten hiçbir yere bağlanamazdı. Ama geçmişinden gelenleri, geçmişinde takılı kalarak tecrübeye dönüştüremezdi insan. Bukre, bunun bilincindeydi. Ama yine de geride bıraktıklarına geri dönmek istiyordu bazen. Hiçbir şeyi eskisi gibi bulamayacağını bildiği halde...

Onulmaz ve sessiz yaraları vardı kalbinin. Kalp, dünyanın en sessiz kırılan oyuncağıydı. Kırık da olsa atıyordu yine de... Ve bazı gerçekleri görmesine engel olmuyordu. Zaten kalbinle görebiliyorsan, görmezden gelemezdin hiçbir şeyi. Kendini kandırabilirdi en fazla insan... Cem de öyle yapmıştı belki. Çok sevdiğine kendini inandırmıştı. "Kendini kandıran beni neden kandırmasın?" diye düşünmüştü Bukre. Ama o, kalbinin sesini dinlemişti. Hiç kimse kendi kalbini kandıramazdı. Ama kalp aklı hep kandırırdı.

Vazgeçmeyecekti. Hırslandı! Gerçek aşkı aramaya devam edecekti. Çünkü aramayarak kaybetmek, bulamayarak kaybetmekten daha acıydı. Arayacaktı. Geçmişi unutmadan arayacaktı. Unutmak tekrarın başlangıcıydı. Unutmayacaktı!

Aklında cevap aradığı sorular vardı. Cem eksenli sorulardı bunlar. İnsan, kendisinde kalmayacaklar uğruna, kendisini kendisi yapan şeyleri neden harcardı? İnsanları anlamıyordu. Ummadığı insanlar adam oluyordu, adam sandıklarıysa yalan! İnsanlar yan yanayken bile "biz" olamıyorsa, aslında çoktan gitmişlerdir birbirlerinden. Yokken bile var olan, zamanla varken bile olmayana dönüşebiliyordu. Hayat böyle bir şeydi işte, kimileri yokken bile var gibiydi, kimileri elimizi tutarken bile yanımızda değildi...

Bu durumda olan nice insanları düşündü. Acaba Cem'le de böyle miydiler? Cem, ne zaman ondan vazgeçmişti? Cem, ne zaman sevenden "vazgeçene" dönüşebilmişti? Bunun sebebi sadece bir "kaçamak" olmamalıydı. Çünkü o, o kadar basit bir erkek değildi. Ya da Bukre öyle zannediyordu.

Belki de dediği gibi hiç gelmemişti Cem. O zaman bu acısı kalan neydi? Kalan ve geçmeyen... Ne acıydı hiç gelmeyenin hiç geçmemesi. Onun cennetine kavuşabilmek için önce cehenneminden mi geçmek gerekiyordu? Demek ki onun için yaptığı fedakârlıklar, insan olmaya yetiyor, ama aşk olmaya yetmiyordu. Aralarında bariz farklar vardı evet. Aslında sosyokültürel anlamda birbirlerine hiç benzemiyorlardı. Ama aşk sana benzemeyeni sevmek değil miydi? Bunun tersi başkasında kendini sevmek anlamına gelmez miydi?

İkisi de birbirini biraz da olsa değiştirmişti aslında. Cem kitap okumaya, Bukre, hayatın eğlenceli kısmıyla tanışmaya başlamıştı. Artık daha neşeliydi. Daha çok gülüyor, mutlu olabilmeyi öğreniyordu. Ama şimdi... Şimdi gülen yüzü hep asıktı... Hüzünlü şehirlerin kaldırımları gibi... "Ah Cem!" dedi içini çekerek. "Beni olmadığım bir insan yapıp o halime alıştırdın; sonra da o insanı içimden söküp aldın!"

***

İçine sığamadığımız hayallerimiz vardır. Oysaki küçüklüğümüzdür o hayalleri büyüten. Kendi yarattığımıza kendimizi sığdıramayız. Yıkılır hayaller, yerine daha küçükleri inşa edilir. Ama yıkılan bir aşk, geride öyle acılar bırakır ki tek bir tuğlasını uzanıp koyamazsınız yerine. İzler vardır geride. Ve izler hatırladığın kadar derindir.

Her şey bir aşk oyunuysa, gidişlere seyirci kalmak düşer kalanlara. Adımızdan düşer adım adım. Ve gitmek değil, bitmektir attığı her adım. Aşkın bitişi değil de geride kalan her şeyin yalan oluşu yıkar insanı. Oysa siz, onun yanında ondan daha güçlü görünmekten bile sakınmışsınızdır kendinizi, sırf o güçsüz gibi görünmesin diye. Bu kadar iyi olduğunuza kimse inanamaz, görmek istemez. Ve bazı gerçeklerin inanılmazlığı, bir yalana dönüştürür onları. En çok da bu yüzden giderler. Çünkü haklı görürler kendilerini, göremediklerinin gölgesinde...

Gidenlerin haklı olmalarını düşünmeleri, aşkın değişmeyen en haksız kuralıdır. Gelişi bir şey vermeyenlerin gidişi de hiçbir şey götürmez sizden ama o gelişler sizin beklediğinizi bilmediğiniz bir aşkı da beraberinde getirmişse, yani ilk aşksa o, içinizdeki uçurumun ondan başka dalı yoktur. Bu yüzden ilk aşk unutulmaz; çünkü ilk aşk, sadece aşkı tanıdığın kişiyle değil, aşkla da ilk tanışmandır.

Cem, belki ilk aşkı değildi Bukre'nin ama aşka ilk yenilişiydi. Bu yüzden durmadan kanıyordu yaraları. Artık kendi kendine konuşmaya başlamıştı. Bazen sitemleniyor, bazen sorular soruyordu Cem'e. Onun hayalini oturtup karşısına, sorguya çekiyordu. "Söyle Cem!" diyordu. "Ben, kalan olmaya boyun eğecek kadar korkağım, sen giden olmaya bu kadar cesaretli... Şimdi hangimiz daha güzel sevdi?" Cevabı hiçbir zaman alınamayacak bir soruydu bu.

Aşkta, acısı kadar tecrübelidir insan. Ama aşk acısı sayılarla değil, derinliklerle ölçülür. İnsan kalbinden kaç kişinin gelip geçtiği değil, kimin hangi derinlikte iz bıraktığı önemlidir. Belli ki Bukre'nin aşktan yana aldığı bu derin yara, bir ömür kanayacaktı onda. Ve bu kanı durdurmaya da niyeti yoktu aslında... "Sarmıyorum açtığın hiçbir yarayı. Hiç olmazsa yaralarımız kalsın. Biz öldük! Bari onlar kanayarak yaşasın!" diyecekti.

Gitmek istiyordu bu şehirden. Bilmediği uzak, yabancı kentlere gitmek ve sokaklarında kaybolmak... Çünkü bildiği şehirde gönlünce kaybolamıyordu insan. Sözlerin "Bitti!", gözlerin "Gitme!" dediği bir durumun içindeydi. Cem'e bugün dön dese döneceğini biliyordu. Kendisi de affetmeye hazırdı belki ama kapıyı onun açması gerekiyordu. Kadınlar çok sevince, affetmeye hazır beklerler her daim... Ama gururları mâni olduğu için asla ilk adımı atmazlar.

Bekliyordu Bukre; neyin geleceğini bilmeden... Selim'in dostluğu ona yardımcı oluyordu beklerken. Belki de Cem, Selim'le aralarındaki dostluğu kıskandığı için böyle bir şey yapmıştı? Çünkü Bukre için öncelik hep Selim'deydi ilişkilerinde. Erkekler, başka erkekleri arada dostluk olsa bile kıskanırdı. Bunu Selim'le paylaştığında çok gülmüştü Selim. Böyle bir şeyin olabileceğine ihtimal vermediğini söylemişti. Ama yine de aklını kurcalamıştı böylesi bir ihtimal. Eğer gerçeklik payı milyonda bir bile olsa, Selim'in kahrolacağı bir durum olurdu bu. O, asla böyle bir şey olmasını istemezdi.

***

Bukre'nin okula dönüş günleri yaklaşıyordu. Cem'den sürekli olarak haberdardı. Gerek konuk olduğu televizyon programlarından, gerekse Facebook hayran sayfasından ve Twitter adresinden onu takip ediyordu. Ama Cem... Acaba o, hiç mi merak etmiyordu Bukre'yi? Sahnede şarkı söylerken, yolda yürürken, ya da bir şarkı bestelerken... Ne düşünüyordu?

Cem'in orada burada yayımlanmış fotoğraflarına bakarken, Bukre'nin gözü, kıyıda köşede Rüya'yı arıyordu. Sırf birlikte olup olmadıklarını öğrenebilmek için saçma sapan magazin programlarını bile seyrediyordu. Ama birlikte olduklarına dair en küçük bir emare yoktu ortada. İstese bunu bir mesajla Cem'e de sorabilirdi. Ama bu asla onun tarzı değildi. Yine de çok merak ediyordu.

Tam da o günlerde bir mail daha geldi Cem'den. Kısa bir mail'di. Sadece doğum gününü kutluyordu. Altta da *Yolun ışıklı ve açık olsun!* diye bir not vardı. Doğum günlerini sevmeyen Bukre'nin aklına bile gelmemişti o gün yeni yaşına girdiği. Ama Cem, unutmamıştı. Sevinse miydi, üzülse miydi karar veremedi. Aynı karşılıkta kısa bir cevap yazdı: *Teşekkür ederim. Asıl senin yolun ışıklı ve açık olsun. Benimki karanlık ve kapalı...*

Bir gün sonra cevap geldi yine: *Hayatın dar ve karanlık yolları senden uzak olsun. Ben seni hak edemedim, hak edenler bulsun. Hayat seninle olsun Bukre, hayat seninle olsun.*

Böyle bir yanıt beklemiyordu. Hemen cevap yazdı: *Boktan bir hayat, ancak acılara gübre olur.* Bu sefer daha bir kararlılıkla, tereddüt etmeden göndermişti cevabını. Anında yanıt geldi. Demek bilgisayarının başındaydı. Eski günlerdeki gibi:

> *Böyle şeyler yazma Bukre. Küstürme seni sevenleri. Aslında sana çiçek göndermek istemiştim ama çiçeklerden çok daha güzelken, çiçeğe bir armağan gibi olurdun sen.*
>
> *İnsan sevmediğine küser mi Cem? Bak hâlâ "sevmediği" diyorum. Sen her ne kadar hâlâ seviyorum desen de... Şarkı sözlerin gibi yazıyorsun satırlarını. Hatta şiir gibi. Kadınlar şiirlerde çok kolay buluyor, bunu iyi biliyorsun. Ama bir zamanlar kalbimin kulaklarını sağır etmiştin, hatırlıyor musun?*
>
> *Seni hâlâ seviyorum. Benimle arana (haklı ola-*

rak) kalın duvarlar örsen de ben her duvarın ikinci bir yüzü olduğunu biliyorum. O ikinci yüzün merhametine sığınıyorum.

Belki hep sitemkâr yazıyorum ama yazmasam içime dert olacaktı Cem. Yazdım; şimdi sana dert olsun.

Sana tekrar el uzatıyorum Bukre. Tutar mısın? Belki kaldığımız yerden yeniden...

Bu ayrılıkta bana hangi rolü verdin Cem? Affeden ve her şeyin yeniden başlayabileceğine inanan saf insan rolü mü? Giden de değişir kalan da Cem. O yüzden kaldığı yerden başlamaz hiçbir ilişki; değiştiği yerden başlar ve değişen hiçbir şey eskisi gibi olamaz. Git ve helalini hak et. Ben hakkımı helal ederim.

Bildiğim yolları yeniden ezberlemek değil, sende kendime yeni yollar bulmak niyetim. Ama kırdığım bir kalbe bir daha neresinden gireceğimi bilemedim. Eski günlerin hatırına, bana yardım eder misin?

Acı tecrübeler vardır Cem. İnsan yaşadıkça edinir. Sen daha acı kısmındasın, tecrübe bölümüne geçtiğinde zaten bu soruyu bana sormana gerek kalmayacak... Eh, tabii o zaman da hâlâ ben olursam...

Biz masum aşkların çocuklarıydık. Bir şansımız daha mutlaka olmalı.

Masum aşk mı? Sana artık kızamıyorum bile

Cem! Neyin masumiyetinden bahsediyorsun hâlâ? Sen bana verdiğin cezanın ne olduğunu biliyor musun? Benim cezam çok ağırdı. Ben giden olmaya mahkûm edilmiştim, kalan olduğumu bilmeden... Kapanmayan yaraların ne anlama geldiğini bilir misin sen? Kapanmayan yara demek acı demektir. Kapanmayan her yara acıtır ve her acı o yarayı açanı hatırlatır. Sen hiç böyle yaşadın mı? Tanımadan sevmişim ben seni. Tanısam sevmeye cesaret edebilir miydim bilmiyorum. Ardında bıraktığın senden kalanımı unutmak ve yok saymak gelmiyor elimden. Geride seninle kalanımdan bahsediyorum Cem! Geride kalanını yakamıyor insan. Kendinden kopmuş olsa da kendinin olan hiçbir şeyi yakamıyor, yok sayamıyor. Ne kavuşabiliyor o yanına, ne de ayrılabiliyor o yanından... Sen hiç bu kadar çaresiz kaldın mı? Birinin varlığıyla yanmışsan, yokluğuyla da sönmesini bilmelisin. Ama ben sönemiyorum. Azalıyor yangınım, küllenmeye bile yüz tuttuğum oluyor ama sönmüyor işte sönmüyor, için için yanıyorum Cem, için için... Söyle niçin?

Kalbim acıyor. Göğsümde inanılmaz bir baskı... Yazdıklarını okudukça... Ben böyle olsun istemedim.

Sen aşkta hiçbir zaman ne istediğini bilmedin. Bu yüzden hayatın istemediklerinle dolu... Kulakların sana yürekten seslenenleri hiç duymadı. Bak, kulağı sağır olanın gözünün görmesi de bir işe yaramıyor; gerçeği şimdi görsen ne çare... Sadece konuşuyorsun Cem, anlattığın hiçbir şey yok! Gerçeği hep yanlış okuyorsun. Keşke beni aldatmak yerine terk edip gitseydin ansızın... Sana tavsiyem, sonu gelmişse bir ilişkinin noktalamaktan çekinme. En azından daha büyük umutların olur o zaman. Çünkü her cümle noktadan sonra büyük harfle başlar!

Çok ağır sözlerin Bukre. Asıl sorun ne biliyor musun? Ben insanlara çok çabuk kanıyorum. Bu benim en büyük yanılgımdır. Rüya meselesinde de böyle oldu. İnsanları tanımakla geçirdiğim zamanın, insanın değişim evresinden daha uzun olması beni yanıltır her zaman. Ya ben onları tanımakta gecikiyorum, ya onlar çok hızlı değişiyor. Şimdi tek istediğim geri dönmen ve her şeye yeniden başlamak Bukre.

Hayatımda sen varken, hayatla mücadele edemem.

Neden?

Ya kaybedersem?

Gel beraber kaybedelim. Aynı yarayı taşırız içimizde...

İkimiz de yaralıysak ve yan yana gelebilmişsek, burada asıl kaybeden bize o yaraları açan hayat olacaktır biliyorum. Yaralarımızı birbirimize kendimiz açmış olsak da birbirimizin yaralarından öğrenecek çok şeyimiz olduğuna inanıyorum as-

lında. Ama yine de yeni bir birlikteliğe inanmıyorum. Aşkın bütününü elde etmeden sadece bir kısmında boğulduk. Bize bundan başka deniz yok Cem. Hayat bir yara gibi kanıyor bizde. Zaman kabuktur belki. Zaman kapar yaramızı. Kabuktadır zaman. Yaran kanar, zaman kapar... Bazı mutluluklar hayatta değil Cem. Bazı mutluluklar hayatla değil. Senin bir suskunluğuna sığdırabileceğim o kadar sözüm vardı ki... Ama bütün sözlerim sensizlikte çürüdü. Çok şey beklememiştim halbuki senden. Bana sunduklarından fazlasını isteyemezdim zaten. Ben vermeyeceklerini istemek için değil, verdiklerinle yetinmek için gelmiştim sana... Ama olmadı. Ödün de veren ödül de veren hep ben oldum. Sana verdiklerimin değerini anlaman için söylüyorum; sana verdiklerim sokakta bulduklarım değil, beni ben yapanlardı Cem. "Benim mutluluklarımı sen yaşa, senin acılarını ben çekerim..." diyecek kadar çok sevdim seni. Gözümden düşüyorsun ama bak benim dizlerim kanıyor. Böyle yarım kalmayayım diye, tamamladım kendimi eksiklerimle. Hiç suçum yokken bile af dilemeye hazır bir şekilde sevdim seni. Çok ucuz kaybettin beni Cem... Beni çok ucuz kaybettin; daha fazlasına değerdim.

Sana bir teklifim var Bukre. Benimle unutur musun?

İnsan ezberini nasıl unutur Cem? Bildiklerimi nasıl unuturum?

Gel beraber bilmeyelim...

Bazen hikâyesini unuttuğumuz aşklar batar kalbimize. Bedeni yoktur ama gözleri hep gözlerimizde. O gözler hâlâ bize bakarken biz neyi unutabiliriz ki Cem? Sen ki bende unuttuklarını hatırlıyorsun, ben sende bildiklerimi unutuyorum. Ama aldatılmayı ezberlemişim bir kere. Nasıl unuturum söyle? Peki, bitmesek sürebilecek miydik? Süremezdik, sürülürdük sadece; aşkın kan tarlalarına... Biz kaybettik Cem. Biz bittik.

Kaybettiğinde değil, kaybedeceklerin kalmadığında bitersin. Bitmedik daha... Aşkı nerede bulursa, orada kaybolurmuş insan. Ben sende kayboldum Bukre. Biz birbirimizin kaderiyiz. Neyimiz var birbirimizden başka?

Farz et ki öyle. Kaderime yazılman, doğru insan olduğunu göstermez ki Cem. Başımı yastığa koyduğumda, şakağımı bir silaha dayıyor muşum gibi hissediyorum her gece. Bunu düzeltebilecek misin? Bir ayrılığın son taksitini öder gibi gelme bana! Ben caymışım kendimden. Seni de yakarım gelme! Gelmeyi bile isteme. Ben bu yalnızlığı silecek başka yalnızlıklar bulabilirim kendime. Sen gelme! Başını değiştiremediğin hikâyenin sonundaki kaderi yaşarsın. Kolay atlatacaksın biliyorum; unutkanlığına güveniyorum. İçinde gizli bir cehennem taşıyan cennet gibi gelmiştin bana. Süneyim derken yandım senin içinde. Yandım senin için de... Bu yüzden seni de yakarım gelme! Ben seni yoka yakıştırdım. Senin için kalbimi, beynimle kandırdım. Hayatımın her anını dolduran sen yoksun ya... Artık bana neyin var deme! Şimdi kim neyin var diye sorsa, hiçbir şeyim yok diyorum. Hiçbir şeyim yok Cem. Artık benim hiçbir şeyim yok!

Bu son mesajıydı Bukre'nin. Hiddetliydi yazarken... Çok kötü olmuştu. Mesajı gönderdi ve kalktı bilgisayarının başından. Ağlamaya başladı. "Açtığın yaralar bile seni özlüyor Cem, seni özlüyor..." diyerek döktü gözyaşlarını dakikalarca. Seviyordu ve vazgeçemiyordu. Ama diliyle kalbi aynı şeyi söylemiyordu. Kalbi dön demeye hazırken, dili beynini dillendiriyordu, "Gelme!" diyordu. Susturamıyordu dilini. Aldatılmanın yarası kalbini susturdukça, dilini konuşturuyordu. İçi parçalara ayrılıyor ve kendinden kopan her parça bir bir ölüyordu. Ne kötüydü bir bütün olarak yaşarken, parça parça ölmek...

***

Günlerce bakmadı mail'lerine. Selim'e de anlatmadı son yazışmalarını. Âşık olunası gözlerinde "Aşka kapalıyım" ifadesi vardı. Kimseyi de sokmuyordu hayatına. Geceleri gözyaşlarıyla koyarken başını yastığa, mutsuzluğuna her sabah yeniden alışıyordu. Hiçbir şey yapmak gelmiyordu içinden. Hayatın sevinilecek yanlarıyla uğraşmıyordu bile. Yüzü solgun, bakışları dalgındı. Hiç rahatsızlık duymuyordu bundan. Demek, mutsuzluğuna alışan mutluluğu aramaktan vazgeçebiliyordu...

Cem'li günlerini düşünüyordu. Hayır, düşünmüyordu! O hep o günlerde yaşıyordu. Ne kadar da bağlanmıştı ona. Ama onu sevmek, insanın kendi evine başkasının kapısından girmesi gibi bir şeydi. Birbirinin içine yerleşip, birbirinden haberi olmadan yaşayan, ancak ayrıldıktan sonra birbirlerine ne kadar bağlandıklarını fark eden insanların yalnızlığıydı aslında onlarınki...

Gün geçtikçe daha fazla anlıyordu aşkın değerini. Yıllar sonra acaba hangi noktada olacaktı? Yaşlı bir kadına dönüştüğünde, aşkı bugünkü gibi algılayabilecek miydi, yoksa bugünlere gülüp geçecek miydi? Yaşlandığında ona gerekli olacakları gençliğinde harcamamak için ne yapması gerektiğini de bilmiyordu. Bir yerlerde okumuştu "Aşk gençlerin oynadığı fakat ihtiyarların bildiği bir oyundur" diye. Belki de daha çok çocuktu aşka... Daha çok yolun başında... Aşkı bilmeden aşka heveslenmenin bedelini ödediğini düşündü. Öyle ya aşkı öğrenmek aşkı bitirene kadar devam ederdi.

İnsanın bilmediği bir duyguyu kavramaya çalışırken, bunu tek bildiği duyguyu kullanarak açıklamaya çalışması ne büyük çaresizlikti. Birilerinin yanında kalarak yanından gitmek, eski acıları yenileriyle değiştokuş ederek bitirmeye çalışmak, kısmen yalan olan doğrulara mı yoksa kısmen doğru olan yalanlara mı inanacağını bilmeden, bardağın hangi yarısına bakacağına karar veremeden, ikisine de kısmen inanarak yaşamak... İşte bunlardı Bukre'yi yaşayan bir ölüye dönüştüren.

Daha kaybolmadan bulunmanın şaşkınlığını yaşarken, ezberlenmeden unutulmanın vicdansızlığında boğuluyordu. Neden bu hisse kapıldığını bilmiyordu. Aslında unutulan insan yoktur, hatırlanma önceliği sonralara bırakılmış insanlar vardır. Bunu çok iyi biliyordu. Ama yine de Cem onu unutmuş olmasa da, Bukre bir unutulmuşluk sendromu yaşıyordu. Kafası karmakarışıktı. Keşke hiç başlamasaydı diyordu. Keşke hiç kabul etmeseydim teklifini diye geçiriyordu aklından. Belki o zaman Cem'in aklında vazgeçilmiş değil de "Mükemmel" kadın imajıyla kalırdı. Sonra aklına yine bir yerlerde okuduğu bir söz geliyordu. "İki mükemmel insan asla birlikte olamaz. Çünkü mükemmel kadın birinci seferde evet demez, mükemmel erkekse ikinci şansı vermez."

Belki de Cem'e bu kadar aşkla sığınmasıydı Cem'in kendini bu denli kudretli görmesini sağlayan... İnsan kendinden çok fazla vererek sevince, kendinde sevilecek bir şey bırakmıyor muydu yoksa? Bukre'nin istediği sadece Cem'in yanında olmak ve acılarına ortak olmaktı. Bir gün karşısına çıkıp, "Güçlü bir merhem olmadığım halde yaralarına dokunmak istemişsem, bunu yanlış anlamamalıydın. Belki onları iyileştiremezdim ama sızısına ortak olabilirdim" demeyi o kadar çok isterdi ki... Bunu hiç söylemedi. Ve bunu diyememek kalbini hiç incitmedi. İncinemeyecek kadar yorgundu çünkü.

***

Artık bir gerçeği çok iyi biliyordu Bukre. Cem'i hâlâ çok seviyordu. Aldatılmış olsa da içindeki aşkı sonlandıramıyordu ama aynı zamanda ikinci bir birlikteliği de başlatmak istemiyordu. Fakat bazen, kalbinin çok sıkıştığını hissettiği zamanlarda, koşarak ona gitmek, boynuna sarılmak, "Affettim seni lanet olasıca affettim!" diye bağırmak ve "Yeniden..." demek istiyordu ama yenilen olmak istemiyordu. Mamafih çok kısa sürüyordu bu istenç... Bir süre sonra bu hislerin yerini gurur ve incinmişlik duygusu alıyor, acılarına kaldığı yerden devam ediyordu. Çok ağır anti depresanlar kullanmaya başlamıştı.

Bu gelgitlerle geçti yıllar. Zayıflamıştı Bukre. Ne eski iştahı, ne de eski neşesi vardı. Cem'le benzer yazışmaları birkaç kez daha yapmış, sonra o yazışmalar da kesilmişti. İkisi de büyük ve derin bir sessizliğe gömülmüşlerdi. Basından da takip etmiyordu artık Cem'i. Hiçbir zaman telefonla konuşmaya cesaret edemedikleri halde, telefon numarasını değiştirmişti Bukre. Hatta Cem ulaşamasın diye Selim'den de değiştirmesini rica etmişti kendi numarasını. Kaybolmak değil, bulunmamaktı istediği. Zaten dört yıl boyunca İzmir'deydi. Tatil anlayışı da değişmişti. Yaz tatillerinde de hem kendi ailesi, hem de Selim'in ailesiyle birlikte yazlıklarına, Çınarcık'a gidiyorlar ve iki üç ay orada kalıyorlardı. Her iki ailenin de yan yanaydı yazlıkları. Ama hiçbir tatil onun eski keyfinin geri gelmesini sağlayamadı. Bir hayalet gibiydi adeta. Sağlık sorunları da günden güne artıyordu. Selim de onunla birlikte eriyordu adeta. Cem'den önceki günlerine dönmesi için umudunu yitirmeden çabalıyordu. Yemek yemediği zamanlarda bile onu zorlayarak kendi elleriyle yediriyordu.

Bukre, son yılını okurken, Selim, rehberliği bırakmış, kendine bir ortak bularak reklam ajansı kurmuş, daha sonra ortağıyla anlaşamayınca, işi tek başına yüklenmiş ve iyi sayılabilecek bir gelirle hayatını idame ettirmeye başlamıştı. O yıl, Bukre'yle istediği gibi ilgilenememiş ve bunun suçluluk duygusunu içinde hissetmişti. Neyse ki Bukre, okulun son yılında kendi gibi düşünen birkaç arkadaş edinmiş, boşluğunu onlarla doldurmuştu.

Bukre, okulunu bitirdikten sonra bir müddet evde dinlenmiş, sonra iş aramaya koyulmuştu. İş aramaları sonuçsuz kalınca da geçici olarak Selim'in ajansında çalışmaya başlamıştı. Bu arada Selim, işleri daha da büyütmüş, piyasada orta ölçekli denebilecek ajanslar arasına girmişti. İş disiplini ve dürüstlüğü onu bu noktaya getirmişti.

Hafta sonları Selim, Bukre'yi hiç yalnız bırakmıyordu. Psikoloğuna bile beraber gidiyorlardı. Her seans sonrası Selim'in omzunda ağlıyordu Bukre. Selim, nereye isterse oraya götürüyordu dostunu. Canı ne yapmak istiyorsa onu yapması için çabalıyordu. Gerçi onu kendi haline bıraksa, evden çıkmayacak, kimseyle konuşmayacaktı ama Selim buna izin vermiyordu. Küçük hediyeler ve sürprizlerle onu şımartmaya çalışıyordu. Gecesi gündüzü onu düşünmekle geçiyordu. Tek tesellisi devamlı gözünün önünde oluşuydu. Her şeyiyle ilgileniyor, yüzü asılmaya başlasa, mutlaka onu o psikolojinin içinden çıkaracak bir şeyler buluyordu. İkiz kardeş olsalar, ruhları bu kadar uyuşmazdı belki de... Birbirlerini o kadar iyi anlıyorlardı ki, iki ayrı bedende tek kişi gibiydiler.

Bukre'nin geceleri yaşadığı ağlama krizleri, artık eskisi kadar çok olmuyordu. Yavaş yavaş kendine geliyordu sanki. Selim'in çabaları meyvelerini vermeye başlamış gibiydi. Hayattan çok fazla zevk almasa da arada bir yüzü gülüyordu. Onu gülerken gördüğünde, dünya Selim'in oluyordu. Artık kullandığı ilaçları da azaltarak, yavaş yavaş bıraktırıyordu doktoru.

Bukre, eskiyi unutmak ve geçmişle arasına set çekmek mümkün olmasa da yaşadığı acılardan ve bir ölü gibi geride bıraktığı yılların ağır yaralarından yavaş yavaş sıyrılmaya başladığını hissediyordu.

7

Sıcak bir temmuz akşamında, Selim'in arabasıyla küçük bir İstanbul turu yaptılar. Önce Ataköy sahili, ardından Haliç... Pierre Loti Tepesi'nde çaylarını içtikten sonra, Bukre, Eyüpsultan Camii'ne gitmek ve dua etmek istediğini söyledi. "Artık iyileşiyorum sanki Selim. Dua için gidelim" dedi. "Seve seve..." diye karşılık verdi Selim. Caminin avlusunu dolaştılar önce. Türbede dua ettiler. Oranın manevi havasını kalplerinde hissediyorlardı. Selim, namaz kılmak istediğini söyleyip içeri girdi. Bukre, onu dışarıda bekliyordu. Orayı ziyarete gelen insanların yüzündeki huzuru seyrediyordu. Caminin etrafı çok kalabalıktı. Adeta insan seliydi.

Süs havuzunun önünde durdu. Suların ışıklarla raksını seyretti. Bu görsel şölen onu çok mutlu etmişti. Tam o sırada üzerinde uzun siyah pardösüsü ve başında siyah eşarbıyla genç bir kızın kendisine doğru yaklaştığını gördü. Genç kız, Bukre'nin yanına kadar gelmiş ve onunla birlikte suları izlemeye başlamıştı. Aradan çok geçmeden selam verdi.

"Selamünaleyküm."

Bukre, kendisine mi yoksa bir başkasına mı selam verdiğini anlamadı ilk başta. Ses hiç yabancı gelmiyordu. Kıza doğru döndü. "Aleykümselam" dedi. Bu yüzü çok iyi tanıyordu.

"Nasılsın Bukre?" dedi genç kız.

Bukre, hayretler içindeydi. Karşısındaki kişiyi tanıdı. Rüya'ydı... Ona nasıl davranacağına bir an karar veremedi. Rüya, ona gülümsemekle ağlamak arasında kalan gözlerle bakıyordu. Eski halinden eser yoktu. Yüzünde nur vardı sanki. "Sen..." diyebildi sadece.

Rüya, "Evet ben..." dedi. "Değiştim. Rabbim'in yolundayım." Kendinden emin bir ses tonuyla konuşuyordu. "Yıllar önce bana attığın tokat, aslında ruhumdaki pasları yerinden oynatan bir tokattı Bukre. O tokat beni bugünkü ben yaptı."

"Şu anda sana nasıl davranacağımı, ne söyleyeceğimi inan bilmiyorum Rüya."

"İster bir tokat daha at, istersen anlatmama müsaade et. Öncelikle senin hayatını mahvettiğim için, sana yaptığım her şey için senden helallik istiyorum. Ne zamandır bunu yapacaktım ama sana ulaşamadım. Biraz da korkuyordum. Ama her işte bir hayır vardır. Bak Rabbim seni burada çıkardı karşıma. Eyüp Sultan hazretlerinin yüzü suyu hürmetine hakkını helal eder misin?"

Duyguları karmakarışıktı Bukre'nin. İnsan bu durumda ne diyebilirdi ki zaten. "Helal olsun" dedi kısık bir sesle. Rüya'nın gözlerinden iki damla yaş süzüldü. Ağlayarak sarıldı Bukre'ye. Bukre'nin kolları ona sarılmakla sarılmamak arasında gitti geldi.

"Sakin ol. Gel şu banklara oturalım" dedi Rüya sonra. Oturdular.

"Seni dinliyorum Rüya."

"Aslına bakarsan, ben artık ikinci adımı kullanıyorum. Rüya'yı geçmişe gömdüm. Benim ikinci adım Büşra. Bana Büşra diyebilirsin."

"Peki Büşra. Geçmişi hatırlamak istemiyorum ama yine de içimde hep bir 'Neden?' sorusu vardı. Şimdi sana soruyorum, neden?"

"Artık ben de geçmişi hatırlamak istemiyorum. Oraya kırmızı bir çizgi çektim. Geriye dönüp baktığımda yaptıklarımdan çok utanıyorum. Ruhumu temizlemeye ve insan olmaya çalışıyorum. O günlerde nefsime yenik düştüm. Cem'e olan ilgim bir aşk değildi. Sadece hoşlanmaktı. Onun da Selim'le aranızda olan dostluğu kıskanmasından faydalanarak bir boşluk buldum ve Cem'e sızdım."

"Cem, Selim'i mi kıskanıyordu?"

"Evet. Hem de çok kıskanıyordu. Selim yüzünden ikinci plana itildiğini düşünüyordu. Ben de bu durumu kullandım. Rabbim affetsin. Yapmamam gerekiyordu ama o an bunu düşünememiştim, cahillik ettim. Amacım belki de biraz zaman geçirip sonra unutup gitmekti bilmiyorum, hatırlamak da istemiyorum. Cem, seni gerçekten seviyordu. O zaten senden başka kimseyi sevemez. Çok sonra, ortak dostlarımızdan öğrendim ki her gece senin için ağlamış, uzun süre psikolojik tedavi görmüş. Seninle her yazışmasından sonra kanayan vicdanıyla baş başa kalmak için çekip gitmiş buralardan çok uzaklara. Toparlanıp geri dönmüş her seferinde. Ama senin yazdığın her satır, onu yeniden kanatmış. O, yaptığının cezasını fazlasıyla çekti Bukre. Ve hâlâ da çekmeye devam ediyor. Hayatına kimseyi almamış senden sonra. Etrafında onca insan, onca hayran varken bile... Ben onun zaafını kullanarak bir geceliğine de olsa hayatına girmiştim. Sonrası zaten malum... O günkü tokat benim hayatımı da onun hayatını da değiştirdi. Bunları sen hiç bilmedin. Sonra ben, bir ömür benimle yaşayacak olan utancımı da alıp yanıma, çekip gittim bu şehirden. Herkesi ve her şeyi terk ettim. Uzun zaman dönmedim geri. Korkunçtu o günler, geceler. Her gece kâbuslarla uyandım. Ve bir gece rüyamda Eyüpsultan Camii'nin avlusunda ağlarken gördüm kendimi. Kafamı kaldırıp baktığımda, iki minare arasına gerilen mahyayı gördüm. Orada 'GEL' yazıyordu. İlahi bir güç beni çağırıyordu. Hemen İstanbul'a döndüm ve tövbe ettim. Sonra kapandım ve kendimi Rabbim'in yoluna adadım. Hayır işleriyle uğraşıyorum. Kimse Yok mu Derneği'nde gönüllü olarak çalışıyorum. Tüm mal varlığımı onlara hibe ettim. Sadece bir evim kaldı. Onda da namazlarımı kılıp, ibadetimi yapıyorum. Rabbim'den af diliyorum her gece dualarla. Ben artık yolumu seçtim. Son dileğim de gerçekleşti. Senden helallik aldım. Bakma gözümde yaş olduğuna, artık çok daha huzurluyum."

Büşra'nın anlattıklarını uzun uzun düşündü Bukre. Konuşma bittikten sonra bir süre sessizce oturdular o bankta. Derken telefonu çaldı Bukre'nin. Selim arıyordu. Büşra'ya dönüp, "Gitmem gerekiyor Büşra" dedi. Ayağa kalktı, sarıldılar. "Doğru yolu bulmana sevindim. Allah herkese doğruyu bulmayı nasip etsin" dedi. Büşra, "Âmin" derken, Bukre yavaş yavaş uzaklaşıyordu oradan.

Olanları Selim'e anlattı. Önce biraz yüzü asılır gibi oldu. Sonra toparladı kendini ve "Her şeyin hayırlısı" dedi. O günden sonra bu konuyla ilgili olarak Selim'in ağzını bıçak açmadı.

***

Bazen unutmayı başarabildiğimiz her şey, bir insanla

geri döner ve karmakarışık olur aklımız. Büşra'nın gelişi de böyleydi işte. Kafasında her şeyi yeniden değerlendirmeye başladı Bukre. Hafızasının derinliklerine gömdüğü her ayrıntı, beyninin tam ortasındaydı şimdi. Keşke o karşılaşma hiç olmasaydı. Ama her şeyde bir hayır vardı. Bu işin içinde nasıl bir hayır olduğu ise çok yakın bir zamanda ortaya çıkacaktı.

Bukre, bu kafa karışıklığı içinde, Cem'e içini dökeceği bir mail yazmaya karar verdi. Her ne kadar Selim buna şiddetle karşı çıksa da Bukre diretti. Bunu sırf içini rahatlatmak için yapacağını ve onunla son bir kez yüz yüze görüşeceğini söyledi. Selim, aldığı bu kararın duygularına yenilmek olduğunu anlatsa da yine de saygı duydu kararına. Çünkü asla onun incinmesini istemiyordu. Bukre'nin gözlerinde ise aşk pırıltıları belirmeye başlamış gibiydi yeniden.

Birkaç gün sonra *Orda mısın? Hâlâ bıraktığım yerde misin?* diye yazdı. Ertesi sabah cevap geldi: *Evet, hâlâ buradayım.* Mesaj geleli birkaç dakika olmuştu. Hemen cevap yazdı Bukre:

Hayat ne garip değil mi Cem? Beni hâlâ sevdiğine, senin söylediklerinle değil de beni aldattığın kişinin ağzından dökülen kelimelerle inandım. Şimdi ne haldesin bilmiyorum. Sadece şu yazacaklarımı okumanı istiyorum. Bunca zaman sonra hâlâ sana yazabiliyor muşum meğer... Ben de şaşkınım. İçimdekileri susturmak için yazmam gerekiyor. Belki kelimeler anlatamayacak yılların çözemediğini ama sen yine de birkaç dakika-

nı ayır ve oku. "Kanat çırpmadan uçabiliyorsan âşıksındır." İşte tam da beni anlatıyor bu söz. Bir kez daha sana (hâlâ) âşık olduğumu anladım. Kendime söylediğim ilk yalan değilsen bile, son gerçek olarak kalmanı istiyorum artık. Belki seni de mutlu eder yazacaklarım. Ben zaten mutluluklarımı sende unutmuştum. Beni güçsüz ve yenilmiş görüyor olabilirsin. Bunun farkındayım. Güçsüzlüğümüze tutunarak yürüyemeyeceğimizi de biliyorum; tıpkı görünmezliğimize saklanamayacağımız gibi. Aslında ne güçlüyüm, ne de öyle görünüyorum. Sadece âşığım ben. Bu yüzden her şeyi bekle benden. Dedim ya sana âşık olduğumu bir kez daha anladım bugün diye... Anladım ki bir gün birçok günden yapılıyor aslında ve biz ona "bugün" diyoruz her şeyin toplamında... Seni bugüne taşıyan dünlerimden yapılma bir bugünle söylüyorum; seni hâlâ seviyorum. Ne gibi değişimlerden geçerek bu noktaya geldiğimi sana anlatamam. Ömrümdeki bütün kelimeleri kaybettim çünkü... Sadece şu üç harf kaldı bende... S... E... N...

Keşke vazgeçmek sonumuzu değiştirebilseydi Cem. Bitirmek bitirmiyor bazen hiçbir şeyi. Sen benim en eksik yanımdın ve ben seni çok sevdim. Yaşarken ne kadar zor değil mi dokunmadan sevmek? Belki de yokluğun bendeki varlığını koruyor bilmiyorum. "Benim acım onu sadece üzer; acıtmaz..." diyordum kendime ama sa-

nırım benim kadar olmasa da bana yakın acılar çekmişsin.

Belki seni bulamamak yaralamazdı beni ama bulduktan sonra kaybetmek öldürüyor işte. Belki senin için, geleceği umulan ama beklenmeyen biriydim. Belki biraz zamansız geldim hayatına ama inan zamansız gidişler daha çok yoruyor insanı. Ölüm gerçeğiyle yaşamayı öğreniyor da ölüme karşı yıkılmamayı bilemiyor ya insan, işte gideceğini bile bile kabul ettiklerimizin gidişlerinden ötürü bu denli yıkılmamız da bu yüzden... İnsan, birine âşık olunca, kendini de sevmeyi öğreniyor zamanla. Ama o gidince, kendinden de nefret edebiliyor anında.

Biz, hüznüyle barışıklardanız seninle; vedalaşan ama ayrılamayanlardanız... Ben seni öyle birdenbire değil, yavaş yavaş sevmiştim... Bu yüzden bu kadar çabuk vazgeçemiyorum, yok sayamıyorum. Gururum kalbimden büyük, kabul ediyorum. Ama bazen kapıları kapatmak "Çal kapımı" demektir Cem. Bu çağrıyı anlamalıydın.

Belki de beni sonralarına sakladın? Belki geçmişinle yarım kalmış hesapların, aşkların vardı? Bu soruların cevaplarını hiç alamayacağımı bildiğim halde yine de "Beni severken kimi unutmaya çalışıyordun?" diye sana sormadım. Zorla bulduğum mutluluğu kendi ellerimle mezara koymak istemedim. Kaçmaktan da kaçmadım. Hızla uzaklaştım kendime sorduğum sorulardan; çünkü benden çok seni yakacaktı veremeyeceğin cevaplar... Sessiz kaldım. Birini aramak adına kendini kaybetmektir bu! Sustum. İnsan içindeki sessizliği bile kelimelerle sararmış... Bunu bildiğim halde bile konuşmadım. Tek derdim seni hayallerine, albümüne kavuşturmaktı. Bu uğurda gururumu bile ayaklar altına alıp, babam için bile yalvarmayacağım adamlara senin için yalvardım. Yine de bununla ilgili sana tek bir sitemde dahi bulunmadım. Benden uzaklaştığını hissettiğim zamanlarda bile kendimi kandırdım; çünkü buna müsaittim. Kendini kandırabilince insan başkasına gerek kalmıyor zaten...

Kendimi sana adadım. Belki de gözünde bir kahraman olmak istedim. Halbuki düşünmeliydim: Sana yenilmek bile bana onur veriyorsa, üstünlük sağlamak yalnızca gururumu kırardı... Bu yüzden yenik bir kahramandan öteye geçemedim. Öyle içler acısı bir durum ki bu; olmak istediğin kişi olamıyor, olduğun sen de sana yetemiyorsa, ikisinin arasında gidip geliyorsun... Tam da benim yaşadığım gibi.

Zamansız bir başlangıçtı bizimkisi. Benim başımı yaslayacak omuzlara değil, bağrıma basacak taşlara ihtiyacım vardı. Öyle bir zamanda karşıma çıktın sen. Neden böyle zamansız çıkıp geldin ki? Gelişinle hatırlattıkların benim unutmak için çabaladıklarımdı. Gelişinde bir cesaret vardı. Evet! Korkmadan gelebilirdin bana çünkü en büyük belaları kendi başına açanlardandım ben. Bunu anlamıştın ve korkmadın. Sormadın, sorgulamadın. Çünkü birbirimizi, sorular sorarak tanımayacak kadar çok sevebileceğimize inanıyordun. Biz birbirimize sorularla değil, cevaplarla gelmiştik. Bu yüzden ikimizin de yaşadığı son aynı. Tek fark, ben severek yanıldım, sen yanılarak sevdin.

En saygı duyduğum yanınsa, kalbime tenimden giremeyeceğini çok iyi biliyor olmandı. Bana göre basit aşklar tende yaşardı. Bu yüzden bunu denemek bile istemedin. Kalbime giden yol yalnızca gözlerimden geçerdi. Sen, gözlerimle kalbim arasında belki de yıllarca sürebilecek bir mesafeyi göze aldın. "Neden seviyorsun?" sorusunun altını dolduracak sebepler bulamayınca, gerçekten sevdiğini anladın.

Ama sonra? Biri geldi ve seni benden alıp gitti. Ben, aşk sarhoşuyken gerçekleri göremiyorum Cem. Bu yüzden aldatılmanın cevabını bulamadığım gibi, hâlâ beni seviyor olmanın da nedenini bilmiyorum aslında. O günlerde şunu söylüyordum kendime: "Bizi Allah birleştirdi, hayat ayırdı." Böylesine inanmak daha kolaydı.

Tüm bunların sonunda sana "Gel dost kala-

lım" demiyorum. Bence iki âşık yalnızca beraberken dost olur... Ayrılınca dost kalamaz. Âşık olan beyniyle değil kalbiyle düşünür; tıpkı şimdi yaptığım gibi... Belki çok şaşıracaksın ama cesaretim beni korkutsa da sana gel tekrar deneyelim diyor, elimi uzatıyorum. Evlenelim diyorum... Çocuklarımız olsun diyorum... Senin istediğin gibi... İki tane... Bir kız, bir oğlan...

Ama... Bana dokunurken, yabancı tenlerin kokusunu bulaştırmayacaksan, gözlerime bakarken aldattığın kadına bakar gibi bakmayacaksan, dilimde tutamadıklarımın, kalbinde açacağı yaraları göze alabileceksen gel. Çünkü affetmek ağır iyileşen bir yaradır. Başladığın yere geri dönebilmek için, başladığın mesafeden daha fazlasını kat etmen gerekir. Buna hazırsan gel Cem.

Ve geleceksen, bir gün geçmişi kaldıramayıp seni sorgusuz sualsiz terk edebileceğimi bil ve bana güvenmeden gel! Çünkü ben âşığım. Benden her şeyi bekle!

Mail'in sonuna bir hafta sonra onu akşam namazı öncesi Eyüpsultan Camii'nin avlusunda bekleyeceğini ve bu bir hafta içinde kesinlikle mail'lerini açmayacağını, bakmayacağını, kendisinden bir cevap beklemediğini, eğer dönecekse direkt karşısına çıkmasını, gelmeyecekse bir ömür boyu yoluna çıkmaması gerektiğini yazdı. Kısa bir tereddüdün ardından mail'i gönderdi. Bir hafta boyunca ne yazılmış olabilecek bir cevabı merak etti ne de mail'ine baktı. Kararlıydı. Ya hep, ya hep...

***

Bir hafta sonra onu buluşma yerine Selim arabasıyla götürdü. Çok gergindi. İlk defa istemediği bir şeyi yapıyordu. Ama bunu Bukre'ye hiç belli etmedi. Eyüpsultan Camii'nin önüne geldiklerinde arabanın kapısını dalgın ve düşünceli bir şekilde, yavaşça açtı Bukre. Hayatını ne istikamette değiştireceğine emin olmadığı bir yolu adımlayacaktı birazdan. Adım hesabı yapılınca kısa, hayat için uzun, Selim içinse acı bir yoldu bu aslında... Selim'in gözleri dolu doluydu. Hiçbir şey söylemedi Bukre. Selim'le göz göze geldi. Dostunun gözbebeklerinde, yıllardır görmediği bir ışığı fark etti o an. İrkildi.

Selim ona, "Seni seviyorum..." dedi.

Gülümsedi Bukre, "Ben de seni seviyorum..." diye karşılık verdi.

Bukre tam adımını arabadan dışarı atmıştı ki Selim cebinden bir mektup çıkardı ve ona uzattı. "Bu mektubu sana yazdım dün gece. O 'nu beklerken okuyabilirsin" dedi.

Selim, ilk defa Bukre'yi şaşırttı. Neden böyle bir şey yaptığına pek bir anlam veremedi. "Peki" dedi Selim'e ve arabadan indi. Ağır adımlarla buluşma yerine doğru yürüdü. Yürürken de mektubu okumaya başladı. Selim ağlıyordu...

"Merhaba Yavru Kuşum. Allah bize bir hayat verir, biz de ömrümüz boyunca onu düzeltmek için uğraşırız. Halbuki o kadar basittir ki çözüm. Belki de yanı başımızda duruyordur. Belki her sabah o çözümle uyanıp, yüzümüzü kuruladığımız havluyu üstüne atıyoruzdur. Burada suç, kimsede değil; göremeyen gönül gözündedir. Başka yerlerde aramaya gerek yoktur. Tanrı yaratır, insan mahveder. Bu böyle sürer gider.

Ah Bukre... İnsan bazen gözleri açıkken de göremez. Evet doğru, insan gözü her şeye bakar ama her şeyi göremez işte. Aslında ben insanları kocaman bir göze benzetiyorum biliyor musun? Göz gibidir insan; dünyayı seyreder ama kendini göremez. Sadece aynada kendini görebilir ama o zaman da dünyayı göremez. O kadar isterdim ki doğru olanı bulmanı. Ya da sana gösterebilmeyi... Aldığın karar seni doğru kişiye goturur mu bılemem ama sadece şunu soyleyebilirim sana: Bir insanın doğru insan olup olmadığına karar veremiyorsan, o kişi doğru kişi değildir zaten. Bu yüzden gözlerini seyretmek için değil, bakmak için kullan. Ve sakın unutma! Bazı insanlar gözleriyle konuşur Bukre. Ve bu insanlar yıllardır senin gözlerinin içine bakıp dilini lal etmiş olabilir. Geç olunca fark edilir onlar. Bazı kitaplar gibi... Bazı kitaplar, yazarı ölünce doğar.

Hayat çok zor Yavru Kuşum. Bir de tüm bu zorlukların içinde bizim gibiler, kolay olanı reddeder. Halbuki kolay olana inanmak, zoru sorgulamaktan daha kolaydır. Ama bizim dünyaya gelişimiz bile kolay değildi be gülüm. Zengin dünyanın yoksul iki insanıydık seninle. Ve bizim mücadelemizin adı farklıydı kitaplardakilerden. Bilirsin, sevmem ben zenginleri. Çünkü zenginler güzel ölebilmek için yaşar, biz daha iyi yaşayabilmek için ölüyoruz. Yaşamı hak etmeyen canlılarla ölümü hak etmeyen ölüler biliyoruz. Çocukluğumuzu düşün Yavru Kuşum. Yoksul olduğumuzun farkında bile değildik; çünkü varlığın ne olduğunu bilmiyorduk. Hayat korkutuyordu bizi. Ve korkularımız büyüdükçe, çocukluğumuz uzuyordu. Çocukluğun yaşı olmaz bilirsin. Yoksulluğun çocukları olgunlaştırmadığını, yalnızca eksik bıraktığını çok iyi biliyorum. Biz birbirimizin zenginiydik Bukre. Bunu anlatmaya çalışıyorum. Bu yüzden güzeldik. Kimse bozamazdı hayat makyajımızı. Zenginliğin çirkini güzelleştirdiği doğrudur; ama yoksulluğun güzeli çirkinleştirdiği görülmemiştir. Güzel olan bizim kalbimizdi Yavru Kuşum. Ama saftık. Ama temizdik. Ama korunmasızdık. Ama ürkektik. Ama çok ama'lıydık. Bu yüzden ben sana Yavru Kuşum dedim. Bu yüzden sen bana Kuzu dedin.

Sarıldık birbirimize ve büyüdük. Birimiz düşse, ötekinin dizi kanardı. Dizleri yarasız çocukluk olmazdı. Düşe kalka güçlü olmayı öğrendik. Bizim birlikte kazandığımız güç, güçlü olduğumuzda bizi ezen güçlüyü ezmeyecek kadar güçlü bir güçtü.

Biz seninle yokluğu da paylaştık varlığı da... Tokken değil, açken bölüşülen ekmek gerçek paylaşımdır dedik. Biz seninle paylaşmayı paylaştık. Biz, kendimizde yara açacak olsa da dostumuzun yarasını sarmayı bildik. Her ne kadar sen beden daha yaralıymış gibi görünsen de aslında yara değildir seni yaralı yapan; o yaranın sende bıraktığı izdir. Ama bazı yaraların izi yoktur Yavru Kuşum. Çünkü gerçek yaralar, tenin altında kanar.

Birbirine koşarken insanlar, kimleri çiğnediğini fark etmiyorlar. Şimdi sen ona giderken, beni büyük bir yalnızlığın içinde bırakacaksın. Yalnızlığım, sen gittiğin için değil, gidişinle herkesi ve her şeyi de beraberinde götürdüğün için bu kadar büyük olacak. Aslında yalnız kalmaktan değil korkum, gittiğin yerde yalnız bırakılmandan...

Dilerim Allah'tan aldığın karar doğrudur. Kişinin seçtiği kendini anlatır. İnsanız, yanılırız. Gece yatağına uzanıp düşünürken beyninin içinde dolaşıp duran fikirler, sabah kılık değiştirebiliyor. Ya da doğru düşünüp yanlış davranabiliyor insan. Tek istediğim yanılmaman ve hak ettiğin değeri bulman.

Kimse bilemez ne olacağını. Aşk, bir bilinmezin içine bilerek düşmek değil midir zaten... Sen çok fedakâr bir insansın. Sevdiğin için yapamayacağın iyilik yoktur bilirim. Ve sen bir kalbe tutunurken, neleri bırakacağının hesabını yapmazsın asla. Ama her aşk bir fedakârlık olsa da her fedakârlık bir aşkı getirmiyor beraberinde.

Sadece mutlu olmanı istiyorum Yavru Kuşum. Bazı insanlar sevmedikleriyle yaşar, unutamadıklarıyla ölür. Hangisi olacağız Allah bilir. Kalp anlamaz, yalnızca sever. İşte bu yüzden bazı mevsimler bir günde biter.

Hayatına Cem'den önce girenler aşk katiliydi. Öldürmek için senin ayağına geldiler. Dilerim Cem, bir cellat değildir; ölmek için ayağına kendi ayaklarınla gittiğin... Çok zordur uğruna açtığın yollardan boynu bükük geri dönmek. Biz ki ölüm geldiğinde 'Hayırdır?' diye soracak kadar iyi niyetli insanlarız. Çıkarsız sevecek kadar hoşgörülü, karşılığını alabileceğimizi düşünecek kadar safız. Hak etmiyoruz bazı ölümleri. Belki ölmekten de-

ğil ama unutulmaktan korkuyor insan. Umarım yine terk edilmezsin.

Giden bir kere gider ama çok sevmişsen eğer, sen o gidişi her hatırladığında yeniden terk edilirsin. Yaşayamazsın. Bazı acılar bazı acılara benzemez Yavru Kuşum. Sana nasihatimdir; kurduğun hayalleri sakın unutma. Kurulan hayaller onu kuranda değil, unutmayanda iz bırakır. O hayaller yoldaşın olsun; günaydınların bile aydınlatamayacağı karanlık günlerinin feneri olsun ama yolunu hep gerçekler aydınlatsın.

Biz insanlar, hayat denen koca bir yalanın içinden seçtiklerimize gerçek diyoruz... Unutmayasın... Kötülükleri tanırsın; Allah seni iyilik kılığına bürünmüş kötülüklerden korusun. Hak etmediğin acılarla büyüme. Hak edilmeyen acılar insanı olgunlaştırmaz...

Bir dostun sana yazdığı ilk satırlar bunlar; mükemmelliğine mükemmellik katmayacak olsa da... Bilmediklerim beni hep şaşırttı, bildiklerimse işe yaramadı. Dilerim senin işine yarar ve keşke demezsin hayatta. Ha bu arada, keşkeler hatalardan beslenir unutma. Beni her şeyimle hatırla... Çünkü hatırladığı kadarına değer veriyor insan.

Evet, Yavru Kuşum. Artık içime atıyorum senden geriye kalan her şeyi. Ve onlar daha şimdiden, yan yanayken bile özlüyorlar birbirlerini, seni...

Gitmenin zayıf bahaneleri, kalmanın güçlü gerçeklerini yenermiş. Yenildim ve gidiyorum. Bunları yazarken gözlerimi görmeni isterdim. Kelimeler anlatamıyor gözlerim kadar. Artık kendimle baş başayım ve birbirimize anlatacak bir şeyimiz kalmadı. Belki yol daha bitmedi ama benim yolculuğum burada bitiyor. Gerçek aşka gidiyorum. Allah birdir ve ondan başka aşk yoktur... Hoşça kal Yavru Kuşum."

8

15 yıl sonra... (Ağustos)

Güzel geçiyordu tatil. Bukre, şemsiyenin altında, birazdan havuzdan çıkacak kızı ve oğlu için yiyecek bir şeyler hazırlıyordu. Arada bir havuzda eğlenen çocuklarına bakıyor, babalarıyla mutlu bir şekilde oynarken duyduğu sevinç çığlıklarına el sallayarak karşılık veriyordu. Mutlu bir aile olmanın iç huzuru vardı yüzünde. Allah onlara, biri kız biri erkek iki güzel çocuk vermişti. Buse on üç, erkek kardeşi Emre on yaşındaydı.

Hep birlikte havuzdan çıkıp, şezlonglarına kadar yarıştılar. Her zamanki gibi babaları kaybetti! "Yavaş... yavaş. Islattınız sandviçleri..." dedi Bukre gülerek. "Anne kurt gibi acıktık" dedi Emre. Adeta saldırdılar yiyeceklere. Babaları kurulandıktan sonra yan taraftaki şezlonga uzandı. Mutlu ve huzurluydu. Bukre, çocuklarını ve kocasını izledi bir süre. İçinde tarifi imkânsız bir mutluluk vardı. Bu huzuru hiçbir şey bozamazdı. Çocuklar, yemeğini yerken, babaları güneşlenmeye başlamıştı. İyi bir aile babası, mükemmel bir koca...

Saçlarına düşen birkaç beyaz tel, onu daha da karizmatik gösteriyordu. Aradan bunca yıl geçmesine rağmen, hâlâ âşıktı kocasına. Uzun uzun seyretti onu. Ve böyle bir eşe sahip olduğu için Rabb'ine bir kez daha dua etti. Yemeğini bitiren Buse, "Anne babam yanacak güneşten, krem sür ona" dedi. Buse, onların ilk göz ağrısıydı. Kendi isimlerinin ilk iki harfi yan yana gelince Buse oluyordu. Bu yüzden Buse koydular adını.

Plaj çantasının içindeki güneş kremini aldı ve eşinin yanına gitti Bukre.

"Sırtına krem sürmemi ister misin Kuzu?"

"Senin ellerin değdikten sonra, kezzap bile sürebilirsin Yavru Kuşum."

SON

VEBA BUSESİ

(Söyle, kimin hatasıydın sen;
bedeli bana ödetilen!)

Bir veba busesiymiş giderken bıraktığın... Kim bilir bende hangi yaralarını öptün bana ait sandığın? Bu ayrılık ne iyileştirdi ne öldürdü... Beni ağlattı, seni güldürdü. Şimdi benim anı diye sakladıklarım, senin çoktan unuttukların... Bak, sabah olsa bile içim hâlâ gece. Bilmiyorum bu acı kaçıncı. Senin olmadan sana solmak yok mu? İşte o çok acı.

Gözümdeki damlalar, içimde kuduran nehirlerin zerrecikleridir. Gidişin öğretti bana; bazı aşklar aşka ihanettir! Ben ağlarım içten ve sessiz; sen, sana suskun sözlerimi gözlerimden iç. Her ayrılık her yarada aynı kanamazmış diyorum, derdimi dillendiriyorum; anlayan dinlemiyor, dinleyen anlamıyor. Yine ağlıyorum, yine kanıyorum. Soranlara gözlerden akar kalbin kanı diyorum.

Keşke hayatının romanını yazarken beni kalem diye kullanmasaydın! Kaderimiz elimizde değil, alnımızdadır. Sen benim alın yazımdın... Ama okumadın... Söyle, okunmamış yazının izi mi kalır? Elbette yerimi başkaları alır.

Sana duyduğum aşk en sevdiğim yanılgıydı. Yine de verdiklerimi geri almam ben. Çünkü senin karşılık bekleyerek verdiğin aşk, benim sana armağanımdı. Bunca susmandı beni bunca konuşturan. Susmak da yalan söylemekmiş bazen. Zamanında ben de sussaydım, şimdi bu kadar konuşmak zorunda olmazdım.

Seninki günümüz aşkı, yenisini bulunca geçer acısı. Korkmana gerek yok! Benim o, sessiz telefonların en yanlış numarası. Görmek istediğin kişi olamadım, istediğini görebilirsin artık. Söyle, kimin hatasıydın sen; bedeli bana ödetilen!

Yaralarıma basmadan gidebilecek misin? Gitmekle içimdeki yangını söndürebilecek misin? Aşktan yanmışa sönmek ne çare... Âşık ne olduğunu düşünendir, ne olacağını değil be!

İçinde umut olmayan bir günü ayakta tutan tek şey, içinde umut taşıyan bir yarındır. Hayat bana "Yeni bir başlangıç, yaptığımız en büyük hatadan sonra başlar" dedi. Geçmiş beni kirletmiş olabilir... Ama daha önümde tertemiz bir gelecek var. Veba busen seni kazanan yapsa da bazı yenilgilerin içinde kaybetmekten çok daha fazlası var. Yaptıkların, bitmeleri başlamalara çevirebilmeyi öğretti bana. Bilmeden çok şey kattın hayatıma. Çok teşekkür ederim sana.

Güzellik, bakmayı bilen gözdedir sevgilim. Artık kendime layık olanı seçebiliyorum sayende. Bir insanın gözlerine bakıp, kalbini görebiliyorum her seferinde. Eskisi gibi değilim. Neden mi senden çok daha öndeyim? Herkesin dünyası kendi gördüğü kadardır sevgilim. Sen önüne bakarken, ben uzakları ezberledim. Sen olup bitenlerle ilgilenirken, ben olmayanın izindeydim.

Çivi çiviyi sökermiş, yalnızlığı kanatan hüzünlü şarkılar, yalnızlığa iyi gelirmiş. İşte ben bu şekilde hayata karşı direndim. Keşke bana akıl vereceğine, aklımı alacak kadar beni sevseydin. Ben, bir çocukluk edip büyüdüm işte! Sen büyümüşsün ama doğmamışsın bile.

Ben, senin doğrundum sevgili. Ötekiler gelip geçerdi. Sen doğru olanı değil, geçerli olanı seçtin. Terk etmek kazanan olmaya yeter zannettin.

Bana, bir veba busesi bırakıp gittin; bak şimdi yerini başkaları aldı. Bu aşkın vebası sende, busesi bende kaldı. Seçtiğin yolda sana mutluluklar diliyorum. Unutmak alışmaktır. Unutursun demiyorum... Ama alışacaksın biliyorum.

MERHABA EVLAT

(Bazı insanlar birbirlerini buldukları an kaybetmiştir.)

Merhaba evlat.

Tanıştığımıza şaşırdım.

Sanırım sen benim yaşamadığım çocukluğumdan çalındın!

Neyin var neyin yok dediler; sitemim var, kinim yok dedim. Yitip giden yıllara mı bu yaşlar dediler; gözüm yaşlı ama kalbim genç dedim. Cevaba hazır olmadan soru soranlardan bıktım evlat. Kendini bulmadan, başkalarını arayanlardan... Keşke insana kendisini değil de eksiklerini gösteren aynalar olsaydı. O zaman anlarlardı dış görünüşe göre davrananların, dıştan öteye geçemediğini...

Geçmişte yaşayanlara bugünler gurbet gelir evlat. Yarınları çoğaltmak adına bugünleri eksiltenler, neden farklı olduğumu soruyorlar. İçlerinde yaşayamadığım için, kendi dünyama gömüldüğümü bilmiyorlar. Bana kızıyorlar. İnsanlar hem farklı olmak isterler, hem de farklı olanı kabullenmezler.

İnsanlar çoğaldıkça insanlık azalıyor evlat. Sevdiklerinden uzak, nefret ettikleriyle yan yana yaşayanlar bilmez; insan olmanın, hayatın kötülüklerine karşı çıkmakla başladığını, haksızlığa göz yummakla yitirildiğini...

Göründüğünden daha güçlü görünmek için, yanında hep kendinden daha güçsüz insanlarla yürüyenlerle, yanındakinin gücüne sığınıp kendini güçlü zanneden güçsüzler gördüm evlat. Baba parasıyla kendini zengin zannedenler, cahil olduğu için mutlu olanlar gördüm. Aynı acıdan payımıza düşenlerin eşit olmadığını gördüm. Yarınlara taşıması gerekenleri dünde unutanların ne aradığını unutup, bulduğuyla yetindiğini gördüm. Uyuyormuş gibi yaşayan uyanıklar gördüm evlat. Tüm bunlara rağmen şaşırmış değilim hiçbir şeye... Yeryüzünde herkes hak ettiği değeri bulsaydı, dünya çok güzel olurdu ve bu zalimlerin işine gelmezdi.

Dünya yanlışı öven, doğruya söven insanlarla doludur evlat. Yalan geçici, doğru kalıcı kazanımlar sağlar. Bunları iyi bil. Kendini kandırma sakın. Kelimelerden aldığı yarayı, yine kelimelerle sarar insan. Hayat sıkılacak kadar uzun değil. Hayattan ders alamamanın bile bir tecrübesi vardır ama çok sonra gelir. Düştüğümüz denizde boğulmamak için verdiğimiz mücadele, ölümden çok daha fazlasıdır ve vazgeçemediklerimiz kaderimizdir evlat. Bunları da iyi öğren!

Öğrenmek demişken. Belediye otobüslerinde bir yönlendirme yazısı vardır. "Lütfen arkaya doğru ilerleyiniz." Arkaya doğru ilerlemek, ilerlemek midir? Biz geriye doğru ilerleyebilmeyi belediye otobüslerinde öğrenen bir toplumun fertleriyiz evlat! Aklın geleceğe uzanırken, hafızan geçmişi sakın unutmasın!

Yıldızlar geceyi çok severse, gündüz olmazmış bilir misin? Yıldızları çok sev ama kaybolmalarına da güven. Gidenler, belki de "Yine sana geldim bak" diyebilmek için kucak açacak. Kucak açana sırt dönmek, nefreti beslemektir. Dönme! İnsanlara güven. Ama güvenini yıkanların da insanlar olduğunu unutma. İnsanlardan kopmadan, insanlara karşı kendini korumayı öğrenmelisin evlat. Fotoğraf karelerini düşün. O karelerdeki insanlar, mutlu gülümseseler bile bakmazlar. İnsanlar fotoğrafları çekilirken bakmazlar evlat; bakıyormuş gibi yaparlar. Kimsenin hatırı kırılmasın diyedir o duruş. Bu yüzden hatırını kıramayacak insanlardan hiçbir şey isteme. Onlar, bilmeden sana sahte bir iyilik sunar. Bugün hatırını kıramayanlar, yarın kalbinin kırılmasına sebep olurlar. Bu gerçeklere inan, gerçeklere inanmayanlar, o gerçeklerin kurbanı olur evlat.

Bazı insanlar nefes alsa da yaşadıkları söylenemez. Öldüm yaşamaktan evlat. Vaktim azalıyor. Zamanı öldürmek için yaşayanlar kolunda neden saat taşır anlamam? Zaman akıp gider. "Zaman sen geç, ben sonra yaşlanırım" deme şansımız da yok. Zaman çok hızlı geçer ve yavaş yavaş anılar çoğalır. Anıları topla zamandan ve onlara sahip çık! Anlat onları evlat. Anıları anlatmak özlemeye başlamaktır.

Birileri sana "Yalnız değilsin; biz varız" demeye başlamışsa, gerçek yalnızlığın başlamış demektir evlat. Hayat sana iki yalnızlık gösterip, birini tercih etmeni ister. Birinci yalnızlık sana aittir. İkinci yalnızlık sana bırakılandır. Hangisini seçersen seç, seçtiğin kadar yalnızsındır. Yıllar büyüdükçe, çocukluğun gelir aklına. Çocukluk, en çok yaşlanınca hatırlanır evlat. Hani geceleri dolabında saklanan hayaletler görür, yorganın altına saklanırdın. Sonra dayanamayıp annenlerin odasına koşardın, odanda bir hayalet gördüğünü söylerdin. Kimse sana inanmazdı. Ama yine de korurlardı seni onlardan. Yıllar sonra anlayacaksın; görünen hayalet, hayalet değıldır evlat.

Kimseden nefret etme ama nefrete inan. Çünkü sahte mutluluk olur ama nefretin sahtesi olmaz evlat. Ruhunun derinliklerini görmelerine izin ver ama oraya kimseyi alıp incinme. Orası paylaşmak için değil, sadece görmeyi becerebilenler görsün diye vardır. Şüpheye güvenmek gerek bazen. Ruhunu saklayan bir bedene değil de bedenini gösteren bir ruha sahip olmalısın evlat. Çünkü bazı insanlar gördüklerine, bazı insanlar hissettiklerine inanır.

Paylaşılan değil, saklanan acı daha derindir. Sakın kendine yalanlar söyleyip, acılar içinde kıvranma evlat. İçine saklandığın yalanlar solunca hiçbir gerçek seni kabul etmez. Sonunu bildiğin aşk, aşk değilse de, yine de birine bağlanacağım diye sakın onun yakasına yapışma. Bazı insanlar birbirlerini buldukları an kaybetmiştir ama bunu öğrenmeleri bir ömür sürebilir. Bu yüzden kimseyi onun ömrüne yapışır gibi sevme. Dikkat et. Aşk, azla yetinmez çünkü... Ve sadakat asla yapışmak değildir evlat. Çünkü aşka inanan herkes, gidilemeyen değil varılan olmak ister.

Merhaba evlat.

Tanıştığımıza şaşırdım.

Sanırım sen benim yaşamadığım çocukluğumdan çalındın!

AŞAĞI MAHALLENİN HAYLAZ ÇOCUĞU

(Kanat çırpmayı bilmeyen kuş,
koşmayı uçmak zanneder.)

Ben aşağı mahallenin haylaz çocuğuyum. Daha kendi çıkmazlarımı yeni yeni öğrenirken, senin sokaklarında kayboldum. Hayatımda ilk defa bildiğim sokaklarda bilmediğim bir şey buldum. Aslında aşkı bulmak yoktur, içine düşmek vardır. Bu yüzden bu kadar yara bere. Bu yüzden bu kadar derin kalbime aldığım son darbe.

Her şey sana çıkıyor. Senin yolun bir tek sana gider, benim yolum yalnızca senden geçer. Sen bencil, ben sencil. Kusura bakma! İlk defa tanışıyorum aşkla. Beni bağışla. İster kendini başıma taç et, ister canıma tak et. Ve beni unutana kadar hatırla. Ona öyle denmez miydi yoksa? Öyle afili sözler bilmem ben. Aşağı mahallenin haylaz çocuğuyum işte. Ama sen de bilemezsin gülüşün bende kaç bahar eder. Cahilliğimi hoş gör; kanat çırpmayı bilmeyen kuş, koşmayı uçmak zanneder.

Biliyor musun ben ne acılar öptüm seni ararken? Meğer doğru insanı yanlış yerlerde aramışım bunca zaman. Işte sonunda çıktın karşıma.

Şeker gibiyimdir ha! Başkalarına mutluluk vermek uğruna erir giderim. Zerre gocunmam bundan. Sevmeyen ne demek istediğimi bilemez. Vallahi billahi kimse senin uğruna benden daha güzel ölemez. Aslında çoktan öldüm senin için de hayat bana yine seninle hayat verdi işte.

Aşağı mahallenin haylaz çocuğuyum ben. Yetmiyor seni yazmaya alfabem. Ama öyle çok da cahil değilim ha! Hayat okulu, yalnızlık bölümü mezunuyum. Senin giderken yazdıklarını ben dönerken tersten okuyorum. Sen, sen ol; başkası olma diyorum.

Herkesin bir hikâyesi vardır. Benim de var. Anlat dediler. Ben hikâyemi anlattım, onlar fıkra diye güldüler. Bu yüzden aman dikkat et dostuna düşmanına. İkiyüzlü dostların, acımasız düşmanlarından daha çok iş açar başına. Ben hep böyle süründüm ama kimse düşmedi benim yüzümden. Başka türlü ayakta duramam, hadi tut kaldır beni özümden.

Bekliyorum seni. Ha eğer şaşırmamı istiyorsan, beklemiyormuş gibi de yaparım. Yeter ki gel. Bak gelmezsen şimdi şuracıkta umutlarımı bileklerinden keser, kendimi kalbimden asarım. Hâlâ hata yapabilecek kadar insanım.

Anladım... Anladım... Galiba sen de yaralar taşıyorsun içinde. Fark ediyorum, zaman zaman kanıyorsun. Hatta sen kanadıkça ben kendimi yara sanıyorum.

Yine olmadı değil mi? Konuşamadım şiir gibi... Zaten bu aşkta bir aksilik vardı sanki. Keşke kalbim kadar zengin olabilseydim... Ama keşkelerle yürümezdi aşklar değil mi? Sen bana aldırma. Ben aşağı mahallenin haylaz çocuğuyum. Benden bi şiir olmaz! Bizim renklerimiz bile birbirini tutmaz. Sen beyazsın bulut gibi. Ben karayım. Ama güneş yanığı değil, kader yanığı bizimkisi. Dedim ya bi şiir olmaz benden. Aşağı mahallenin haylaz çocuğuyum ben. Yani unutulmaya hep hazırım. Gözlerime bakma! Ben kalbimden ağlarım... Ben kalbimden ağlarım...

MÜSAİT BİR AŞKTA GÜLECEK VAR

(Ayrılmış ama bitirememişse insan,
nasıl başlayabilir ki yeni bir ilişkiye?)

Bazen, aradığımızı bulmanın bedeli, onun dışında kalan herkesi kaybetmek olur. Yalnız kalmışızdır ama onunla kendimizi kalabalık hissettiğimiz için bu yalnızlığı önemsemiyoruzdur. Kader bu ya işte, günün birinde o çok sevdiğiniz ve uğruna kendinizden geçtiğiniz, sizi terk eder. Ve gerçek yalnızlık işte o zaman başlar. Hem o yoktur, hem onun gidişiyle götürdükleri. Onun gidişiyle yok olanlar, olmadığı gibi onun gelişiyle kaybettikleriniz de zaten yoktur. Dilinizde tek bir sitem kalır. "Aşk, sen hariç her şeyi ve herkesi kaybetmeye değerdi derdim; ama ben bu aşkta en çok seni kaybettim."

O gidince, onunla yaşarken çok da hissedemediğiniz bir duyguyu fark edersiniz... Mutluluk... "Mutluymuşum, bilmiyordum..." dersiniz. Artık söyleyecek hiçbir şeyiniz kalmamıştır. Bu yüzden yazmaya başlarsınız. Yazmak, içinizi başkalarına göstermektir. Onu düşünerek yazdıklarınızı başkaları, başkalarını düşünerek okur ama...

Aslında, aranızda fark etmeden derinleşen uçurum, çok çok önce mesafe almaya başlamıştır. Ama severken mesafeleri fark etmez insan. Aşka inananla inanmayan aynı kaldırımda yan yana yürürken bile adımları tutmaz birbirini. Ama siz anlayamazsınız, göremezsiniz... Çünkü aşk kör etmiştir gözlerinizi. Siz sahip olamamışsınızdır, o ait.

Bir insanı en çok sevdiği güzelleştirir. Ve bir güzelliği en çabuk, zamansız gidenler soldurur. Yaşadıklarınızı sorgulamaya başlarsınız ardından. En çok onda ne kadar olmadığınızı merak edersiniz. "Sendeki varlığımı sorgulamak değil niyetim. Sende ne kadar yoktum odur benim derdim. 'Hiç' kadar bile mi?" diye başlayan sitemli bir soruya dönüşür her gününüz. Az veya çok sevilmek değil, boşu boşuna sevmek yıkmıştır sizi. Sevginize verilmeyen karşılık değil, o sevgiye verilmeyen değerdir sizi asıl üzen.

Yine de bir olmazın olmasına duyulan inançla beklersiniz. Kendinizi, geç de olsa bir gün döneceğine inandırırsınız. Gerekçeniz hep aynıdır. Onu, sizden daha iyi kimsenin sevemeyeceğini düşünürsünüz. "Dönmene daha çok var biliyorum. Bıraktığın yalnızlıkla oyalanıyorum" deseniz de aslında ikinizin yalnızlığı aynı değildir. Ona huzur, size ceza verir. Umudunuz hep yarındadır; tıpkı dün de olduğu gibi...

Yıllar gider, yollar kalır, o gelmez. Sabahları uyandığınızda kalbiniz acır. Çünkü o yine yoktur. Aslında kalbinizi asıl acıtan, yeni günün size getirmedikleri değil sizden götürdükleridir. Boğazınıza takılır cümleler. Kimseye günaydın diyemezsiniz. Eskisinden daha az konuşur, daha çok susarsınız. Ve bir suskunluk ancak bu kadar sızlatabilir kelimelerinizi. İçinizdeki cevapsızlığın en derin sorusu durur dilinizde. Ve siz hiç öğrenemezsiniz, dışı nasırlaşmış kalplerin içinde kimlerin attığını...

Eğer aynı şehirde yaşıyorsanız, geçmiş bir türlü geçmiş olmaz. Hayır! Şehir onu hatırlatmaz; şehir zaten onun yokluğudur. Unutmaya çabalarsınız sonra... İnsan unutarak tutunabilir mi? Bir yokluk nasıl yok olur ki?

Yalvarırsınız her gün. "Sevmedin bari gel içimi topla... Bir enkazdan geriye ne kaldıysa" diye... Kimseyi sokmazsınız hayatınıza uzunca bir süre. Ayrılmış ama bitirememişse insan, nasıl başlayabilir ki yeni bir ilişkiye?

Şarkılara sığınırsınız. İnsan terk edilince bütün ayrılık şarkılarının kendisi için yazılmış olduğunu zanneder. Daha önce fark etmeden dinlediğiniz sözlerin, nasıl da sizin bugünkü duygularınızla örtüştüğüne şaşırırsınız. "Nasıl fark etmemişim bu şarkıyı?" dersiniz. Yokluğunun bekçiliğini yaparsınız, ölümden siperler kazarak ömrünüze... Ve şarkılar da susar günü geldiğinde... Acı sessizleşir iyice. Acı sessiz bir dildir. Ve her sessizlik acı çektirir. Daha ölmemişsinizdir ama... Sadece hayata küçük bir ara vermişsinizdir...

Çok sonra alışırsınız varlığından bağımsız, yokluğuyla yaşamaya... Aslında unutmak, sadece onu unutmak olsaydı belki daha kolaydı işiniz. Ama unutmak onunla gelenleri de onunla birlikte göndermek zorunda kalmak olduğu için bu kadar zor geliyordur size.

İnsan nelere alışmaz ki? Bu kadar çok sevmenin karşı tarafa ağır gelen yükü size ödettiriliyordur. Ve bu tür hatalar insana sevmemeyi değil, nasıl sevmesi gerektiğini öğretiyordur.

Sonunda hayat bize gidenlerin niçin dönmediğiyle değil, neden gittiğiyle ilgilenmemiz gerektiğini öğretir. Belki kader bir gün karşınıza teninize dokunmadan ruhunuzu okşayabilen birini çıkarır. Dilerim çıkarır. Bir gün o kişi karşınıza çıkarsa, ona sadece şunu söyleyin: "Beni sevmeye yaralarımdan ve hatalarımdan başla. Ben onlarla barışığım. Senin ekleyeceklerini de sevmeye hazırım."

Ona, kendisinden önceki yaralarınızı bir masal gibi anlatın. Çünkü ne kadar soyunursak soyunalım, bazı yaralar gözle görünmüyor. Unutmayın ve geriye dönüp bakın. Sizin, gidenleri tamamlamak uğruna yarım bıraktıklarınız var. Böyle çok ağladınız, şimdi müsait bir aşkta gülecek var.

YALANCIYA

(Kirletilmiş bir ilişkiyi, bir tek ayrılık temizler.)

Dök içini satırlara, kalanlar benim olsun...

Kandırıldığını bilen biri buna ses çıkarmıyorsa, kandıran kişi sonunu rahatça hazırlasın diyedir. Kendi sonunu hazırlaman içindi bunca suskunluğum. Daha ilk yalanında anlamıştım seni ama... Ama aşkta söylenen yalanlara akıl inanmasa da kalp aldanmak istiyor daima. Sonra bir itiraf bekliyor insan, bir özür içten içe. Bir elinde küsmeler saklıyor sevdiğine... Öbür elinde barış... Belki biraz da gözyaşı, sitem, birkaç bağırış çağırış... Ama affetmeye hep hazır, hep hazır...

Senden beklediğim dürüstlüğü bana hiç göstermedin. Hatta kendi gözümdeki değerimi daha da düşürdün. Nasıl mı? Karşındaki sana kanıyormuş gibi yaptıkça süslü yalanlarına daha özensiz olanlarını ekledin. İnsan kandırdığı insanın değerini, söylediği yalanların ucuzluğuyla bile düşürebiliyormuş anladım. Keşke beni bu kadar basite almasaydın.

Hayat böyle... Kişiler değişse de yalanları aynı işte. Ama ucuz yalanların bedeli pahalıya mal olurmuş sevgilim. Seni adam sanmakla ben en çok aşka ayıp etmişim. Söylediğin yalanlar belki benim belimi büker ama bil ki en çok ama en çok seni lekeler. Sonunda kirletilmiş bir ilişkiyi, bir tek ayrılık temizler.

Âşık olmaya karar verilmez. Hatta aşk; kararını yolda vereceğin bir kararsızlık adımıdır. Aşkı, yaşanmış duygular başlatsa da asıl yürüten yaşanmasını umduğunuz, içinde mutluluk saklayan duygulardır. Aşk, bilinen duygulardan yola çıkarak, bilinmeyen duygulara kavuşabilme isteğidir.

Çünkü her insan, karşısındaki kişi için bildiğinden daha güzel duygular yaşatma potansiyeline sahip olabilir. O bilinmezliğe aşk bilinciyle yürümeye aşk diyoruz. Ama aşkta söylenen her yalan, bilinmezliğe doğru yürünen o yolda, kandırılanı yalnızlaştırır. Bir süre sonra bir de bakarsın ki o yolda yapayalnız yürüyorsun ama elinde bir el var. Diğeri kimde belli değil...

Daha kendi sorularına cevaplar bulamazken, kendini onun kalbine çengelliiğne gibi tutturulmuş bir soru işareti olarak bulursun. "Peki, ben sende neyim?" sorusudur bu. Zordur bu soruyla yaşamak. Kendi soruna her gün farklı cevaplar bulup, o cevapların yarattığı yeni sorular doğurmak... Susarsın önce; bu bir söylemdir. Yazarsın sonra; bu da bir tür sessizliktir. Çünkü bazı sözler susmak için yazılır, bazı suskunluklarsa konuşan bir dildir. Yalancılar bunu anlayamaz. Onlar konuşunca yalan söylemek için konuşur, susunca günahları anlaşılmasın diye susar. Ben yazmayı seçtim. Sana değil, kendimedir cümlelerim. Bazı cümleler kötü kurulmuş olsa da gücünü yaşanmışlıklardan alır. Sen de yaz. Dök içini satırlara. Kalanlar benim olsun...

Aşk, bir şeyi önceden öğrenemeyeceğini, sonradan öğretiyor insana. Ben aradığın tüm cevapları yüzümde taşımaktan bıkmışken, sen kalbimde göremediğin soruların yaşatamadığı eziklikle mutluydun. İkimizin varlığı "Biz" etmiyordu. Artık sen, bilmediğimi sandığın yalanlarını bilmeliydin ve ben sonra gitmeliydim. Hem de senden çok uzaklara, bilmediğim yerlere gitmeliydim. Her ne kadar bilmediğim yer, senin dışında kalan her yer, bildiğim yerse sadece sen olsa da... Gitmeliydim... İnsanı en çok bilmediği yerler çağırır ama insan en çok bildiği yeri özler. Bu ihtimali göze ala

ala gitmeliydim. Bir "Gidiyorum"u göze alabiliyorsa insan, "Neden?" sorusuna ihtiyacı yoktur.

İnsanın hayatı yaşamadan da bitebiliyormuş bazen. İnsan bazen, ayakta kalabilmek için unutmak zorunda olduğu yalanları, gerçekten unuttuğuna kendini inandırıp, o yalanların sahibiyle yaşamaya devam edebiliyormuş. Böylesi aslında ölümden de zormuş.

Sadece unutsam yaralanacaktım, hatırladıkça öldüm! Yine de ayaktayım. Ruhumu katletmiş olabilirsin belki ama hâlâ bir ölü değilim. Dilinde lanetlerle de yaşayabiliyor insan.

Aşkı anlamaktan korkanlar, düşünmeden severler. Anla diye yazıyorum sana bunları. Ama sen yine de şiir gibi oku. Çünkü bazı şiirler, yeniden başlasın diye değil, her şey bitsin diye yazılır. Sana son nasihatim; sen sen ol bir başka kapıya uzanırken, çıktığın kapıyı açık bırakma.

Bir yanım sen olduğu için vazgeçemiyorum öte yanımdan.

Gözümde yaş varken bana yağmuru anlatma.

ÖZLENENE

(Sen benim yerde bulduğum gökyüzümdün.)

Çok değil, derin benim özlemim...

Seninle bir sırrımı paylaşıp kendimi eleverdim. Ben bittim. Şimdi sen başla...

"Aşk bir iç yeri kazasıdır" derdin. Ne demek istediğini anlayamazdım o zamanlar. Meğer içimdeki yangını mum alevi zannedermişsin. Ömrümü senin yakanda ilikledim. Ölme diye ömrümü ömrüne ekledim. Ama sen gittin! Hem de ne güzel gittin! Keşke bu kadar iyi olmasaydın giderken ve ben çok şey kaybetmiş olmayaydım. Öyle asil gittin ki kaldığımdan utandım. Yaralarımı sararak gittin... Keşke iyileşip iyileşmediğini de görseydin.

Yoksun ve tüm teselliler eksik. Nasıl bir ölümse bıraktığın, hâlâ hayattayım...

Çok değil, derin benim özlemim...

Yolculuğu severdik. Giderdik. Durmadan giderdik; trende, vapurda, otobüste... Giderdik ve hep konuşurduk; gitmeyen ne varsa... Uzun yollardan sana koşardım yorgun ve nefes nefese. Aslında bana olan uzaklığındı asıl yorgunluğum, yol bahane... Sana geç kaldığım için geçmişinden özür dilerdim.

Yan yana gelişlerimiz yalnızlığımızı büyütürdü en çok. Ve sen hep yalnızlığı anlatırdın. Oysa ben seni dinlemeye değil, susuşunu seyretmeye gelmiştim. Bana sensizliği seninle verdin. Gözlerini benden başka kimsenin görmemesini isterdim. "Kapat gözlerini, okumasınlar seni..." derdim.

Çok değil, derin benim özlemim...

Öyle hayalperesttim ki nasıl hayaller kuracağımın bile hayallerini kurardım. Hayalimdeki seni yazardım sonra. Ben seni yazarak yaşıyordum, sen beni silerek öldürüyordun. Herkese bakıyor, ama bir tek seni görüyordum. Senin dilinden dökülünce adımı bile yeniden keşfediyordum. Sen benim yerde bulduğum gökyüzümdün. Bana vereceğin tek şey, benim beklediğim her şeydi. Ah sevgili! Sen hiç, birini kimsenin olamayacak kadar sevdin mi? Neden mi? Çünkü helal olmayan her dokunuş, tenden çok ruhu kirletirdi.

Çok değil, derin benim özlemim...

Sımsıkı sarılırdım sana. Aramızdan rüzgârların bile geçmesine izin vermezdim. Şimdi aramızdaki mesafeye bir ömür sığıyor bak! Geldiğim yer, olmak istediğim değil, sürüklendiğim yerdir. Yalnızlığın böylesi işte böyle bir derttir. Seni anlıyorum. Bu yüzden bu kadar yorgunum. En çok da sende ne kadar olduğumu değil, ne kadar olmadığımı merak ediyorum. Ne kadar yoktum sende? Biraz'dan daha mı az, hiç'ten daha mı çok?

Çok değil, derin benim özlemim...

Soğuk senden gelse de sensizlikten üşüyen ellerimi içimdeki yangında ısıtmayı da öğrendim. Anlayacağın, bildiğin gibiyim hâlâ... Yani unutabileceğin kadarım... Kendini en çok kendini gizleyene bağlıyor insan. Ölmek değildir bu. Böyle de yaşayabiliyorum yaşamasına da, ölüm başımdan gitmiyor işte.

Ne yapsam özlüyorum. Seni derinimde saklıyorum. Senli bir hayatın hayaliyle sensiz ölümler borçlanıyorum. Şimdi halimi bir görsen belki de kendini benden korurdun. Bendeki seni fark etsen, belki de kendine âşık olurdun. Ama benden sonrakiyle yaşadıkça sen, payıma ondan önceki anları özlemek düşüyor. Şimdi sadece hayalimdesin. Gelme ve hep özlediğim gibi kal. Onu seninle kirletemem.

Bir film gibiydi seninle hayatım ama sen en çok bu filmin fragmanını sevdin. Sen konuşmadıklarıma inandın, ben duymadıklarıma. İçimizden anladık birbirimizi ve sessizce ayrıldık. Demişsin ki, "Anılarımızın üstüne basıp onları asla ezmeyeceğim." Bende de hiç bitmeyecek yıllarımız, anlarımız. Ama asıl beraber yürüdüğümüz kaldırımları "Onunla" çiğnediğinde ezilecek anılarımız. Çok değil, derin özlüyorum. Hâlâ benim soluğumsun. Ömrüm bitiyor ey kader... Ve sen bana bir hayat borçlusun!

UNUTULMAYANA

(Ne kötü değil mi insanın sende boğulup kendi içinde ölmesi...)

Hayat haklı, ölüm gerçek! Ölüm gerçeğiyle yan yana oturan varlıklarız. Ama yine de ölümü düşündükçe değil, unuttukça mutlu oluyoruz. Unutmak, hafızanın soluklanması, anılarsa geçmişin sandalıdır. Şimdi öyle bir haldeyim ki unuttuğum her hatırada nefes alıyorum, hatırladığım her anıda sanki son nefesimi veriyorum. Garip bir denge bu... Unutarak yaşanmıyor, ölmeden de unutulmuyor! Keşke bende, yüzümü gülümsetecek bir geçmiş bıraksaydın. Acıyla başa çıkabilirdim belki; onu hatırlatanlar olmasaydı. Açtığın yarayla kendimi öldürüyorum bil! Bunun suçu da sende değil. Yara senin olsa da iltihap insanın kendi zehri.

Hiç olmazsa terk ederken dürüst olsaydın; en azından yokluğuna değerdi varlığın. Demek ki gidişinde bir eksik vardı ki hep dönmeni bekledim. Aslında ben hüznü yaşamayı da taşımayı da çok iyi bilirdim. Ama... Ama kim bilir bana, doğruların arkasına sakladığın kaç yalan söyledin. Belli ki gitmek için geldin. Sahi sen geleli ne kadar gittin?

Kalbinin atması yaşıyorsun anlamına gelmese de biliyorum bir gün geri döneceksin unutulmayanım; çünkü kalbini arkanda bıraktın. Bak üstüm başım hâlâ adın! Öyle bir kederdi ki yokluğun, kendi yaramı bile tanıyamadım. Soruyorum sana; içinden atamadığın hangi aşkın artığıydım? Kimin intikamı benden alındı? Ömrünün kaçıncı aşkında bana gelmiştin ve hangi durakta inecektin? Ellerin bendeyken kalbin kimdeydi?

Ömrümüzü yiyen dilsiz sızılar vardır hissedemediğimiz... Sen de benim hissetmediğimi hissetmeyebiliyor musun? Aşkın cehennem değilse, beni bu kadar yakan ne? Ben sana inanıp kendimi inkâr ettim. Kendime inansaydım seni reddedecektim. Şimdi söyle; sevdikleri gidince en çok neye alışır insan? Yok olmalarına mı; yokluklarına rağmen ayakta kalabilmelerine mi? Cevabın yok değil mi? Sen benim doğru sorularımın en yanlış cevabıydın zaten.

Nasıl özlediğimi anlatsam, gittiğin yollardan utanırdın. Olmayışını varlığının izleriyle süslüyorum. Beklemenin süslü halidir özlemek. Özlüyorum ve unutamıyorum. Sen de özledin biliyorum. Ama şunu çok merak ediyorum; özlediğin ben miyim, yoksa sana verdiğim değer mi? Hangi değeri daha çok özler insan; aldığını mı, verdiğini mi? Belki de sen beni değil, sana verdiğim değerle yücelen benliğini özlüyorsun? Çünkü o değeri benden sonrakilerde bulamıyorsun... Şimdi bana acı ve tatlı iki farklı hatırayla savaşmak kalıyor. Biri beni ağlatsa bile diğeri güldürüyor. Bilmiyorum hangisinde gerçeksin hangisinde yalan... Unutmanın mümkün olmadığı bir hatırasın bana kalan; bir başka hatıradan... Şimdi herkesin her şeyisin, kimsesizliğimden kopan...

Aşkta herkes bAŞKa bir şey arar ama aynı şeyi bulur. Bu yüzden âşık en çok kendini şaşırtır. Çok seven yanılmakta her zaman haklıdır. Ne gitmek istediğim bir yarın bıraktın, ne de içine saklanabileceğim bir bugün. Öyle açıktayım ki, kısa bir yorganı çekiştirip duruyorum sanki; örttükçe açıkta bırakan... Göz göze geldiğimiz o an sana âşık olduğum saniyeydi. Seni ilk kez görmüyordum ama her görüşüm ilk gibiydi. O bir saniye, gözlerimden ömrüme sindi. Aklıma gelmişken, gözlerimi çok severdin ya hani? Gözlerim iki açık yara şimdi, gözkapaklarımın bile örtemediği... Döndüğünde gözlerim çürüyene kadar gözlerine bakmalıyım. Ben ki seni bulmak adına kendi benliğimi kaybettim; çünkü (o zamanlar) buna değerdin. Öyle işte... Çok özledim...

Daha kendi sınırlarıma katlanamazken, sana hapsolmanın ne demek olduğunu bilemezsin sen. Hissedeceğim kadar yakın, dokunamayacağım kadar uzaksın. Ne kötü değil mi insanın sende boğulup kendi içinde ölmesi... Sana verdiklerime üzülmedim de benden çaldıkların içime oturuyor.

Başkalarıyla yaşamayı bile seninle ölmeye yeğlemişken, bana en çok da kalbime dokunmaman dokunuyor. Yaralar yalan söylemez. Yaram çok derin diyorum sana durmadan; sar yaramı diyemediğimden doğrudan... Sanırım, ne ben çağırmayı becerebildim ne sen gelebilmeyi uzaklardan...

Bir ilişkide artık yapacak bir şey kalmamışsa, yazacak çok şey var demektir. Bu yüzden bu kadar yazıyorum. Bu da geçecek... Geçecek ama bitmeyecek biliyorum. Hani giderken demiştim ya, "Öldür beni, yaralı kalırsam özlerim." Seninle ölememişsem, ben ona ölmek mi derim! Ama şimdi ölsem uğrunda, kimin umurunda?

Çok merak ediyorum; beni katleden hayat acaba sana nasıl davranıyor? Ben âşığım; iyi bilirim düşmeyi. Kalple düşülür akılla kalkılır ey sevgili. Beni attığın uçurum, hayat merdivenim oldu. Ben acılarıma sarılarak onları sarmayı öğrendim ve ayaktayım. Sen, yanlış hataları düzelttin, doğruları yanlışa çevirdin. Sana sitem etmiyorum. Sadece şunu istiyorum; dön ve bende kalan günahını al. Sonra git ve hak ettiğin gibi kal!

"Çok sevdik, başımıza bir ayrılık gelmesin" derdim, korkardım. Şimdi, korkakça sevenleri tanıdıkça, cesurca terk edenleri daha çok seviyorum. Ah unutamadığım! Benim gibi sevenler geçmişi geleceğe taşır, senin gibi sevmeyi bilmeden sevilmeyi isteyenler, geleceği bile geçmişe gömer. Bana bir ateşböceği olduğumu ispat ettiğin için sana çok teşekkür ederim. Karanlık, ateşböceklerinin varlık sebebiymiş. Karanlığın olmasaydı, ışığımı fark etmeyecektim.

KALANA

(Artık vakti gelmiş bir vedasın benim için;
hiç özlemeyeceğim...)

Unut beni kalanım...

Ben yalnızlıkla baş edemediğim için sensizliği seçtim; seninle daha yalnızdım çünkü... Dilimde maskeli cümlelerle değil, suskunluğun en çıplak haliyle gidiyorum. (Ki sığındığım suskunluk bile konuşuyor aslında.) Birbirine ait iki özgürüz artık. Bir uzaktan başka bir uzağa gidiyorum. Mesafenin kısa olanı özletir, uzun olanı unutturur. Uzakların uzaklığına gidiyorum.

Unut beni kalanım...

Sana yazdığım şiirler, kalbinde tek tek ölüyormuş haberin yok. Meğer ben bu ölümü yeni şiirlerle ertelemeye çalışıyormuşum haberim yok. İçinde "keşke"ler taşıyan aşk, kimseye mutluluk getirmez. Bana pahalıya mal olan ucuz bir aşk yaşadım. Elimde kalanlardan çok, elimden kaçırdıklarımla kaldım. Kalbime dönmeye yüzüm yok... Tehlikeli sessizlikler büyürken aramızda, kalbimi seninle kandırmıştım. Bu yüzden yüreğim bana küskün... Bu yüzden içim benimle konuşmuyor.

En hazin yanılgı, yanılmaktan korktuğumuz için susmamızdır. İnan böyle değil benim suskunluğum. Zamanında o kadar hevesliydim ki anlatmaya. Ama sonuç; ben söylemeye bu kadar hevesli, sen duymaya bu kadar inat... Seni hayatımın düşü yapmıştım, sen beni hayatında düşe çevirdin. Artık iliklemeyen bir düğme gibi göğsünde taşımana gerek yok beni. Suskunluğumla düşüp gidiyorum yakandan. Dur deme sakın bana... Giden de benim nasılsa, unutmayan da... Zaten yokluğum da yakmıyorsa seni, varlığım neyi değiştirebilirdi ki?

Unut beni kalanım...

Üşüdüğünde dünyayı yakacak kadar çok seviyordum. Oysa cehennemde serin bir yer bulmaya çalışmakmış seni sevmek. Mutluluk diye dikensiz gül aramıyordum, olmayan bir hayalin peşinde de değildim. Evet, sen vardın! Ama payıma hep yokluğun düşüyordu. Belki aklımdan silebilirdim ama ben seni kalbimle sevmiştim. Yüzümdeki keder, hangi huzurun çürümesinden biliyor musun?

Eğer gözlerimi biraz okuyabilseydin, kalbimde ne yazdığını görebilirdin. Dudaklarıma... hep dudaklarıma baktın; oysa benim sözlerim gözlerimdi. Yazdıklarımı ezberle... Ben sustuklarıma saklanıyorum.

Yaşarken de çürüyebiliyorsun, gömülmeden de ölebiliyorsun... Ömrümde yeşeremedin, şimdi içimde çürüyorsun.

Unut beni kalanım...

Bunca zaman çok şey söyledin ama söylediklerinle hiçbir şey anlatmadın. Keşke sadece bir şey söyleyecek kadar sussaydın; inan çok daha iyi anlardım. Benim sadece güzel yanlarımı sevdin. Birini o şekilde sevmek, onu severken katletmektir. Beni severken katlettin kalanım! Geleceğimi, gelmeden yaşattın. Bakalım şimdi gelecek benden neler götürecek?

Artık vakti gelmiş bir vedasın benim için; hiç özlemeyeceğim... Vedalar özlenmez ki sevgilim. Bana geçmişin kirleriyle gelmiştin, ben kalbini kalbimle temizlemiştim. Sonunda sen aklandın ben kirlendiğimle kaldım. Sitem bile etmedim, sadece ağladım. Gözyaşıma eşlik ettin... Ama sen hiç ağlamadın. Sadece gözünden yaş geldi... Sen hiç ağlamadın kalanım! Hiç ağlamadın...

Unut beni kalanım...

İstemediğin biriyle yaşamak, ölümün başka türlüsüdür. Hak ettiğin aşkı sunamadığım için değil, senin dünyanda hak ettiğim yerde olamadığım için gidiyorum. Aşkın bastonu değilim ben. Yeni bir hayat kuramam ama kaçırdığım yerden yakalayabilirim. Belki bir "Hiç" kadar bile değerim kalmayacak sende ama inan "Hiç" olmak, "Herkes" olmaktan daha onurlu. Hâlâ umudum var ama içinde sen yoksun. Dilerim Allah'tan bir gün kalbin görür; gözlerinin görmezden geldiklerini...

Aşk, defalarca gördüğün, bildiğin yaraya ilk diye bakmakmış her defasında.

Gittim kalanım.

Unutulmuş bir yaradır şimdi adın!

GİDENE

(Kadınlar kalbinden sildiklerini aklına yazar.)

Giderken bir şey söyleme; çünkü bir şey söylemek yetmez sen gidince...

Ah adamım! Gideceğini bilsem ölmez miydim? Peki, öleceğimi bilsen gider miydin? Şaka değilmiş bu seferki. Önce, bir gittin bir geldin. Böyle gitmez bu dedim. Gitmeyi mi bilmiyorsun, kalmayı mı beceremiyorsun? "Ben hangisinin mağduruyum?" dedim. Gururuna yediremedin. Ve en sonunda adam gibi gittin... Bu yüzden sana "Adamım" dedim. Çünkü gitmenin hakkını verdin. Şimdi ben senin bıraktığın yerden çok daha gerideyim. Hayattan vazgeçebilen ama ölüme yürümeye de cesareti olmayan biriyim.

Ah adamım! Aşktan duyduğumuz heyecan, kılık değiştirmiş çoktan. Gelsen ve aşkı bana yeniden öğretsen? Bildiklerimi unutmak istiyorum. Sana şiirler yazmak geçiyor içimden. İnsanın gözünde küçülen, şiirlerde büyür bazen. Ben aşka, kimsenin cesaret edemediği yerden, "senden" başlamıştım. Âşık ettin, bari âşık bıraksaydın. Tek tesellim ne biliyor musun? İyi ki benim sevdiğim gibi sevmedin beni, yoksa hiç unutamazdım seni.

Bugünlerde çok kötüyüm adamım! Şarkı olsam dinlenmem, şiir olsam okunmam. Gitmene zemin hazırlayan o sözün geliyor aklıma. "Günü geldiğinde gideceğim..." derdin ve susardın; sanki seni ödünç almıştım. Bence sen olayı yanlış anlamışsın. Aşkı yanlış anlayanlar, yaşadığı her aşkta mutlu oluyor bak. Beni sana getiren aşk, seni benden götürüyorsa, ikimizden birinde bir yanlışlık var demektir. Boş ver! Beraberken yaşadığımız yalnızlık, ayrılınca içine düştüğümüz boş kalabalıktan daha kalabalıktı zaten.

Belki de biraz daha fazla özlemek için böyle gittin? Gerçi daha kalbimin arka sokaklarına bile girmemiştin ama... Gitmediği yerleri özler mi insan gittiği yerlerde? Yoksa beni özlemeyi beni sevmekten daha mı çok sevdin? Keşke tanımadan kaybetseydim seni... Neyi kaybettiğimi bile bilmezdim o zaman; tıpkı neyi kazandığımı anlamadığım gibi. Böylesi daha az acıtırdı içimi.

Sakın gidişine "Kendimi bulmak istiyorum" kılıfı giydirme adamım! Gitmeden de bulabilirdin kendini. Gerçi ne kadar kendindin ki? Neyse artık çok da önemli değil. Senden daha önemlileri de gitmişti. İstediğin gibi olamamıştım, demek razı olduğun kadarı da yetmemiş sana. Oysa seni kalbime yazarken, kimleri sildiğimi bir bilsen... Her şeye rağmen en güzel yanlışımdın sen. Aşka ettiğim yeminleri sende bozmuş olmanın en tatlı hayal kırıklığıydın. Asıl dert, derman diye verdiğindi. Verdiklerini de alarak gittin. Aynı şiirin farklı satırlarıyız şimdi.

Aşk bir savaşa dönüşmüşse, kazanan yalnızlık olur adamım! Aşka başladığımızda, çevremizle kendimiz arasına iki kişilik kale duvarları öreriz. Ve aşk bittiğinde o kalenin içinde tek başımıza oturur kalırız. Aşk, içimizdeki büyük boşlukları dolduracakmış gibi gelip, daha büyük boşluklar bırakarak gider. Yolun sonuna geldiğini yoldan anlarsın, yine de yeni yollar ararsın. Yeter ki ölüm gibi gelmesin aşk aniden. Yaşadıkça ölmüyor muyuz zaten?

Evet adamım! İçimizdeki bir uçurumun daha sonuna geldik. Söylediklerimden ziyade söylemek istediklerime bak sen. Olduğun gibi göremedim ama bir gün gördüğüm gibi olman tek dileğim. Sana bilmediklerini yazdım, ama sen bildiğini okudun. Olsun. Benim de yanlışlarım elbet olmuştur. Demek ki iki âşık birbirine muhteşem zararlar verebiliyormuş. Benim için endişelen lütfen; hiç olmazsa böyle anlayayım az da olsa sevildiğimi. Ya da unutsan da olur boş ver! Zaten hiç bilmedin kıymetimi. Hafızana kızmıyorum, insan "bildiğini" unutmaz, bilmediğini değil. Ben unutmam. Kadınlar kalbinden sildiklerini aklına yazar çünkü. İşlemeye korktuğun bir günahım ben. Zamana bırak beni. Her giden gibi... Zaman hep öç alır. Nadiren ilaçtır. Sen yine de zamana bırak beni.

O kadar farklıydık ki birbirimizden. Sen kendini kazanmak uğruna, ben, beni kaybetmek pahasına sevmiştim. Ben yolunu yolum yapmıştım, sen geçerken uğramıştın. Hak ettiğim aşkın sen olmadığını biliyorum artık. Ama sen olmasan bunu hiç anlamayacaktım. Teşekkürler adamım!

KIYIDA

(Bu aşkta özlemin tek çaresi kavuşmak değil, unutmakmış.)

Kıyıdayım. Kalbim yanıyor. Yalnızlık rüzgârı saçlarımı dağıtıyor. Yağmur çiseleyince sanki bulutlar yüzüme tükürüyor. Ağlamıyorum; sadece sana yazdığım şiirler gözümden akıyor. Hiçbirini ezberime almadım. Çünkü ben onları, seni unutmak için yazdım.

Sen giderken, seni ne kadar çok sevdiğimi bir kez daha anladım ve söylemekten son anda caydım. Biliyordum; anlamayacaktın!

Az önce yalnızlığınla önümden geçen sendin. Dalgındın. Seni izledim. Kumlarda kalan ayak izlerini okşadım.

Kıyıdayım. Aklım yanıyor. Bilmediğim, hüzünlü şarkılar dinliyorum. Ne garip. Dinlediğin şarkılardan aldığın hüzün, çektiğin acıların boyutuyla orantılı...

Ağlamıyorum. Dinlediğim şarkılar gözümden akıyor. Yüzüm yere düşüyor. Eğilip yüzüme bakıyorum. Yokum! Yüzsüzlüğümden utanıyorum. Sen yokken yüzümde taşıdığım şey suret bile olamıyor.

Kapım her çalındığında koşarak açıyorum. "Kim o?" diyorum. "Hiç kimse!" diyor sesin. Kapıdaki notta şöyle yazıyorsun: *"Eski bir dost gibidir aşk, gider ama kalır."* Altında adın yazıyor. Yan yana gelmek, bir tek senin adını yazınca harflere yakışıyor. Teselli sözlerin benim gibi bir cesede iyi gelse de sonuçta mezarımı süslemekten öteye geçmiyor.

Kıyıdayım. Ellerim yanıyor. Ödemekten korktuğum bedeller içimde büyüyor, üstüme yıkılıyor. Yalnızlıktan eskiyorum. Dilim küfleniyor. Dilim bir tek "Seni seviyorum"a dönüyor. Seni sevdiğini söylediği için dilimi öpmek istiyorum.

Dalgınsın. Sırtını dönmüş gidiyorsun. Soruyorum sana, "Şimdi hangi dil çevirebilir yüzünü bana?"

"Aşka küsme..." diyorsun. "Seni o tamir edecek." Biliyorum. Ben ihtiyacım olan mutluluğu bile sana saklamıştım. Âşıktım işte. Daha ne kadar uzatabilirdim çocukluğumu? Kurduğum hayallere bile kusurlar buluyorum. Küsüyorum! Diyorsun ki, "Hüzünlü bir denklemdir aşkın derinliğinin yalnızlığın uçurumu kadar olması." Haklısın tabii, aşk sevene zor gelir; sevilene çocuk oyuncağı!

Kıyıdayım. İçim yanıyor. İçimde sen yanıyorsun. Yanıyoruz. Çare aramıyorum. Ben âşığım, çare düşünemem. Sönmeyi değil, yanmayı kurtuluş sayarım. Sen hâlâ bana sönmekten bahsediyorsun da... böyle yanmak, yanmak mıdır; "Nasıl söneceğiz?" sorusuyla...

Gemin batıyor ve sen kıyıları denize çekmeye çalışıyorsun. Bir gerçeği daha anlıyorum aşkta... Seninle aynı denizde olsak da bindiğimiz gemiler başka!

Unuttum derken hatırlananlar gibiyim; eksik, yalnız, yaralı ve haksız. Biliyorum, zoraki bir gülümseme gibi duruyorum yüzünde. Ve ben sana ne zaman aşktan yana zengin bir gülümseme sunsam, hep fakirliğim sırıtıyor yüzümde.

Sanırım yanlış bir durakta doğru otobüsün gelmesini bekliyorum. Bu yüzden kalabalık duraklarda tek başınayım. Yalnız değilim; azım! Yalnızlar yalnızları bulamadığı için çoğalıyorlar. Ondan işte bu yalnız yalnızlıklar.

Kıyıdayım. Canım yanıyor. Canım canımı sıkıyor, yaralıyor. Önümden geçip giderken sen, sana yaralarımdan çiçekler yapıyorum. Saçların gözlerini kapatıyor. Gidiyorsun. Tamam git. Ama gözlerin bende kalsın. Onlar bana senden daha iyi bakıyor. Biliyorum başkalarını sevecek kalbin. Karışamam. Çünkü artık benim değilsin. Senden son isteğim, istediğin gibi sev istediğini... Ama beni sevdiğin gibi sevme kimseyi. Asıl bu öldürür beni...

Ah! O, beni sana bağlayan aşkın yok mu? Yokmuş! Anladım ki "Bir" olunmadan "Biz" olunmuyormuş. Sana sarılmak, kollarını yalnızlığa açmakmış. Bu aşkta özlemin tek çaresi kavuşmak değil, unutmakmış.

Geçip gidiyorsun önümden, bilmem hangi aşka. Git! Bir aşk lazım sana... Ve bir sen lazım aşka...

Kıyıdayım. Canım yanıyor. Sen yakıyorsun. Olsun. Yak ki canımı ıssızlığım ısınsın. Yak ki canımı üşümeyelim aşkta.

Böyle yazıyorum diye kızma. Ben aşkın üç harfini bir araya getiremeyen şairlerin aşkı nasıl yazdığını da bilirim. Ben onlardan değilim. Aşk bir miras değildir ve kimseden kimseye kalmaz. Hayat verilmemiş bir sözü tutmaktır. Kimi yazar kimi yaşar.

Yani demem o ki; öyle bir söz yazarsın ki bütün bir hayatı anlatır, öyle bir hayat yaşarsın ki bütün sözler anlamsız kalır.

Kıyıdayım.

Hoşça kal!

CAN YARAM

(Geçmiş iyi bir şey olsaydı geçmezdi.)

Adını andığımda değil, soyadı değiştiğinde içim sızladı ilk kez.

Artık bir başkasına ait olmasının beni neden bu kadar yaraladığını düşündüm. Kısa bir aşk yaşamıştık halbuki. Benim açımdan çok fazla derinliği olmayan, inceldiği yerden kopan... Bana yâr olmaması çok da üzmemişken beni, bir başkasının olması neden bu kadar üzmüştü ki? Ne kadar bencilceydi tutumum!

Geçmişi düşündüm sonra. Sır, oradaydı sanırım. Ben onu, onun beni sevdiği kadar çok sevemesem de o, hayatımdan çıktıktan sonra kimse bir daha onun gibi sevmedi beni. İşte bu yüzdendi bu yenilmişlik ve kaybetmişlik duygusu.

Ben onunla "Sevilmeyi" öğrenmiş ama sevmeyi unutmuştum. İnsan çok sevilmenin vermiş olduğu şımarıklık ve rahatlıkla bencilleşip, karşısındaki insanın fedakârlık ve inceliklerini görmezden gelebiliyormuş...

***

Yıllar önceydi. Annem ölmüştü. Acı bir yıldı. Onun ölümünden sonra bir türlü normal hayatıma dönememiştim. Çok özlüyordum onu. Ellerim üşüyordu yokluğunda. Sanki bir daha hiç ısınmayacakmış gibiydi. Tam da o günlerde çıktı karşıma. "Anneler öldükten sonra da çocuklarının elinden tutar" dedi ve birden ısındı ellerim. Annemin sıcaklığıyla karşılaştım onun avuçlarında. O günden sonra hiç üşümedi ellerim. Ben onu annem gibi sevdim; o beni çırpınır gibi...

Aynı yaştaydık ama o benden daha tecrübeliydi hayat denen bu yarışta. Beni sevdiğini söyledi bir gün. Hiçbir şey diyemedim. Daha doğrusu ne diyeceğimi bilemedim. Hâlâ geçmişte unutamadığım biri vardı aklımda. Geçmişe doğru uzandıkça hatırlayıp hatırlayıp mutlu olduğum biri...

Eskiye gidince aklım, dalgınlaşırdı bakışlarım. Konuşkan değildir bazı hüzünler. Ama o hep anlardı derdimi. Ne vakit geçmişi özlesem, "Geçmiş iyi bir şey olsaydı geçmezdi" der, gülerdi. Bense eskimeyen bir bağlılıkla bağlıydım eskiye. Belki de bugüne dair mutluluklarım az olduğu için bu kadar bağlıydım geçmişteki mutluluklarıma...

Bir gün beni çekip çıkardı geçmişimden. Bir akşamüstüydü hiç unutmuyorum. Yürüyorduk sahilde. Dalgaların sesleri, şarkılarımıza eşlik ediyordu. Birden durduk. Yüzüme baktı ve "Aramızdaki fark ne biliyor musun?" diye sordu. "Ben bu şarkıları seninle söylediğim için mutluyum, sen hâlâ geçmişindekine söylediğin için."

Şaşırmıştım. İçimi okumuştu adeta. Gerçekten de söylediğim her şarkı onun içindi. Yüzünü denize döndü sonra. "Neden bugününü hep geçmişinle süsleyerek yaşamayı tercih ediyorsun?" diye sordu. Cevap veremedim. Sustum bir süre. Cevap bekler gibi baktı gözlerime. "Geçmişimi seviyorum" dedim. Güldü ve "Sen geçmişini değil, geçmişindeki geçmeyeni seviyorsun" dedi. Ağır adımlarla yürümeye başladı sonra. Sürüklenir gibi gittim peşinden. Dalgalar içime çarpıp parçalanıyordu sanki. Hızlandı adımları. Aramızdaki görünen mesafe giderek açılıyordu. Aramızdaki görünmeyen mesafe gibi...

Koşup tuttum omzundan. Kendime doğru çevirdim yüzünü. "Anla beni!" dedim. "Unutamıyorum. Ben onu hatırladıkça yaşıyorum!" Gözleri doldu. Rüzgâr saçlarını dağıtıyordu. Alaycı bir gülümsemeyle, "Hıh! Yaşıyor musun?" dedi. Yüzünü tekrar denize döndü ve benim söylemekten korktuğum cevabı bana kendi verdi. "Yaşamıyorsun... Sen bir başkasının hayatında ölmüşsün!"

Aklımın bulutları dağıldı o günden sonra. Düne arkamı dönerek, ama hep ardımdan geldiğini bilerek bugünümü yaşamaya başlamıştım. Daha mutluydum. Bir süre beraber adımladık hayatın çetrefilli yollarını. Bana çok şey öğretti inkâr edemem... Ortak kederlerimiz vardı onunla. Yolun bir yerinde, elbet acılarımız da birbirine dokunacaktı. Kar tanesi değildik ki birbirimize dokunmadan düşelim...

Acıyı paylaştık. Yalnızlığı... Ama hep o benimkileri... Ben hiç onun yalnızlığına ortak olamadım. Çünkü ben onun yalnızlığının sebebiydim. Sevgisine karşılık vermeden ne kadar çok yanındaysam, o kadar büyüyordu yalnızlığı. Ne benimle iki kişiydi, ne de ben yokken tek başınaydı. İşte onunki böyle bir yalnızlıktı. Ne kadar da körmüşüm! Yan yana gelip onu göremeyecek kadar derin bir uzaklığın içindeydim.

Bu zamana kadar açılan her kapıyı doğru kapı sandım. Oysa ben hep yanlış zillere basmışım, çok geç anladım. Ve o olmasaydı bunu hiç anlayamayacaktım. En çok bana sarılışını özlüyorum onun. Sarıldı mı sımsıkı sarılırdı hiç unutmuyorum. Hayır! Eksik söyledim; o bana sadece sarılmıyordu; her sarılışında bir yaramın üstünü örtüyordu...

Yanımdayken yanımdalığını anlamadığım, ama uzağımdayken kendimi eksik hissettiğim biriydi o. O eksiğin niye olduğunu bir türlü anlayamıyordum o zamanlar. Ta ki bugüne kadar... Bunu bugün, bir başkasına ait olduğunu öğrendiğim gün anladım. Tam bir yıkımdı benim için. Sıradanmış gibi başlayan bir günün kederli bitişi...

Bugün, bana bir veda mektubu yazıp gidişinin dokuzuncu yılıydı. Kendime yeni kitaplar almak için çıkmıştım dışarı. Kalabalık bir kitapçının ön rafında bir kitabın ismi dikkatimi çekmişti. "CAN YARAM."

(Birden dokuz yıl öncesine gittim. Hiçbir kelimesini hatırlamasam da yazdığı veda mektubunun o giriş cümlesini hiç unutmamıştım. Bana yazdığı son mektuba "Merhaba Can Yaram" diye başlamıştı...)

Kitabın yazarının adına baktım; onun adıydı... Soyadı değişikti ama. Sonra arka kapaktaki fotoğrafa baktım. Evet! Oydu. Demek evlenmişti. O an içimde büyük bir yıkım oldu. İncecik bir sızı gelip içime oturdu. İşte o yüzden adını andığımda değil, soyadının değiştiğini gördüğümde sızladı içim.

Ellerim titreyerek açtım kitabın ilk sayfasını. Bana dokuz yıl önce yazdığı ve şimdi nerede olduğunu bile bilmediğim o mektupla başlıyordu kitap:

"Merhaba Can Yaram...

Birlikte yürüdüğümüz sahildeyim. Yalnızım. Kahve içiyor ve sana bunları yazıyorum. Hem ilk, hem son mektubum bu.

Gözlerine ilk baktığımda, yârle bir olmuştum. Yârle bir olmak demek, acı çekmekti senin lügatinde. Elbet acı çekecektim. Buna çoktan hazırdım. Ama önemli olan değecek birinin olmasıydı. Umulan ama bulunmayan değil... Öyle inanmıştım ki mutlu olacağıma. O kadar emindim ki kalbimin karşılık bulacağına. Ama... Maalesef, kaybedişlerin en acı olanı mutluluğa ramak kala olanıymış...

Kırık bir aynaya bakmak gibiydi seni sevmek. Kalbim gülse de yüzüm kesikler içinde... Durmadın gözlerimde. Oysa razıydım yalana bile, seni bana getirecekse... Ama sen benim hep kendime söylediğim fakat kendimi hiç inandıramadığım bir yalan olarak kaldın.

Aşk yanlı bir tutumdu ve hep senden yanaydı. Biliyordum; içinde 'hoşça kal' saklayan bir gelişti seninkisi. Belki de gelişin bir gidişti. Çünkü gidenler hep haklı kalıyor ve aşk acıdan yana çıkıyordu. Yine de denemekten vazgeçmedim. Seni hep sevdim. Her işte bir hayır vardır dedim. Ama her hayrın da bir bedeli olduğunu bilemedim. Ben bu bedeli gitmek zorunda kalarak ödüyorum şimdi.

Şimdi sende bitiyorum ya ben; beni kimseye söyleme! Herkesin gözünde biterim bilinince...

Neden bu kadar yalnızım biliyor musun? Çünkü insanları iyi tanırım. Yalanı gözünden anlarım. Yalanlar çok konuşur. Yalancılar, kelimelerle açtıkları yaraları suskunluklarıyla örtüp giderler. Daha da gidecekler. Çünkü herkes yalanlarıyla gider, ben inandığımla kalırım.

Kim bilir kimleri mutlu etmek adına beni üzdüler. Ama olsun. Benim şiir açan çiçeklerim vardı. Onlara sarılmak beni yine ben yapardı. Ya onlar? Boş ver! Bazı insanların doğumu bile kürtajdı!

Sen beni sevmesen de hiçbir zaman onlardan olmadın. Sen başkaydın. Senin asla bulamayacaklarını ben çoktan tüketmiş olsam da, ben sendeki masumiyete âşıktım. Seninle ölmek çok kolaydı da senden sonra yaşamak bana haramdı. Bunları bile bile attım kendimi yalnızlığın koynuna. Yalnızlık da neymiş sensizliğin yanında!

Biliyorum baktığım her yerde izlerin olacak. Ama bil ki her yerde değilsin, benim için her yer sensin.

Bunları sana yazdım ama sen bunlar değilsin. Sen yazdıklarımdan çok öte, yazamadıklarımdan çok beridesin. Bu çektiklerimizin acısı acaba neyin anısı?

Çok değil, uzun sevmeni istemiştim. Ama sen annen gibi beni sevdin. Artık beni öyle de sevme!

Çünkü ben o eski ben olamam senden gidince...

Gözyaşlarıyla bile temizlenmiyor karşılıksız aşkın yürek lekesi. Bu yüzden artık gitmeliyim. Yenildim! Terk etmiyorum seni; sadece senden mahrum bırakıyorum kendimi.

Söz veriyorum! Sen hiç farkında olmasan da, seninle ilgili kurduğum hayalleri kimseyle yaşamayacağım, yaşayamam. Ben seni başka sevdim, başkalarını seni sevdiğim gibi sevemem.

Bu mektubu birkaç saat sonra sana vereceğim. Yine sevdiğin gibi sımsıkı sarılacağım. Giderken ardına dönüp, bakıp bakmayacağını bilmediğim için sana el sallamadan gideceğim... Geriye dönüp bakarsam zaten gidemem.

Birlikte yürüdüğümüz sahildeyim Can Yaram. Kahvemi yalnız içiyorum. Kahve yalnızlıkla içilir biliyorum.

Ah hayat! Sende bir yanlışlık var...

Hoşça kal Can Yaram hoşça kal..."

İçim sızlaya sızlaya okudum satırları. O zaman da okumuştum, yazılan her şey aynıydı. Ama hiç bu kadar içimi delmedi.

Elimde kitapla dükkânın orta yerinde kalakalmıştım. Sonra bir görevli geldi yanıma. "İsterseniz imzalatabilirsiniz kitabı. Bugün yazarın burada imza günü var" dedi. Arka taraftaki kalabalığı gösterdi. Oraya doğru baktım. Tam karşımdaydı. Bir masanın arkasında kitaplarını imzalıyordu. Yüzünde hüzünlü bir gülümseyiş vardı. Kalbim yerinden çıkacakmış gibi oldu. Yanına gidip yıllar öne onun bana sarıldığı gibi sımsıkı sarılmak istedim ona. Önce bir iki adım yaklaştım. Sonra durdum. Yapamayacaktım. İçimi sızlatan soyadı geldi aklıma.

Uzak bir köşede saatlerce izledim onu. Son okuruna imza verirken, artık oradan gitme vaktim de gelmişti. Bir suçlu gibi başımı öne eğip çıktım dışarı. İçeri girerken fark etmediğim posterini gördüm girişteki camda. Görevlilerin şaşkın bakışları arasında, söküp aldım onu oradan. Posterindeki gülümseyen yüzünün altında şunlar yazıyordu:

"*Yazdıklarımda, çaresizliğinize çareler arıyorsunuz; oysa ben çaresizliğimi yazıyorum, siz onları çare sanıyorsunuz.*"

DUYGUSUZLUĞA YENİLEN

(Gel ve kurtar aklımı;
yoksa kötüye kullanacağım!)

"Sakınılan göze çöp batar!" der eskiler. Öyledir gerçekten. Kaybetmekten korktuğunuz için daha çabuk kaybettikleriniz vardır. Elinizde sıkıca tutarken, avuçlarınızın arasından kayıp gidiveren... Niye gittiğini anlayamadığınız, giderken "Dur!" diyemedikleriniz vardır. Geride bıraktıkları kimsesiz sahillerde tek başınıza, kıyısızlığınızla kalakalırsınız. Uzaklaşmayı göze alamadığınız kıyıda boğulmaktır bunun adı.

Gözlerinizi geceye kapatıp, uykularınızı ona açarsınız. Gözlerinizi karanlığa alıştırmaya çalışırsınız. Çünkü sevdiceğinizle, gündüzlerde yaşanan anılar süsler artık onsuz karanlığınızı. En çok geceleri düşünür, en çok gece karanlığında ağlarsınız. Karanlık dostunuz olur. Karanlık sığınağınız. Odur size, onun siluetini kendi duvarlarınızdan yansıtan.

Yıldızlar, gündüzleri görünmediğinden, geceleri yârenlik eder, yol gösterir yaralarınıza. Nasıl kanayacaklarını, nasıl dağlanacaklarını öğretirler. Açık bir yaraya düşen her yıldız, karanlığın kabuğunda parlar.

Gecenin sessizliği, sessiz düşüncelerinizin sesi olur. En çok gecenin karanlığında düşünürsünüz gidenleri. Yârin gözleriyle birleşen gün ışığı, beyaz bir körlüğün içine saklar görmeniz için size gerekli olan gerçekleri. Gecelerdir sizi gündüz körlüğünden uyandıran... Karanlık, aydınlığa çıkarır bazen, gündüzlerin gizlediğini.

Gitmesinin neyin sebep olduğunu düşünmeye başlarsınız. Tek tek çıkarırsınız yaşadığınız anları yamalı bohçanızdan. Söylediği her sözü, yaptığı her hareketi ağır çekimde yeniden izlersiniz beyninizdeki beyaz perdede. Her söylediğini en baştan anlamaya çalışır, söylemediklerine manalar yüklersiniz. Size nasıl "Sana âşığım" dediğini tekrar tekrar düşünürsünüz. Belki de hayatına giren herkese aynı şeyi söylemiştir? Tıpkı size söylediği gibi... "Herkese âşık olduğunu söyleyebilen biri aşkın ne olduğunu bilmeyendir" der, geçersiniz. Kendinize haklılıklar peydahlarsınız. Yine de inanmak istemezsiniz; kendinizi inandırmaya çalıştıklarınıza... Duyguların, duygularla tamir edildiğini bilirsiniz... Ama siz, duygusuzluğa yenilmişsinizdir.

Sevmemekle suçlanıp, sevilmemeye mahkûm edilmiş gibisinizdir. Karşınızdaki hem suçlu hem güçlüdür. Delirirsiniz. "Gel ve kurtar aklımı; yoksa kötüye kullanacağım!" dersiniz. Kendinizden korkarsınız. Kaçmak istersiniz. Kaçarsınız da... Kendinizi bir korkak gibi hissedersiniz. Oysa ondan korktuğunuz için kaçmamışsınız, ama kaçtığınız için korkak durumuna düşmüşsünüzdür. Sonra kendinizi toparlar, geriye doğru sarar ve daha gerçekçi izlersiniz filminizi. İlişkinin son döneminde daha az konuştuğunuzu, susmalarınızda sizi asıl bitirenin susmak değil, susmanın anlattıklarının tükenmişliği olduğunu fark edersiniz... Sonunda kabullenirsiniz ayrılık gitmekle değil, susmakla başlıyormuş...

Bunu daha önceden fark etmenizi engelleyecek kadar bencilce sevdiğinizi anlarsınız. Ve bencilce sevmeyi, çok sevmekle karıştırdığınızı fark edersiniz. Giderken söylediği ve sizin ne demek istediğini o an anlayamadığınız söz, birdenbire karşılığını bulur hafızanızda... "İstersen benden nefret et ama sakın beni bencilce sevme!"

Sonra, zamana bırakılır her şey. Zaman iyi gelir bazen. Kalbinizi ona teslim etmiş olmanızın, ona esir düşeceğiniz anlamına gelmediğini kavrarsınız. Bir mücadele başlar aklınızla kalbiniz arasında. Hangisi kazansa, yalnız kalan yine siz olursunuz aslında. Ama yine de onu aklınızda öldürmek iyi gelir size. İyi gelir; zafer sandığınız yenilgilerinize... Gurur duyarsınız mantığınızla. Soranlara, "İyiyim, atlattım..." dersiniz. Ama bir gün mutlaka, ansızın karşınıza çıkar ve onu geri getirir unuttuğunuzu sandığınız bir hatıra... Aklınızda öldürdükleriniz, kalbinizde dirilir sonra...

Affedilmek için geç, geri dönmek içinse çok geçtir artık. "Bende kaybettiklerini, başkalarında bulmaya gitti..." dersiniz. Bir küçük çocuksunuzdur şimdi; her uyandığında anne diye kendi mutsuzluğunu öpen...

"Ben, kederin insana dönüşmüş haliyim" der, son mesajınızı verirsiniz hayata. Bir iyi, bir kötü haber vardır o mesajda: "Ölmedim; fakat yaşayacağım."

İNTİKAM

(Geçmişindekini unutamayan,
en çok şimdisindekini aldatır.)

Kaçırdığın her bakışta ayrılığın ipuçları vardı. Önceleri anlamadım. Hep konuşuyordun durmadan. Anlamadığım şeyler anlatıyordun. Bir şeylerden kaçar gibi, bir şeyleri saklar gibi... Telaşın diline vurmuştu sanki. "Neden kelimelerle örtüyorsun içindeki suskunluğu?" dedim. Önce şaşırdın. Sıkıldın sonra. Ayrılır gibi tuttun elimi. O günden sonra daha az konuşur oldun. Oysa ben ayrılığı unutmak için tutmuştum ellerini; sana geldiğim o ilk günlerde... "Gel silelim" demiştim geçmişimizde ne varsa. "Evet" demeni beklemiştim sonra. O zamanlar sen geleceksin diye gelecek daha güzel geliyordu bana. Geldin ama belini büken bir geçmiş zaman aşkıyla... Sen bana geçmişini unutmak için gelip, geçmişinle bende yaşadın. Sen, onu unuttukça beni, beni unuttukça onu hatırladın. Kaç kez anlatmak istedim sana "Geçmişindekini unutamayan, en çok şimdisindekini aldatır" diye.

Her şey benim suçumdu. Anlayamadım gelişigüzel sevmelerinin hangi gidişin peşinde olduğunu. Sana hep gidenleri sordum. "Herkes bir gün gider" dedin. "Sen de mi gideceksin?" diye soramadım. Gerçek hüzün sorulamayanda, dile getirilemeyendeymiş o gün anladım. Hissetmiştim gideceğini... Hissetmiştim bana olan sevginin kalmalara yetemeyeceğini... Yaralandım. "Olsun..." dedim. Yaralarım senden önce de vardı. Ama seninle daha güzellerdi... Bu bile kalmana yetmedi. "Benim çektiğim acılar kadar, daha senin çekeceklerin var" dedin ve gittin. Sen giderken benim dudaklarımda bir "Hiç mi sevmedin?" sorusu vardı. Biliyordum; beni "Biraz" sevmiştin! Şimdi bir'im gitti az'ım kaldı.

Dünya durmayı düşündü sen gidince. Ben gitmedim hiçbir yere. Hiçbir gemiye gitmek için binmedim ben. Gemiler gitmek değil, kalmak istediğim yerdi. Kalakaldım, öylece durdum bütün güvertelerde. Denize denizden baktım. Altından kalkamayacağım, içinden çıkamayacağım şiirler, mektuplar yazdım. Bulamadığım bir söz için bin mektup yaktım. Bazen küfrettim, bazen yalvardım. Kullanmadığın günleri, günlerime eklemen için ağladım. Razıydım uyuduğun saatlere bile... Razıydım senden artakalan ne varsa geride...

Dilimde açan şarkıyken, içimde solan çiçeğe dönüşmeni seyrederken bile, hâlâ geri dönmeni bekleyebilecek kadar çok sevmiştim seni. Çünkü biz birbirimizi o kadar iyi tanıyorduk ki yaşarken otopsimizi yapmış gibiydik. Ama yanılan yine ben oldum. Ne geri döndün, ne de geride bıraktığını öldürdün. İçin için yandım kimse görmedi. Alevi olmayanın yandığı bilinmezmiş. Kimse bilmedi beni. İçim yandı senden de yine de seni kimseye şikâyet etmedim! Ben seni, "Kendisinden sonra gelenler, yakacak yer bulamasın diyedir içimi bu kadar yakmasının sebebi" diyecek kadar çok sevdim.

"Kendine gel!" dedi hep dostlar. "Kendine gel!" Kendime geldim, ama yine yoktum! Yıllar sonra sen giderken dudağımda asılı kalan "Hiç mi sevmedin?" sorusunun cevabını buldum. Evet! Sen beni hiç sevmemiştin. Madem sevmiyordun, bari nefret etseydin? Nefret edilmek bile umursanmamaktan iyiydi. Ben senden nefret ediyorum. Bu da aşktan biliyorum. "Keşke âşık olduğumla nefret ettiğim aynı kişi olmasaydı" diyorum.

Anı yaşamakla anda yaşamak aynı değildir. Sen anı yaşamaya devam ederken ben gittiğin anda yaşadım hep. Çok sonra öğrendim, benden sonra o unutamadığına geri döndüğünü. İşte o gün bende kalanlarla, benden kalanlar arasındaki uçurumu gördüm. Ve bir karara vardım. Sen kendi yolunda yürürken, ben yolumu senin acın üzerine kurmamalıydım. Artık kendimi hatırlamalı, seni unutmalıydım. Senden alınacak en büyük intikam bu olmalıydı. İçimde bir intikam bombası vardı. Ama pimi nefret olduğu için ona hiç ilişmedim. Çünkü nefret dolu bir intikam, sende yara açsa da bendeki yarayı asla kapatmayacaktı.

Çok sonra duydum ki terk edilmişsin. Pişmanlık kapıma dayandırmış seni. Ama öç almamdan korkarmışsın. Korkmana gerek yok. Ben unuttum seni ve sen bilmesen de biz ödeştik seninle. Ama sen hâlâ bana borçlusun. Çünkü intikamımı almadığımı sanıyorsun. Öyle ya, alınmamış bir intikam, verilmiş en acı borçtur. Ne zaman ödetecek diye ömrünün sonuna kadar bekler durursun o acı borcu. Unutmak iyilerin intikamıdır. Unuttum seni. Yokmuşsun gibi yapmadım, yok ettim! Ve şimdi tek dokunuşta kırabileceğimi bildiğim halde, seni eğilmişliğinle baş başa bırakıp gidiyorum. Eğer bir intikamsa bu, evet! Seni gözlerimden siliyorum.

GİTMEK

(Bir insan kalbi defalarca gücenebilir başkalarına. Ama bir kere kırılır bazılarına.)

Gittiysem adam gibi gittim!

Sadece bir yara izi değil, bir yara izinden okunabilecek ne varsa bıraktım geride. O konuşacak şimdi sana; ben sessizliğe gömüldükçe... Şaşırdın değil mi, izlerim böyle dillenirken dilimdeki sessizliğe? Zor olacaktı zaten; gitmenin bin, kalmanın tek bir sebebi varken. Yıllar sonra bile hiçbir konuşmada adı geçmeyecek ama aynı zamanda da hiç unutulmayacak biri olarak kalacaksın bende. Yanımdayken bile özlediğimken, uzağında adının bile anılmayacağını bilmek ne acı değil mi? Bu seni biraz korkutuyor mu yoksa? Biraz korkma; çok kork! Korkunun az olanı vakit kaybıdır çünkü...

Gittiysem adam gibi gittim!

Oysa bana geldiğinde hiçbir şey bilmiyordun. Aşkı kitaplardaki gibi zannediyordun. Severek büyüttüm ben seni; kalbimin kollarıyla sardım. Ben sana aşktan yapılma bir daldım; ama sen hep düşerken sarıldın. Ben geçmişin acılarından kendime mutlu yarınlar kurmaya çalışırken, birlikte yürüyeceğimiz yolu anlatırken, şımarıkça dinledin beni. Anlamadın söylediklerimi. Sordum sonra kendime; dinlediğin bensem, duyduğun kimdi? Bilemedin kıymetimi. Bilemedin gözünde çok büyütsen de kendini, bende ancak sevebildiğim kadar büyüyebileceğini. Yaşamak dediğin güldürmemişse, ölüm dediğin de üzmüyor adamı. Ölümün yaşamak kadar can yakmadığı bir sevdadan geçtim ve senin yanında sana kapadım gözlerimi; inan senden daha karanlık değildi!

Gittiysem adam gibi gittim!

Ben seni bekleyen yalnız bir duraktım; ama sen hep yolcu kaldın. Duraklara yanaşan her otobüsün, kapısını senin için açtığını sandın ve gelen her otobüse tereddütsüz bindin. Ardından ne kadar yanlış durak varsa hepsinde indin. Bense hep aynı yerde seni bekledim. Çünkü sen benim için vazgeçilmez bir vazgeçendin! Bir gittin, bin geldin. Gelişin bana bir şey vermediyse de eksiklerimi öğretti. Bir insan kalbi defalarca gücenebilir başkalarına. Ama bir kere kırılır bazılarına. İşte bu yüzden, sana bir insanın gitti mi nasıl gitmesi gerektiğini öğretiyorum. İşte bu yüzden, adam gibi gidiyorum! Yokluğun can sıkıntısı, varlığın can yıkıntısı artık benim için.

Gittiysem adam gibi gittim!

Geçmişi maziye gömmeden gittim. Geçmişini öldüren, bugününü neyle kıyaslar sonra? Hayatın bir yerlerinde kaybolmak için değil, hayatın her yerinde olmak için gittim. Yaşamamış bir yaşlı olmak istemiyorum. İnsan ne kadar çok yaşlanırsa değil, ne kadar çok yaşarsa olgunlaşır. Bir yaralı kalp bir başka yaralı kalbin ancak halinden anlar, ama onu iyileştiremez. Bu yüzden beni benden daha iyi anlayıp akıl verip gideni aramaya değil, beni benim gibi anlayıp yanımda kalanı bulmaya gidiyorum.

Gittiysem adam gibi gittim!

Bir zamanlar aşkına inandığım kişiler bana mutluluk yerine huzursuzluk vermeye başladıkça küstüm kendime. Ama yine affettim kendimi her seferinde. Tekrar döndüm geriye. Aynı yaradan kanadım yine. Ama hep gidenlerin izi vardı benim kaldığım yerde. Biz düşle gerçeği değil, gerçekle düş bizi birbirimize karıştırıyordu. Yalancı baharlar peyda oluyordu. Bahara aldanan insan, kışı unutuyordu. Sonunda öğreniyordu insan hayatı ama öğrenene kadar da hayat bitiyordu. Olsun. İnceldiği yerden kopsun. Hatasız aşk olmaz; kendimden biliyorum! Ben hafızamı sende unutmuştum. Bir gözyaşıyla hatırladım. Öyle ya, bazen küçük bir gözyaşına neler sığmaz ki?

Kalsam beni unutacaktın, ben gittim izim kaldı. Hoşça kal. Belki bir gün yine karşılaşırız unutulmuş bir aşkın kuytusunda. Ayrı yatakların, aynı uykusunda...

UNUTULAN

(Her seferinde yeniden hatırladığın ama aslında tanıyamadığın bir duygudur aşk.)

Ne zordu gözlerdeki gülüşlerle başlayan hikâyelerin, o gözlerdeki yaşlarla bitmesi. Kimse öyle olsun istemedi halbuki. Ama kederdi. Ama kaderdi... Ve yaşatacaktı yazdığını. Sancıydı... Acıydı. Sevdiğinin ışığında gülümserken, birden kendi karanlığında ağlamaktan daha da acı olanı; bir zamanlar sığınağın olan o ışığın, şimdi başkalarının karanlığını aydınlattığını bilmekti. Onu, başkasına gülerken görmek en çok seni ağlatırdı.

Aşk, bir kelimeyle kendini yıkmaktı.

O gider ve sen artık kimseye söyleyemeyeceğin ama herkesin bildiği bir sır olursun. Ellerin seni eleverir; adını duyduğunda titrer. İçin titrer. Nefesin titrer. Bedenin seni eleverir. Hiçbir durakta duramazsın.

Yalnızlık gelir boynundan öper.

Gözler kalbinin dilidir. Sustuğun her şeyi onlar bilir. Çaresizlik akar paçalarından. İnsanlar birbirinin kulağına usulca fısıldar: "O yasta..." Dedim ya, bedenin seni eleverir. Konuşmasan, sussan ne fayda...

Dilin sussa bedenin çığlıkta...

Özlersin. Çok özlersin. Ama özlemleri bitirmez özlemeler... Aslında özlenmemektendir bu kırık özlemeler. "Dünde" yarını beklemek, "Bugünde" dünü özlemekle geçer günler. Hiçbir şarkı onu sana getirmez; hiçbir şarkının onu senden götürmediği gibi... İşte yine yalnız, yine çaresizsin. Çocukluğunda da öyleydin. Yalnızlığın ve çaresizliğin yaşı yoktur. Yaşıyorsun; çaresi yok bunun. Dilinde dikenli bir söz kalır, konuştukça ağzına batan...

"Sevmedi ve gitti. Ona âşık olacaklar kazandı..."

Kaybetmek güçtür bazen. Seni daha güçlü yapar. Kaybetmek güçlüdür bazen. Gücün onunla savaşmaya yetmez. Konuşamadıkların gözlerine dolar. Göze alamadıkların sözlerine. Uzun bir diziymiş gibi başlayan hayat, aslında tek bölümde biter. Ömrün nasıl geçtiğini anlayamazsın. Sonra kalbinin sığınacağı bir kalp bulursun. "Kalbim, kalbine sığındı..." dersin. Yine seversin. O, aklındaysa dünya güzeldir. Kendini bile bile yine yeni bir ateşe atarsın. Yanmaktan yorulmazsın. Çünkü bilirsin; yanmazsan yolunu aydınlatamayacaksın. Yeni bir aşk hata olsa bile vazgeçmezsin ve bunu kimse anlamaz.

Ama sen çok iyi bilirsin; bazı hatalar yanlışlıkla yapılmaz.

Aşksızlığın sara nöbetlerinde, yeni bir aşkı ufukta görür görmez, doktorun değil, korkusunun iyileştirdiği çocuklar gibi olursun. Her seferinde yeniden hatırladığın ama aslında tanıyamadığın bir duygudur aşk. Bazen bir merhabayla acı çektirendir insana. Acının dilinden konuşmayı bilemezsin ama onun suskunluğudur sende kalan yalnızca...

Fakat yolun zor olanı daha yürümeye başlamadığın kısmıdır.

Aşk, bir boşluktan başka bir boşluğa sığınmak olur böyle zamanlarda. Kalbinden emin olduğuna, gözlerinden girer yaşlı ruhunun çocuk kalbi. Onu tanımak için kendini anlatırsın ama eksiklerinle yüzleşmemek için de onu kendinle hiç kıyaslamazsın. Aşk, kendine söylediğin yalana karşındakinin de inanmasını beklemektir. Beklersin. Ve aşk yolunda birini bir ömür beklemek, kalbindeki acıyı kendinden önce sevmektir. Kendi ciğerinde onun nefesiyle boğulmaktır.

Çünkü yarasız aşk olmaz.

Bunca zaman boyunca ya elini tutmayacaklara uzanmıştır elin, ya da bırakıp gidecekler hep el vermiştir sana. Ama yine de inancını yitirmemeli insan. Belki de dünya, kirletilmiş aşklar coğrafyasında hâlâ temiz kalabilen ama nerede olduğunu bilmediğimiz insanlarla doludur? Yaradan, onları ne zaman karşımıza çıkarır bilemeyiz. Ve bunu bilemediğimizden, çoğu zaman yanımızdan geçerken, ısrarla gözlerimize bakan ama bizim ısrarla dönüp bakmadığımız o iyi insanlar sessizce geçip giderler kıyımızdan. Bakmayışlarımızda bırakırız onları. Görmeden, göremeden kaybederiz onları.

Görmezden geldiğimiz için değil, görmeyi bilmediğimiz için gidenlerdir onlar.

Bazılarıysa şanslıdır. Görebilmiştir yıllardır aradığını. Kafasında tek bir soru vardır: "Sen benim yığılmış özlemlerimin mi karşılığısın, yoksa kaybettiklerimin mi?" Zaman verecektir bunun cevabını. Gerçekten sevmişsen ve kalbinin atışı karşılık bulmuşsa bir başka kalpte, önemi yoktur sevilenin nereden ve nasıl geldiği. O geçmişiyle değil geleceğiyle gelmiştir sana. Kaybettiklerini sende bulmaya değil, kaybedeceklerini seninle kaybetmeye gelmiştir. Hatalarını tamir etmen için değil, seninle korkmadan hata yapabilmek için gelmiştir. Artık mutlu olma sırası sendedir.

Sıradan olanı mükemmelleştirerek sevmekse aşk, zaten sen doğru yerdesindir.

Peki, geride kalan, seni terk eden o eski sevgili?

Sen, yeni bir hayata adım atarken, o, artık sadece küçük bir çiziktir teninde...

Yalnızca denize girdiğinde hatırlanan...

Çıkar çıkmaz unutulan...

İÇİNDEN

(Aşktan yapılma bir bıçak, sığınmak için bir yara arar kendine.)

Hayatın yaşadıkça tükendiğine inananlar, yanılıyor. Hayat, yaşayabildikçe uzar. Ama yine de hayat aşktan daha kısadır. Aşkınız siz öldükten sonra bile konuşuluyorsa, hayatınızdan daha uzun sürmüş demektir. Öyle hayatlar bilirim ki bir aşka bile uğramadan heba olup, biter... Öyle aşklar bilirim ki uğrunda ömürler bitse de sürer gider.

En çok yoksa küsülür aşka, sevgiye... O gelince ise onun dışında kalan her şeye... Yeni bir aşka yer açmak için önce arınmanız gerekir geçmişin kirinden pasından... Kurtulmanız gerekir eski sevdaların yasından. Çünkü kirlisini temizlemeden temizine yer açılmaz kalpte.

Aşk, geçmişte kaybettiğiniz her şeyi, yeni bir surette verir size. Büyülü bir bahçede kayboluyor gibi hissedersiniz kendinizi. Hep onu ararsınız ama en çok kendinizle karşılaşırsınız o bahçede. Aslında o karşılaşmalar, aşkta kaybettiğiniz benliğinizi bulmak değil, kayboluşunuzu fark etmenizdir.

Labirent bir yaşamın içinde bilmediğiniz sokaklara girersiniz. Aşk, bir çıkmaz sokağa yanlışlıkla girip, bilerek çıkmamaktır. Onunla karşılaşmışsınızdır çünkü... Aşktan yapılma bir bıçak, sığınmak için bir yara arar kendine. Şaşarsınız halinize. Bir bıçak sığınmak için neden bir yara arar kendine?

İkiniz de kana kana doymak istiyorsanız birbirinize, aşka susamışsınız demektir. Yeter ki kana kana içtiğinizi kanaya kanaya kusmayın. Çoğumuz aşka elinden kaçırmak için gitsek de, "Senin için en iyi ben mahvolurum" yarışı başlar aranızda birdenbire. Ama herkes geçmişiyle yürür birbirine. Geçmişi kabullenmek gerekir. Fakat içlerinden iyi olanları ayırarak değil... Eskiyi konuşup konuşup tekrar tekrar canlandırarak değil, birlikte yenisini yazarak yürümelisinizdir aşka...

Bu arada; sakın umudunuzu kaygılarınıza yedirtmeyin! Umudunuz kaygınızı yeniyorsa âşık, kaygınız umudunuzu yeniyorsa korkaksınızdır.

"O gözlerin bana neleri yaşayamayacağımı gösterecekse hiç bakmasın!" diyerek bakacaksınız gözlerine. Ama siz bakarken, önce o girecek gözlerinizden kalbinize... İkiden teke dönüşeceksiniz sonra. Çünkü aşk, "Gel benimle sen olalım..." demektir aynı zamanda.

Bir aşk büyümeye başlamıştır artık beşiğinde... "Aşkım benim..." dersiniz. "İyi huylu kanserim!" Aşk, gerçekten de iyi huylu bir kanser gibi büyür varlığıyla. İçinizden dışınıza taşar hatta.

Bin aşk gücünde olsanız ne fayda, bir aşka yenilmişsinizdir sonunda. Mutlu bir yenilgidir bu ama...

Ve bir gün gelir, o gün gider!
Göze alınamayanlar gözden düşer.
Bazı aşklar bazılarını yalnız yakar.
Oysa ona ateş düşse önce sende bir yangın başlar.

Ağır ağır batarken aşk, daha da hızlanır acısı.
Unutulur gider, ona sarıldığında kalbine batan bıçakların yarası.
Giden gider, kalan işte böyle şiir doğurur.
Bir yokluğun nöbeti tutulur.
Hadi artık sözlerini açabilirsin.
Aşk bir mektup olur.

Kimden mi gelir?
İçinden...

FAZIL

(Kaç erkek terk edenine 'Dön! Hâlâ hazırım belaya!' diyebilirdi ki?)

Berna'nın babası hayatını çaycılık yaparak kazanıyordu. Kızıltoprak'ta, Nur Pasajı'nın içinde bir çaycı dükkânı vardı. Dükkân dediysem aklınıza, içinde birkaç masa olan rahat bir yer gelmesin. Dükkân bile denemeyecek bir izbeydi. Pasajın dip tarafındaki tuvaletlerin yanındaki boşluğa kurulmuş bir çay ocağı. Kapısı bile yok. Toplamda 5 metrekare yer teşkil eden bir girinti.

Yıllar önce İstanbul'a ilk geldiğinde kar yağdığı bir gece oraya sığınmıştı Fazıl. Bir kartonu yere sererek uyumuştu üzerinde. Sabah olduğunda onu pasaja erken saatlerde gelen, Nur Kuaför'ün çırağı görmüştü.

Çırak:

> *"Pasajda ilk açılan dükkân bizimkidir. Sabah 7'de gelirim ben. Rafi Usta, erken açılan dükkânın bereketinin çok olacağını söyler. Dükkânın önündeki karları temizleyip, içeri paspas attıktan sonra tuvalete gittim. Tam tuvaletin yanındaki boşlukta, pasajın temizlik malzemelerini koyduğumuz boşlukta, yerde yatan bir adam gördüm. Önce ölü sandım korktum. Sonra baktım titriyor, hatta inliyordu adam. Donmak üzereydi. Üstü başı falan eski püsküydü. Bir gömlek, bir hırka vardı üstünde. Pantolonu yırtık pırtıktı. Kemer yerine iple tutturmuştu. Ayakkabıları paramparçaydı.*

Hemen dükkâna koşup Rafi Usta'nın evini aradım. Koşa koşa geldi ustam. Sonra Kemal ağabey geldi. Yarım saat sonra bütün esnaf oradaydı işte. Aralarında bir şeyler konuşup adamı yerden kaldırdılar. Kimse tanımıyordu onu. Adama sorular sordular. Sonra beni pastaneye gönderdiler. 'Git, dört tane poğaça al' dediler. Koşa koşa gidip geldim. Adama uzattım. Önce biraz çekindi alırken. Sonra aç kurtlar gibi yemeye başladı. Hem ağlıyor hem yiyordu. Ustam beni dükkâna gönderdi. Sonra ne oldu bilmiyorum."

Sonrası vicdanların devreye girmesiydi. Fazıl, iki gündür aç olduğunu söylemişti. Poğaçaları yemesini içleri sızlayarak izledi esnaf. Ateşi çok yüksekti. Titriyordu. Biraz kendine geldikten sonra esnaf ona hikâyesinin ne olduğunu sordu. Fazıl anlattı onlar dinledi.

Fazıl:

"Ben Diyarbakır'dan geliyorum ağabey. On kardeşiz. En küçükleri benim. Bir tek ben bitirebildim ortaokulu. Askerliğim de yeni bitti.

Bir hafta önce tezkere almıştım. Köye gitmek için otobüse bindim. Sabah erkenden indim. Köye doğru yürürken dumanlar gördüm. Sabaha karşı köyü basıp ateşe vermişler. Tüm köyü katletmişler. Ailemden hiç kimse kalmamıştı. Hepsini öldürmüşler. Yaşlı, genç, erkek, kadın, çocuk, bebek dememişler kurşuna dizmişler. Önce gitmişim annemim babamın delik deşik cesetlerine sarılmışım. Yeğenlerimin ölüsünü kucaklamışım. Jandarmalar zor almışlar beni oradan. Ne yaptığımı tam hatırlamıyorum.

Hepsini gömdüler köye. Üç gün boyunca tek başıma mezarları başında öylece durmuşum. En son babamın tespihini "Baba, baba!" diye diye öperken hatırlıyorum kendimi. Sonra beni bir otobüse bindirmişler. Yolda kendime geldim. İstanbul otobüsü dediler.

İki gün önce indim buraya. Cebimde param da yoktu. Kendimi bilmez bir halde dolaştım sokaklarda. Çok kar yağıyordu dün gece. Çok üşüdüm. Hastalanmışım. Sığındım uyudum burada."

Esnaf, yaşlı gözlerle dinledi Fazıl'ın hikâyesini. Rafi ve Kemal, Fazıl için bir şeyler yapmak istedi. Elbirliğiyle sahip çıktılar, yardım ettiler. Kunduracı Ömer, bir müşterisinin iki yıl önce tamir için bıraktığı ve bir daha almadığı botları Fazıl'a verdi. Terzi Sadık, yarım gün içinde artan kumaşlardan ona bir pantolon ve ceket dikti. Kuru temizleyici dükkânı işleten, pasajın Hatice Abla'sı, zengin bir müşterisinden kışlık bir mont tedarik etti. Pasajın tam karşısındaki Kızıltoprak Eczanesi'nin kalfası Seyhan, ona soğuk algınlığı için ilaç getirmişti. Herkes Fazıl'a karşı çok iyiydi. Onun yüzündeki temiz ve saf ifade, herkesin gönlünü kazanmasına yetiyordu. İş bulana kadar orada yatabileceğini söylediler.

En büyük destek Nur Kuaför'den gelmişti. Dükkânın iki

ortağı Rafi Tank ve Kemal Kaya, Fazıl için adeta çırpınmışlardı. Fazıl'ın ihtiyaçları için tüm esnafı seferber eden onlardı. Kendi evlerinden battaniye ve kışlık ihtiyaçlar getirmişlerdi. Hatta cebine harçlık bile koymuşlardı. Utanarak kabul etmişti Fazıl.

Hafta boyunca orada yatıp kalktı. Yemek ihtiyacını, oranın en bonkör esnafı sayılan Nur Kebap'ın sahibi Mustafa Ağa karşıladı. Fazıl, bunun karşılığında kendince bir şeyler yapmaya çalışıyordu. Nur Kebap'ın fırını için gelen odunları taşıyor, geceleri pasaja bekçilik ediyor, sabahları pasajın her yerini süpürüyor ve paspaslıyordu. Rafi ve Kemal, onu haftada iki kez yıkanması için hamama götürüyordu. Saçı sakalı uzadığındaysa, erkek berberi İsmail Amca tıraş ediyordu.

Rafi ve Kemal, Fazıl'ın yaptığı bu işleri devam ettirmesi ve kendisine aylık bağlanması konusunda esnafa bir teklifte bulundu. Teklif kabul görünce de müjdeli haberi Fazıl'a verdiler. Ücreti çok düşük de olsa artık bir iş sahibiydi Fazıl.

***

Aradan bir yıl geçti. Sadece Nur Pasajı esnafının değil, tüm Kızıltoprak'ın sevgisini ve güvenini kazandı Fazıl. Esnafın ufak tefek işlerini yapıyor, onların faturalarını yatırıyor, hatta zaman zaman çocuklarına bile bakıyordu.

Aldığı para bir ev tutmasına yetmediğinden, hâlâ o izbede yatıyordu. Bu durumsa en çok Rafi ve Kemal'i üzüyordu. Pasaj yönetimiyle konuşup, bir çözüm buldular. Pasajın bir çayhaneye ihtiyacı vardı. Esnaf ve müşterileri çay konusundan mustaripti. Aralarında para toplayıp, Fazıl'ın yattığı izbeyi birkaç sunta blokla dükkâna benzer bir hale getirdiler.

Fazıl'ın ayakta durarak çalışabileceği küçük bir çay ocağı yaptılar. Yan taraftan çektirdikleri su tesisatıyla, minicik bir lavabo yaptırdılar. Fazıl, çay bardaklarını orada yıkayabilecekti. Fazıl'ın artık derme çatma da olsa bir işyeri vardı. Esnafa çay satacak ve geçimini sağlayacaktı. Diğer yandan da halihazırda yaptığı işlere devam edecekti. Rafi Usta ona nasihat etti.

Kuaför Rafi:

"Bir akşam onu karşıma alıp konuştum. 'Bak Fazıl...' dedim. 'Hepimiz seni çok seviyoruz. Gerçekten iyi bir kardeşimizsin. Şu geçen bir yılda herkesin güvenini kazandın. Herkes seni çok seviyor. Çocuklarımızı bile gözümüz arkada kalmadan sana emanet edebiliyoruz. Bak sana bir ekmek teknesi hazırladık. Pasaj sahibiyle de konuştuk senden kira falan almayacak. Bize ve müşterilerimize çay getirir götürür üç beş kuruş para kazanırsın işte. Pasajın temizlik ve bekçilik işine de devam et; oradan da yine bir akarın olur. Başta ben ve Kemal Ağabey'in olmak üzere tüm esnaf para biriktirmeni ve kendine bir ev tutmanı istiyoruz. Elimizde avucumuzda olsa biz de sana bir ev tutardık ama malum biz de küçük esnafız, ailemizi anca geçindiriyoruz. Paranı çarçur etme biriktir Fazıl. Bir an önce bir eve yerleş. Böyle betonda yatmakla olmaz. Sağlığını düşün. Gençsin. Daha yılların çok... Yavaş yavaş her türlü ihtiyacını karşılamaya başlarsın. Bir gün gelir evle-

nir çoluğa çocuğa karışırsın. Geçmişi unut. Her şey geride kaldı ve bitti. Artık sen kendine yeni bir hayat kurdun. Artık senin ailen Kızıltoprak.' Büyük bir saygıyla dinledi söylediklerimi ve elimi öptü. İşinin başına geçip, canla başla çalışmaya başladı."

Fazıl, birkaç ay sonra biriktirdiği parayla, Fikirtepe'de bir gecekondu kiraladı. Önce sadece bir yatak alabildi evine. Artık betonlarda yatmaktan kurtulmuştu. Nur Pasajı'ndaki gece bekçiliği işini bırakmak zorunda kalmıştı ama...

Zamanla diğer eksiklerini de tamamladı evinin. Halı, perde, birkaç parça mutfak eşyası, kap kacak, küçük bir dolap, bir banyo kazanı... Artık dökme suyla banyo yapmaktan kurtulmuştu. Bu kadarcık eşya bile onun mutlu olmasına yetiyordu. Sonra taksite girip bir iki kalem beyaz eşya aldı. Kebapçıdan verilen artık yemekleri evine getirip, buzdolabında hiç bozulmadan birkaç gün saklayabiliyor, çamaşırlarını makinede yıkayabiliyor, yeni ocağında zaman zaman menemen, makarna gibi kolay yapılabilecek yemekleri yapabiliyordu. Ah bir de şu yalnızlık olmasaydı. Evinde düzgün yemekler pişebilseydi. Bir çocuk halının üzerinde oynasaydı...

Hem ev kirası hem de taksitler onu biraz zorladı. Aylarca, minibüse binmek yerine eve yürüyerek gitmek zorunda kaldı. Kızıltoprak'tan Fikirtepe'ye kadar yürümek demek, yürürken cesede dönmek demekti.

***

Aylar birbirini kovalıyordu. Zor bir hayat mücadelesiydi onunki. Tek başına tutunmaya çalışıyordu. Geriye dönüp baktığında dürüst ve zerre kul hakkı yemediği bir yaşam görüyordu.

Her insan gibi o da evlenmek ve bir yuva kurmak istiyordu. Onunla birlikte yürüyebilecek bir eş ve güzel gözlü bir kız çocuğu... Buydu en çok istediği. Ama şartları pek müsait değildi. Daha beyaz eşyaların taksitini yeni bitirmişti. Evin daha birçok eksiği vardı. Arayı hiç uzatmadan koltuk takımı taksitine girdi. Nasıl olsa ödenirdi. Öyle de oldu. Koltuk takımının son taksitini öder ödemez, bir televizyon aldı evine. Evinin eksikleri azaldıkça yalnızlığı büyüyordu ama...

Rafi Usta, bir gün ona bir kızdan bahsetti. Karşı apartmanın kapıcısının kızı... Adı Nilüfer. Ortaokuldan sonra ailesi daha da göndermemiş okula. Evde oturup kısmetini beklesin demişler. Rafi Usta, uzun zamandır bu kızla Fazıl'ı evlendirmek istermiş. Fazıl'a sorunca gözleri parlamış bizimkinin. Yolda yürürken pek etrafla ilgilenmediği için, kızın kim olduğunu bilememiş önce. Birkaç gün sonra Rafi Usta göstermiş kızı ona. Görür görmez vurulmuş Fazıl. Vurulmuş vurulmasına ama nasıl evlenecek? Elde yok avuçta yok. Bir kolayına bakarız demiş Rafi Usta.

Nihayetinde gidip istemişler kızı. Ailesi de az çok tanırmış Fazıl'ı... Ne kadar dürüst biri olduğunu bilirmiş. Vermişler kızı hemen. Önce aralarında bir söz kesilmiş. Sonra da kızın çeyiziyle birlikte tamamlanınca evin eksikleri, evlenivermişler. Rafi Usta onlara babalık etmiş. Maddi manevi hep yanında olmuş genç çiftin. Esnafın da desteğiyle güzel bir düğün yapmışlar. Fazıl'ın gecekondusu şenlenmiş, ev olmuş sonra...

Nilüfer:

"Onu hep pasajda görürdüm. Elinde çay tepsisiyle oradan oraya koştururdu. Esmer, kaşı gözü güzel bir delikanlıydı. Hiç etrafına bakmaz, kimseyi rahatsız etmezdi. Üzülürdüm hep ona. Kış günü yazlık ayakkabı giyerdi yokluktan.

Pasaja bir şey almak için gönderdiklerinde, o küçücük çayhanesinde ekmek arası döner yerken görürdüm onu. Uzaktan bakardım. Yediği yarım ekmek döneri içtiği o küçük ayranın son lokmasına nasıl denk getirdiğini hayretle izlerdim. O hiç görmezdi beni. O zamanlar bilmezdim nereden geldiğini. Evlendikten sonra öğrendim onu buralara nasıl bir kaderin getirdiğini.

Bazı akşamlar Kadıköy Rıhtımı'ndan Fikirtepe minibüslerine binerdi. Bir elinde sigara, diğer elinde bir poşet olurdu. O poşetin içinde ne olduğunu hep merak ederdim. Bir gün sorduğumda bana artık yemekleri eve o poşetin içinde götürdüğünü söylemişti. Öyle beklerdi minibüs durağında. Derin derin içine çekerdi sigara dumanını. 'Bok iç!' derdim ona içimden. Kızardım. O bilmezdi. Ansızın gelince minibüs, sigaranın korunu iki parmağıyla sıvazlayıp dalından düşürür, sonra içmek için paketine geri koyardı.

Beni istemeye geleceklerini öğrendiğimde çok şaşırmıştım. Ben onu bilirdim ama o benimle bir kere bile göz göze gelmemişti. Çok sevinmiştim beni isteyeceklerine. Düzgün insan mı kalmıştı dünyada? Ben şanslıydım. Beni istemeye geldikleri akşam, onu bir kapıcı dairesine misafir etmekten hiç utanmadım. Bizi o evde birleştiren, onun saklamaya çalıştığı yamalı çoraplarındaki utançtan daha öteydi. Geldiler, istediler, annem ve babam hemen verdi beni. Hiç tanımadığım ama yanında yabancılık da çekmediğim birinin karısıydım artık. Geleceğimizle ilgili hiç kaygı duymadım. İkimiz de yoksulluktan geliyorduk, nereye gideceğimizin ne önemi vardı?"

***

Küçük gecekondularında çok mutluydular. İki yıl sonra Berna dünyaya geldi. Fazıl'ın duaları kabul olmuştu. Bir kızları vardı artık onların. Nice zorluklarla büyüttüler Berna'yı. Nasıl okutacaklarını düşünürlerdi hep... İlkokul zamanı geldiğinde, Rafi Usta, Berna'nın tüm okul masraflarını üstlendi. Torunu gibi gördüğü Berna'yı, okutabildiği yere kadar kendi okutacaktı.

Kızıltoprak Zühtüpaşa İlköğretim Okulu'na yazdırdılar Berna'yı. Annesi onu her sabah tertemiz giydirir, saçlarını tarar ve iki yandan örgü yaparak okula götürürdü. Okul, Nur Pasajı'na yakın bir yerdeydi. Fazıl, son ders zilinin çalmasına yakın koşa koşa okula gider, kızını alır ve Rafi Amca'sının dükkânına bırakırdı. Berna, orada Rafi Amca'sıyla ders çalışır, kuaförde çıraklık yapar, babasının işi bitince de beraber eve dönerlerdi. Anneleri onlara karınca kararınca yemekler hazırlamış olurdu. Eski Türk filmlerindeki klasik repliklerin tam karşılığı olurdu hayatları: fakir ama mutlu...

***

Berna 3. sınıfa geçtiğinde annesi amansız bir hastalığın pençesine düşmüştü. Kanser denen illet, yiyip bitiriyordu Nilüfer'i... Fazıl, karısının günden güne eriyip gitmesine dayanamıyor, her gece Yaradan'a iyileşmesi için dualar ediyordu. Ama olmadı. Gözü gibi sevdikleri kızı için, "Ona iyi bak Fazıl..." dedi ve öldü Nilüfer. On yaşında öksüz kalmıştı Berna. Bu yıkımın izlerini ömrünün sonuna dek taşıyacaktı.

Berna:

"Annemin öldüğünü eve gelince öğrendim. O gün babam beni almaya gelmemişti. Okuldaki tüm öğretmenler bana abartılı bir şefkatle yaklaşıyordu. Bir şeyler olduğunu anlıyordum ama bunun ne olduğunu o çocuk aklımla kestiremiyordum. Rafi Amca, okulun kapısında müdürle bir şeyler konuşuyordu. Onu görür görmez koşup bacaklarına sarıldığımı hatırlıyorum. Beni okuldan almaya gelmesine çok sevinmiştim. Daha önce hiç gelmemişti çünkü. Beni görür görmez gözleri doldu. Bana sıkıca sarıldı önce. Neden böyle davrandığını anlayamıyordum. Sonra elimden tutup götürdü beni. Bir taksiye bindik. Öne kendi oturdu. Ben arkadaydım. Ona arkadan sarılıyor, türlü şakalar yapıyordum. O ise hiçbir tepki göstermiyordu. Bir ara neden okuldan beni babamın almadığını sordum. Annemi köye göndermek için gittiğini söyledi. İki günlüğüne bizde kalacaksın dedi. Okula da gitmeyecektim. İlk defa evimizden başka bir yerde kalacaktım. Çok mutlu olmuştum.

Rafi Amca'nın evine geldiğimizde kızı Nuray ve oğlu Güray bizi kapıda karşıladı. Başımı okşadılar. İki gün boyunca hep yanımdaydılar. Sonra eve gittik. Babam perişandı. Avurtları çökmüştü. Gözleri kan çanağı gibiydi. Beni görünce ağlamaya başladı. Dakikalarca sarıldı bana. Annemi sordum. 'O gitti...' dedi. 'Seni bana bıraktı ve gitti.' Bir daha da hiçbir kadın girmedi babamın hayatına...

Bir çocuğun ölümle tanışmasının, ölüme annesini vererek olması ne kadar acıdır bilemezsiniz. O günden sonra hayatın verdiği her şey için bizden bir şey aldığını öğrendim. Annem, benim dinmeyen ağrımdır. Annem, benim yarım kalan yaramdır. Annem, benim yarım kalan yarımdır. Annesinin geri gelmeyeceğini bilen on yaşında bir çocuğa bütün teselliler küfür gibi gelir. Anneyle hayata tutunan bir çocuğa annesiz yaşamak nasıl öğretilir ki?

Zor bir kıştı o kış. Alışamadığım bir duyguyla baş etmeye çalışıyordum. Eksilen ve hiç tamamlanamayacak olan bir yanımla birlikte yaşayabilmeyi öğrenmeliydim. Rafi ve Kemal amcaların iyiliklerini hiç unutamam. Üç ay sonra, yaz tatilinde beni Esenkent'e, yazlıklarına götürmüşlerdi. Kahkahalarla dolu olması gerekirken, gülümsemelerle geçiştirilen bir yaz oldu o yaz. Döndüğümde biraz daha alışmış gibiydim annemsizliğe.

Ama babam... Babam daha da çökmüştü o yaz. Saçlarındaki beyazlar iyice çoğalmış, sırtı biraz daha kamburlaşmıştı. Onu öyle görünce güçlü olmam gerektiğini hissettim. Bu zamana kadar babam bana bakıyorken, artık benim babama bakma zamanım gelmişti. Ona işlerinde yardımcı olmak istediğimi söyledim.

Okul çıkışı yanına geliyor, çay dağıtmasında ona yardımcı oluyordum. Esnaf beni çok seviyordu. Arada bir Rafi Amca'ya yardım ediyor, fön tutuyordum. Bu sayede saçını yaptıran kadınlardan bahşiş topluyordum. Bahşişi alır almaz, dükkândan fırlıyor, doğru babamın yanına gidiyor ve parayı ona veriyordum. Artık gülmeyi yüzünde bir emanet gibi taşımaya başlayan babam, bana şefkat dolu bir bakışla bakıyor, yanağımı okşuyordu. 'Bu senin paran kızım. Alamam ben bu parayı...' diyordu.

Hiç unutmam bir gün Rafi Amca'nın bir müşterisi Nur Kebap'tan lahmacun söylemişti. Saçı yapılırken bir yandan da lahmacununu yiyordu. Okuldan yeni gelmiştim ve karnım çok açtı. Öyle güzel kokuyordu ki lahmacun, çok canım çekti. İmrenerek seyrettim yiyişini. Küçücük bir parçasını bıraktı tabakta. Gözüm o parçadaydı. Rafi Amca, boş tabakları kebapçıya götürmemi söylediğinde, sevinçten havalara uçacaktım adeta. Kaptığım gibi tepsiyi dışarı fırladım. Köşeyi döner dönmez, ağzıma attım o lahmacun artığını. Tam o anda babamla göz göze geldik. Hiçbir şey söylemeden geçip gitti yanımdan. Kızını bir lahmacun artığını yerken gören bir babanın gözyaşlarını gördüm yüzünde.

Pasajın kapanma saatine yakın, beni yanına çağırdı ve 'Bugün seni kebapçıya götüreceğim' dedi. Sevinmiştim. Hayatımda ilk defa bir kebapçıda yemek yiyecektim.

Bugün gibi hatırlarım. Babam beni o akşam Fenerbahçe'deki Güney Restoran'a götürdü. Gözlerimin içine merhamet yüklü bakışlarla gülümseyerek, 'İstediğini yiyebilirsin' dediğinde çok şaşırmıştım. Kendime yemek için ne söylediğimi hatırlamıyorum ama babamın kendisi için hiçbir şey söylemediğini hiç unutmadım. Belli ki cebinde iki kişinin yemek masrafını karşılayacak parası yoktu. Sırf bugün gördüğü manzara içini sızlattığı için bana bu zevki yaşatmak ve dolayısıyla kendini de iyi hissetmek için beni o kebapçıya getirmişti. Ama ben bunu anlayabilecek kadar büyük değildim o zamanlar.

Ben keyifle yemeklerimi yerken, o yutkunarak ve gözleri dolarak beni izliyordu. Yemeğin sonuna sakladığım etleri yerken, arada bir ona da uzatıyordum ama aç olduğu halde istemiyordu. Sadece tabağımda kalanları, 'Bak bunları bırakırsak arkamızdan ağlar' diyerek yiyordu. Çok fedakârdı babam. Benim için yokluğun içinden varlıklar çıkarır, mucizeler gerçekleştirirdi. Onun sayesinde hiçbir kışı üşüyerek geçirmedim. Bana en sıcak tutanından mont alır, kendi koca bir kışı yazlık ceketiyle geçirirdi.

Onun, benim için yaptığı fedakârlıkları hiç unutamam. Ne kadar bana hissettirmemeye çalışsa da çok fakir olduğumuzu iyi biliyordum. Çünkü bendim o, okul kantininde simit almak için sıraya girdiğimde, hemen yan taraftaki zengin çocuklarının hamburger sırasındaki mutluluğuna hüzünlü gözlerle bakan küçük kız... Hiç aklımdan çıkmaz, 1 liraydı hamburger... Ama biz, 1 liradan daha fakirdik...

Fakirlikle baş etmeyi babamdan öğrendim ben. Babamdan öğrendim, floresan lambalı evlerdeki soluk yaşamı, makarna ve pilavı ekmekle yemeyi, okul bitiminde defteri baştan sona silip bir sonraki yıl aynı defteri yeniden kullanmayı... Takvim yapraklarıyla defter kaplamayı, gazlı kalemlere kolonya döküp, ömrünü uzatmayı... Çorap yamamayı, paralı tuvalet yerine cami aramayı, minibüste para üstü gecikince kaygılanmayı, patatesi tarttırmadan önce üzerindeki toprağı tırnaklarımla kazımayı... Et döner yerine, tavuk döner yemeyi, mönüdeki yemek seçimini resimlerden değil, fiyat bandından yapmak zorunda olmayı... Kıyafet alışverişinin sadece bayram arifesinde yapılacağını, 'Bu ne kadar?' diye sorduktan sonra, 'Biz biraz daha bakalım' demeyi... Pazara akşam saatlerinde gidilmesi gerektiğini, çiğnenmiş çikleti tekrar çiğnenmek üzere buzdolabında saklamayı, sallama çayın birkaç kez de kullanılabileceğini... Ve bunlar gibi bir sürü şey...

Bunların hepsini babamdan öğrendim ben. Ve hiçbirinde utanmadım kendimden, babamdan ya da beni küçük yaşta büyümek zorunda bırakan hayattan!

Çünkü biliyordum, babamın neden evde sinekkaydı tıraş olduktan sonra berbere saçını kestirmeye gidip, 'Yıkamaya gerek yok, evde banyo yapacağım zaten' dediğini... Çünkü biliyordum, balıkçıdan alınan balığın neden hep hamsi olduğunu... Çünkü biliyordum, sadece bayramlarda babamın götürdüğü lunaparkta sadece dönme dolaba binip, gözüm diğerlerindeyken orayı terk etmek zorunda kaldığımızı... Çünkü biliyordum, babamın, eski püskü cep telefonuyla konuşurken, başparmağının hep 'No' düğmesinde olduğunu...

Bunların hepsi benim içindi. Kendinden eksilterek bana katmak ve asıl büyük eksikliği fark ettirmemeye çalışmak içindi.

İkimiz de birer kez ağladık yoksulluğumuza... Sadece birer kez...

Okulda dağıtılan bal ve tereyağı kutucuklarını cebimde saklayıp ona getirdiğimde babam ağladı, üstü başı eski diye içeri almayıp, babamı mağaza kapısında beklettiklerinde de ben ağladım. İkimiz de bir kere ağladık fakirliğimize... İkimizin de sadece bir kere büküldü beli. Ama yine de doğrulmasını bildik... Bildim... Çünkü ben babamın kızıydım! Babadan kalan parayla alınmış gıcır gıcır ayakkabıların üzerinde durmayı kendi ayaklarının üzerinde durmak sanan zenginlere inat!"

***

Böyle büyüdü Berna. Üniversiteli oldu. Uludağ Üniversitesi Mimarlık ve Mühendislik Fakültesi'ni kazandı. Rafi ve Kemal amcaları okumasına maddi anlamda yardım ediyordu. Bir de Başbakanlık bursu kazanmıştı. Babası elinden geldiğince kızına maddi manevi destek olmaya çalışıyordu. Biraz masraflı bir bölümdü okuduğu bölüm.

Dersleri iyiydi Berna'nın. Arkadaşları çok seviyordu onu. Her an yanlarında olmasını istiyorlardı. Kızlı erkekli gruplar halinde okul kantininde başlayan sohbetler, okul dışında da çeşitli etkinliklere katılımla devam ediyordu. Müze ve şehir gezileri, Berna'nın katılmayı en çok istediği gezilerdendi.

Bazen parası olmadığında gidemiyordu ama harçlıklarından artırıp, birçoğuna da katılabiliyordu aynı zamanda... Çok fazla dikkat çeken bir kız değildi. Ama yine de duru bir güzelliği vardı. Buna rağmen aşk anlamında kimse ona ilgi duymuyordu. Ya da duygularını açmaya cesaret edemiyorlardı. Sadece bir kişi dışında... Emre...

Aynı bölümün son sınıfındaydı Emre. Ve Berna'ya ilgi duyuyordu.

Emre:

> *"Bana göre çok güzel bir kızdı. Onda kimsenin fark etmediği bir çekicilik vardı. Doğallığı ve dürüstlüğü en önemli özelliklerindendi. Arkadaşları arasında bu kadar seviliyor olması, benim ona olan ilgimi fark edememesine sebep olmuştu sanırım. Kimseye sevgili gözüyle baktığını görmedim. Berna için herkes ağabey, herkes kardeşti.*
>
> *Annesini küçükken kaybettiğini biliyordum.*

Hatta durumlarının kötü olduğu, burslarla okuduğu da hep konuşulurdu. Kendi de saklamazdı zaten.

Uzaktan izlerdim onu. Parası olmadığı zamanları iyi bilirdim. Hep beraber yemek yediğimizde biz kola isterdik; o su. Eğer hiç parası yoksa bunu dile getirir ama kimsenin kendisine bir şey ısmarlamasına izin vermezdi.

Ben bir keresinde zorla hamburger mönü almıştım ona. İstemedi. Nedenini sorduğumda hamburgerle ilgili kötü bir anısı olduğunu söyledi ama ne olduğunu anlatmadı. O günden sonra zaten bize hiç parası olmadığını söylemedi. Ya tokum dedi, ya da geç kahvaltı ettim! Ben inanmıyordum ama inanmış gibi yapıyordum.

Bir gün çorba içmeye gittiğimizde trajikomik bir olay sonrası anlamıştım."

Berna:

"Arkadaşlarla çorbacıya gitmiştik. Param sadece az çorbaya yetiyordu. Ama karnım da çok açtı. Herkes siparişini verdi. Ben çok aç olmadığımı, az çorba içeceğimi söyledim ve ona göre verdim siparişimi. Bütün grup çok açtı o gün. Çorbalarımız gelir gelmez hepimiz yumulduk tabii. Benim çorbam az olduğu için ilkönce ben bitirdim. O kadar nefisti ki, ömrü hayatımda içtiğim o çorba kadar mükemmel bir lezzet hatırla-

mıyorum. Ya da çok aç olduğum için o gün bana öyle geldi bilmiyorum.

Nasıl bir iştahla bitirmişsem çorbayı birden, 'Oh ne kadar güzelmiş ya! İki kâse daha olsa içerdim vallahi!' dedim. Ve o anda karşımda oturan Emre'yle göz göze geldik. İçimden, 'Ah salak kafam hem aç olmadığını söyleyip, hem iki tabak daha olsa içerim diyorsun. Ne kadar geri zekâlısın sen!' dedim kendime. Aptallığımı saklamak için Emre'nin yüzüne bakıp gülümsedim. O da bana manalı manalı gülümsedi. Ama Allahı var, çocuk kimseye bir şey belli etmedi. Bu sır sonsuza dek aramızda kaldı. Ama daha komiği, yarım tas çorbayla altı dilim ekmek yemiştim o gün."

Emre:

"Sessizce anlaşmıştık o gün. Çok sonra aramızda konuşup epey gülmüştük o duruma.

Sanırım zenginleri sevmiyordu. Bir gün okuldan çıktık ve Çekirge'ye gitmeye karar verdik. Otobüse bindik. Belediye otobüsünün yanına bir Ferrari yaklaştı. Aynı ışıkta durduk. İçinde üç tane zibidi vardı. Berna'nın onlara bir bakışını yakaladım ki sormayın gitsin. Gözlerinden nefret fışkırıyordu adeta. Herifler salak salak otobüsün içindeki millete bakıyordu. Yeşil ışık yanar yanmaz köklediler gazı. Araba korkunç bir gürültüyle kalktı. O sırada, 'Zengin piçleri ne olacak!' dediğini duydum.

Kafamı öne eğdim hemen. Hiçbir yorumda bulunmadım. Çünkü benim de Ferrari'm vardı ve ailem varlıklı bir aileydi. Utandım."

Berna:

"O günlerde Emre'nin zengin bir ailenin çocuğu olduğu konusunda birtakım kuşkulara sahiptim. Paradan falan çok söz etmezdi ama cebinde sürekli limiti yüksek bir kredi kartı vardı. Üzerinde çok durmadım. Sonuçta zengin de olsa iyi biriydi. İnsanlığı vardı en azından. Yine de çok iyi tanımıyordum tabii. Diğer arkadaşlarıma yaklaşımım ve samimiyetim ne kadarsa, onunla da o kadardı. Okulun ikinci yılında onu tekrar orada görünce şaşırmıştım. Aslında mezun olması gerekiyordu. Son yılıydı. Okulu bir yıl uzatmış. Üzülmüştüm onun adına. Ama bunu ona söylediğimde kendisi buna hiç üzülmediğini söyledi. Anlam veremedim."

Emre:

"Okulu bir yıl daha uzatmamın nedeni Berna'ydı. Ona âşık olmuştum. Ne yapacağımı bilemiyordum. Bir çıkmazın içindeydim. Seviyordum ama zengindim. Eşine az rastlanır bir durumdu bu. İşin içinden nasıl çıkacaktım?

Zaten aşktan yana hiç şansım olmamıştı benim. Berna'ya geçmişimde yaşadığım, daha doğ-

rusu yaşayamadığım aşklarımı anlatmak istiyordum. Bu anlatma isteğine engel olamıyordum. Bir gün çağırdım onu yanıma ve beni dinlemesini istedim."

Berna:

"O gün beni neden yanına çağırdığını anlayamadım. Bana geçmişte yaşadığı kalp kırıklıklarından bahsetmeye başladı. Neden anlatıyordu ki? Ama o gün bir şeyi fark ettim; Emre aşka dair konuştuğunda çok güzel laflar ediyordu. Yaşadığı talihsiz bir aşktan bahsederken, ona neden kendini aşka bu kadar kaptırdığını sordum. O da bana, 'Aşk, celladına güvenmektir' dedi. Hiç unutmadım o sözünü. Aşka yabancı ben, onun söylediklerinden etkileniyordum.

Aşkta yaşadığı tüm olumsuzluklara rağmen, aşktan hiç vazgeçmeyeceğini söylüyordu. Yarınlara hep umutla baktığının altını çiziyordu devamlı... Ama, 'Belirsiz bir yarını beklerken bugün sana acı çektirmiyor mu? Nasıl katlanıyorsun buna?' diye sorduğumda, 'Yarının içindeki gizli umuttur bugünü katlanabilir kılan' demişti.

Her söylediği beni etkiliyordu. Kendimi, onun yaralarından, aşk acısını öğrenmeye çalışan bir öğrenci gibi hissediyordum. Bana, 'Kimse bir başkasının yarasından öğrenemez acıyı. Her acı kendi yarasına gömülür ve kendi içine saklar acı-

sını. Sonunda her yara iyileşir ama hiçbiri aynı izi taşımaz' dedi. O günden sonra onu daha dikkatli dinlemeye başladım."

Emre:

"Söylediklerimi can kulağıyla dinliyordu artık. Ona, aşkı anlattıkça, verdiği tepkilerden ve şaşkınlığından, anlıyordum, aşka çocuk kaldığını... Aşka dair bildiğim ne varsa anlatıyordum. Eski tecrübelerimden yola çıkıyordum. 'Aşk bir güneş gibidir. Ona sırtını dönme!' diyordum. 'Gölgesi önüne düşen, güneşe sırtını dönmüş demektir. Gölgeni önüne düşürme! Aşk karşısında öfkelenme. Öfke geçici de olsa tahribatı kalıcı oluyor. Büyük bir olgunlukla karşıla, Tanrı'nın sana bahşettiği her derdi. O dertler ki seni diri tutacak, Allah'a yakın hissettirecek... Ben hep şöyle yalvarırım Rabbim'e: Allahım sen hep dert ver bana! Derdi olmayan seni hatırlamıyor bu dünyada..."

Berna:

"O zamanlar, benimle neden bunları paylaştığını anlayamıyordum. Ama o anlattıkça ben büyüyordum. Her gün yeni bir şeyler öğreniyordum.

Günlerce, haftalarca konuştuk. Çok şey öğrendim Emre'den. Öğrendikçe de bir şeyler beni ona doğru çekmeye başladı. Sanırım ben onun aşka bakışına hayrandım. Sevmesini seviyordum.

Çok merak ettiğim bir soruyu sordum ona. 'Sen böyle sevmeyi kimden öğrendin?' dedim. Babasından öğrendiğini söyledi. Babasının, annesine olan aşkını anlattı bana günlerce.

Bir insan sevdiği tarafından aldatıldığında, sevdiğine ettiği sitemlerinde bile aşk taşır mıydı? Emre'nin sözleri öyle sözlerdi işte. Sevdiği onu terk etmişken, aldatmışken bile siteminde aşk vardı. Kaç erkek terk edenine 'Dön! Hâlâ hazırım belaya!' diyebilirdi ki?

Aldatanına giden yolların t/uzaklığını çok iyi bildiği halde, sevdiğine uzanmaktan kendi ömrünü aşmış biri vardı karşımda. Yalvarışlarında bile karşısındakini düşünen biriydi Emre. 'Dön!' diyordu sevdiğine. 'Ellerin kaç avuçta daha kirlenecek! Yarınımın yarası olsan da yine gel!' diyordu. Diyebiliyordu... Korkmadan... Ve hâlâ...

Bir keresinde ona, 'Yarım kalan aşkların da güzel yanları var mı?' diye sorduğumda bana şöyle cevap verdi: 'Tabii var. Aşkın en güzel yanı bir karma olmasıdır. Aşk, mutluluğun ve kederin dostluğudur.'

Benden sadece dört yaş büyük olmasına rağmen, nasıl oluyordu da bu kadar ilerde olabiliyordu? Acaba o mu çok ilerdeydi, ben mi çok gerideydim?"

Emre:

"Aşkı yavaş yavaş öğreniyordu cümlelerimden. Her gün biraz daha yaklaşıyordu kıyılarıma. Aşkı ona en yalın haliyle anlatıp, önüne dağ gibi tecrübelerimi koydukça ve yenildiğim halde nasıl insan kalabildiğimi ona gösterdikçe, zengin biri olma ihtimalim de giderek zayıflıyordu öngörüsünde.

O bana yaklaştıkça, benim ona olan aşkım daha da büyüyordu içimde. Ama söyleyemiyordum. Ürkütüp, kaçırmaktan korkuyordum. Kaygılı ve kederli günlerdi. Sanki yaşıyor gibi değil de hayatta kalmaya çalışıyor gibiydim. O ise hiçbir şeyin farkında değildi. İçimdeki fırtınalar, onun tek bir yaprağını kıpırdatmıyordu bile.

Oysa o bir kere sussa, bin yaprak düşüyordu içimden. Tuttuğum tek dilek oydu ama sanki bütün dilekler tutulmuştu benden önce."

Berna:

"İçim ona doğru akmaya başlamıştı. İçimde ona benzeyen bir çocuk vardı. Ne zaman o çocuktan bahsetsem, 'Ben o çocuğun ağabeyiyim' der dururdu. 'Kandırma beni' derdim. 'Ben seni sendeki benle kandırıyorum şu anda' der, kafamı karıştırırdı.

Aslında çok yalnızdı. Bir gün ona bunu söyledim. 'Haklısın...' dedi. 'Yalnızlığın anlattığından daha yalnızım.' Bir hüzün çöktü yüzüne. O gün ilk defa elimi tuttu ve şöyle dedi: 'Gitmeyecekmiş gibi gelenlerle, gelmeyecekmiş gibi gidenlerim oldu. Ömrüm, hiçbir şeyim olmayacakmış gibi gelip her şeyim olup da bırakanlarla doldu. Daha az korkarak sevebilecekleri biriydim. Bu yüzden bu kadar cesur gittiler. Yaralarını da cesurca ve derince açtılar. Çok zalim oldukları için değil, kalbimin kapılarını ölçüsüzce onlara açtığım için bu kadar kolay yaraladılar.

Çok acı çektim. Bana adeta öldürmeyen bir hastalık bıraktılar. Öldürmeyen hastalık, hastalığı daha uzun yaşatır. Önce sürünürsün. Ve sonra düşersin bir gün; atlamaya korktuğun uçurumlardan. Ölmezsin ama dünyada olman hayatta olduğun anlamına da gelmez o günden sonra.

Kimse acını bilmez, bilen hissetmez. Bazen içindeki ağlamaları gizlemek için, yüzünde sahte gülüşler taşır insan. Uzaktan gülersin yalnızlığınken kalabalığın olan dostlarına. Gülmek için gülersin. Sitemden gülersin. Yalandan gülersin. Yalandan gülmek, gülen bir yalan söylemektir.

Bugünün, dününü aratıyorsa, yarına olan inancın azalmış demektir. İşte bu kaybetmişlik duygusu derin bir sessizliğe iter insanı. Artık susmanın vakti gelmiştir. Aynı dili konuşup hiçbir şey anlatamamaktansa, susup anlaşılmayı beklemenin daha iyi olduğunu düşünüp susarsın. Ama susuşuna susarak da olsa katılacak kimse yoktur yanında. Ben de sustum işte o yolda. Sustum işte; başka nasıl anlatabilirdim ki?

Allah'a dönüp ne büyük derdim var diyeceğine, derdine dönüp, ne büyük Allahım var de, diye bir söz vardır bilir misin? İşte ben de o sözün gereğini yaptım ve derdimi ezip, Allah'a sığındım. Ve şunu gördüm ki Allah kimsenin ağlayarak kaybettiğini kimseye gülerek kazandırmıyor. Buna olan inancımla kalktım ayağa ve tekrar tutundum hayata. Her şeyi geride bıraktım.

Tek bir ağrı kaldı içimde. Ruh ağrısı. Senin hiç, kalbine saplanan ama asıl acıyı ruhunun çektiği bir ağrın oldu mu?'

Bu soruyu sorarken gözlerime baktı. İlk defa bu kadar uzun ve derin bakışıyorduk.

'Benim oldu' diye devam etti. 'O da geçti sonra. Seninle geçti... Sen geldin, sensizlik geçti. Bir yaz yağmuru gibi yağdın üstüme; ıslatan ama üşütmeyen... Kanatmaktan korkarak sevdim seni inan; sonunda kanayacağını bildiği bir yarayı nasıl severse insan...

Seni sevdiğimi söylemekten çok, sevdiğimi söyledikten sonra, aşk olayım derken hiç olmaktan daha çok korktum. Biraz kusurlu sevdim seni, kusura bakma! Kalbime bir evet yeter.

Yeter ki unut beni deme bana. Bu dünyada seni unutmak, sevmekten çok daha uzun sürer. Hayır dersen de canın sağ olsun. Çünkü sen benim gittiğime pişman olmadan geri dönebileceğim tek yolsun!'

İnanamamıştım söylediklerine. İnanamamıştım beni bu kadar sevdiğine. Ne diyeceğimi şaşırmıştım. Şaşkındım. Ve seviyordum."

***

Sadece bir araya geldiğinde atmayı bilen iki yarım kalp birleşmişti sonunda. Berna, Emre'nin sonradan öğrendiği zenginliğini hiç dert etmedi. Çünkü o, paradan önce kalpteki zenginliğe tamam demişti.

Berna okulunu bitirir bitirmez evlendiler.

Fazıl, kızını gözyaşlarıyla gönderse de çok seviyordu damadını. Berna'yı, çok mutlu edeceğini biliyordu. Bazen sevmeler babalardan kalır evlatlarına... Berna, babasının annesini sevdiği gibi, büyük bir bağlılıkla sevdi Emre'yi. Emre de sevmeyi babasından öğrenmişti. O yüzden Berna'ya her sabah, babasının annesine seslendiği gibi seslendi:

"Günaydın yavru kuşum!"

Tek eksik Rafi Amca'ydı düğünlerinde.

Nurlar içinde yatıyordu o artık; kapısı yalnızca Fatiha ile açılan yeni evinde.

(Ustam Rafi Tank'ın anısına..)